Maria Heinrich

Kein normaler Arbeitstag

Tödliche Intelligenz

Thriller

MARIA HEINRICH

THRILLER

KEIN NORMALER ARBEITSTAG

TÖDLICHE INTELLIGENZ

IMPRESSUM

1. Auflage 2024

c/o Autorenservice Gorischek
Am Rinnergrund 14/5
8101 Gratkorn, Österreich
mheinrich282@gmail.com

Lektorat, Korrektorat: Buchfein

Cover: BookCoverZone.com

Foto: Martin Jordan

Buchsatz: Constanze Kramer, coverboutique.de

Herausgeber: Independently published

ISBN 978-3-9505311-5-2

Die im Roman beschriebenen Personen und Geschehnisse sind fiktiv. Ähnlichkeiten mit lebenden oder verstorbenen Personen sind rein zufällig und nicht beabsichtigt. Viele erwähnte Orte existieren in der Realität, wurden jedoch der fiktiven Handlung des Romans angepasst.

ÜBER DIE AUTORIN

Maria Heinrich wächst in Wien auf und bleibt der Region und ihren Menschen immer eng verbunden.

Ihre Berufswahl führt sie in die Informatikbranche. Nach Jahren in der Softwareentwicklung arbeitet sie in einem internationalen Konzern als Projekt-Managerin und Business Consultant. Mit der ersten Führungsposition entdeckt sie ihre Begeisterung für das Management. Es folgen leitende Positionen im Vertrieb, in der Personalabteilung und im Projektgeschäft.

»Die fesselndsten Geschichten schreibt das Leben.«

In ihren packenden Thrillern führt Maria Heinrich in die Welt von Intrigen und Verbrechen und fesselt durch die realitätsnahe Beschreibung und starke weibliche Hauptcharaktere.

»Gib jedem Tag die Chance,
der schönste deines Lebens zu werden.«

(Mark Twain)

KAPITEL 1

»Es erfüllt mich mit Stolz und Freude, dass der Schulweg unserer Kinder ab sofort sicher ist.« Der Bürgermeister klopfte mit dem Fingerknöchel auf die Tischplatte und mit einem strahlenden Lächeln nickte er den Anwesenden zu. Schweißperlen standen auf seiner Stirn, als er auffordernd in die Runde blickte.

Dumpfes Gemurmel ertönte, jemand klatschte in der vordersten Reihe und schließlich erhob sich tosender Applaus.

Ihre erste Pressekonferenz. Und das im ehrwürdigen Stadtsaal von Korneuburg. Riesengroß und von imposanter Höhe. Spiegelnde Kristallluster und eine offene Empore erinnerten an glanzvolle Zeiten. Ana atmete tief durch. Sie hatte es auf die Bühne geschafft. Die Schultern senkten sich aus der Anspannung und sie fühlte Energie durch ihren Körper strömen. Sie genoss den Augenblick.

Alles lief perfekt. Pat Alt hatte einen Glanzauftritt hingelegt und sich im Bühnenlicht gesonnt. Strahlend hatte sie über das innovative KI-Projekt berichtet. Ihre Schilderungen über Verkehrsberuhigung, optimierte Anfahrtswege der Einsatzfahrzeuge, automatische Parkraumüberwachung und eine Hightechmülltrennung erfüllten den Stadtsaal mit positiven Schwingungen.

Wieder einmal bewunderte Ana ihre Chefin für ihren mitreißenden Vortrag und die unübertreffliche Bühnenpräsenz. Die Zuhörer waren an den Lippen der CEO gehangen.

Im Anschluss hatte der Bürgermeister noch Zahlen und Fakten zum Besten gegeben. Als die steigende Geräuschkulisse das schwindende Interesse deutlich signalisierte, schloss er mit emotionalen Sätzen.

»Wie geht es weiter?«, übertönte eine Männerstimme den Lärm.

Ana hielt die Luft an. War das eine Frage, auf die sie eingehen sollte? Pat hatte ihr eingeschärft, sich nicht in den Vordergrund zu drängen. Sie durfte als verantwortliche Managerin an der Pressekonferenz teilnehmen, um Details zu klären.

Bevor sie sich zu einer Äußerung entschloss, vernahm sie die sonore Stimme des Ministerialrats. »Demnächst findet ein Belastungstest statt. Nach erfolgreichem Abschluss entscheidet das Ministerium über den Einsatz dieser künstlichen Intelligenz in weiteren Städten. Im Laufe von zwei Jahren rollen wir die Errungenschaften flächendeckend in Österreich aus. Aus KIKO wird GEKI.« Nur wenige lachten. »Aus der KI für Korneuburg wird eine Gemeinde-KI für Österreich!«

Applaus brach aus und der Ministerialrat lächelte zufrieden. Ana grinste. Ihr hatte der Name »KIKO« besser gefallen, den hatte ihr Team erfunden. Aber es war verständlich, dass der Ministerialrat einen für ganz Österreich vermarktbaren Titel bevorzugte.

»Deshalb haben Sie uns für Samstag zu einer zusätzlichen Bekanntgabe eingeladen? Das ist ungewöhnlich.«

»Ein besonderer Anlass verdient spezielle Aufmerksamkeit. Sie werden nicht enttäuscht sein.« Der Ministerialrat streckte die Faust mit erhobenem Daumen vor.

Ana unterdrückte ein Schmunzeln. So traten also routinierte Politiker auf, für sie eine neue Erfahrung.

»Haben Sie keine Angst vor der künstlichen Intelligenz? Können Sie gewährleisten, dass Sie die KI beherrschen? Oder übernimmt die KI die Führung und macht mit uns, was sie will?« Diese Fragen krächzte jemand aus der Mittelreihe heraus. Der Mann war hochgradig heiser. Ana hörte verhaltenes Gelächter. Die Journalisten grinsten unbeschwert.

Jetzt war sie dran. »Sie brauchen keine Sorgen haben, wir setzen ausschließlich ausgereifte Technologie ein. Wir machen keine Experimente, sondern nutzen erprobte Technik.« Die vor ihr sitzenden Berichterstatter nickten und notierten etwas auf ihren Blöcken. »Wir halten übrigens die von der EU geplanten Regeln für KI bereits jetzt ein.« Ana freute sich, dass auch diese Aussage von den Reportern aufgeschrieben wurde.

»Wird die KI uns alle ersetzen?« Ein dicker Bursche sprang auf und starrte sie mit stechenden Augen an. Wie theatralisch er seinen Körper streckte! Hoffentlich machte er ihr keine Szene.

Sie wollte ihn nicht provozieren. Über die künstliche Intelligenz wurde allerorts diskutiert. Die einen sahen sie als Chance für Verbesserungen, die anderen empfanden sie als unheimlich und in vielerlei Hinsicht als bedrohlich.

Ana erwiderte den Blick des Journalisten. »Sie erwarten von mir keine Lösung der ethischen Themen rund um KI.«

Den Blickwechsel empfand sie als Kräftemessen. Dem war sie gewachsen. Betont gelassen sprach sie: »Wir reden von einem Projekt in Korneuburg, das den Lebensraum der Menschen verbessert. Ich versichere Ihnen, wir gehen keine Wagnisse ein und zerstören keine Arbeitsplätze.«

»Wie unterscheidet sich Ihre Entwicklung dieser KI von üblicher Softwareentwicklung?«

»Bei der Entwicklung einer KI muss man sich bewusst sein, dass das Verhalten durch Training mit Daten von selbst entsteht. Anders ausgedrückt: Das KI-System lernt aus den Daten, wie es seine Aufgabe optimal erfüllt.«

Eine Dame direkt vor ihr hob die Hand.

»Bitte.« Ana spürte ihre Selbstsicherheit wachsen, ihre Stimme klang fest. Sie hatte die erste kritische Situation gemeistert. Die Diskussion begann, ihr Vergnügen zu bereiten.

»Ihre Erläuterung war für Fortgeschrittene. Erklären Sie bitte einer Anfängerin mit einem Satz, was KI ist?«

Lachen ertönte im Saal.

»Es gibt keine allgemein akzeptierte Definition von künstlicher Intelligenz, weil es schwierig ist, sich zu einigen, was als intelligent gilt. Ich formuliere es mit meinen Worten: Statt wie herkömmliche Software jedes Mal programmiert zu werden, findet eine KI eigenständig Antworten und löst Probleme selbstständig.«

»Kann Ihre Software das lokale Busnetz attraktiver gestalten? Einmal wartet man eine Ewigkeit, bis ein heillos überfüllter Bus erscheint, ein andermal fahren zwei leer hintereinander.«

Gelächter und Klatschen begleiteten diese Äußerung.

»Das ist eine realistische Einsatzmöglichkeit, die für die Zukunft überlegenswert ist«, antwortete Ana lächelnd.

»Wir planen selbstverständlich Weiterentwicklungen, unser Vorhaben ist zukunftsweisend, das ist erst der Anfang. Den öffentlichen Verkehr und die Beleuchtung prüfen wir zurzeit.« Der Ministerialrat schaltete sich wortgewaltig ein, er hatte keine Lust, sich die Show stehlen zu lassen. Die nächsten Minuten verbrachte er damit, das Konzept und speziell sein Ministerium ausführlich zu loben.

Ein Seitenblick zu Pat zeigte Ana, dass die Chefin hochzufrieden war. Das war es wohl für sie, für mehr Details interessierte sich hier niemand. Sie schaute erleichtert zu ihrem Kollegen Karsten Fuchs, der sie freudig anstrahlte. Kein Wunder, so wie die Dinge lagen, konnte er als Vertriebschef bald lukrative Verträge unterzeichnen. Er runzelte leicht die Stirn und deutete mit den Augen auf Anas Sitznachbarn.

Luc Bertrand war der Chefarchitekt in ihrer Mannschaft und im Konzern weltweit als der KI-Spezialist anerkannt. Sein Sozialverhalten war noch ausbaufähig, aber vorhin hatte er sich um Haaresbreite in ernsthafte Schwierigkeiten manövriert.

Pat hatte seine Einladung zur Pressekonferenz als besondere Auszeichnung gedacht. Luc war zwei Minuten vor der Eröffnung hereingehastet. Die Locken verworren vom Kopf abstehend, hatte er sich aus der Jacke geschält und neben Ana auf den Stuhl fallen lassen. Er trug ein T-Shirt mit dem Aufdruck »EDV«, darunter stand in kleinen Buchstaben »Ende der Vernunft«.

Die CEO hatte bitterböse herübergeschaut und ihren Kopf unwillig geschüttelt. Luc hatte das ignoriert. Er hatte sich zu Ana gebeugt und »Wir müssen dringend reden« gezischt. In dem Augenblick hatte das Stadtoberhaupt die Pressekonferenz eröffnet.

Im Moment saß ihr Chefarchitekt vorgelehnt da und spielte gedankenversunken mit einem Kugelschreiber. Seine dunklen Locken verdeckten das Gesicht. Seine Körperhaltung strahlte Desinteresse aus, was ihm bei der CEO sicher keine Pluspunkte brachte. Was er wohl so unglaublich dringend von ihr brauchte? Hatten ihre Leute eine Komplikation entdeckt? Ana fühlte, wie sich ihre Nackenmuskeln anspannten. Am übernächsten Tag sollte der Abschlusstest starten. War der Kollege auf eine fehlerhafte Funktion gestoßen, die den Einsatz gefährdete?

Ruhig, kein Grund, sich hineinzusteigern. Ihr Team testete intensiv, um noch Schwachstellen aufzudecken. Normalerweise behoben die Techniker jedes Problem in kurzer Zeit. Ana wollte sich die Hochstimmung von dem kauzigen Franzosen nicht zerstören lassen.

Das war ihr erstes bedeutendes Vorhaben seit ihrer Beförderung zur Bereichsleiterin. Es war ein kleiner Bereich für innovative Konzepte, kaum größer als ihre alte Abteilung. Aber wenn das Projekt erfolgreich wurde, würde er gewaltig wachsen. Sie würde allen beweisen, dass sie die richtige Wahl für diesen Job war.

Rumms! Getöse schallte durch den Raum. Erschrocken wandten alle die Köpfe nach hinten. Die riesige Flügeltür prallte gegen einen Tisch, der durch die Wucht über den

Holzboden schrammte. Die Splitter der Glasscheiben lagen verstreut.

Herein stürmten dicht hintereinander Gestalten in grünen Arbeitsjacken. Sie hatten Kapuzen über die Haare gezogen und die Gesichter mit Tüchern verdeckt.

War das eine Showeinlage? Ana musterte den Gesichtsausdruck des Bürgermeisters, der im Stadtsaal Gastgeber war. Er hatte Augen und Mund weit aufgerissen und die Hände abwehrend nach vorne gestreckt. Er schaute genauso überrascht auf die Eindringlinge wie alle anderen Anwesenden.

Fünf Vermummte schoben sich an den Sitzreihen entlang, verstörte Blicke folgten ihnen. Im Raum war es so still, dass Ana ihre Fußtritte auf dem Parkettboden vernahm. Einer hob die Hand und sie blieben stehen. Auf einmal flogen Gegenstände durch die Luft. Sie hörte das Ploppen, als die Farbbomben an den Wänden platzten. Fassungslos sah sie rote Farbe an den pastellgelben Mauern hinunterrinnen. Hässliche Lacken bildeten sich auf dem Holzboden. Der erbärmliche Anblick widerte Ana an. Ein leises Raunen ging durch die Zuschauerreihen.

Beim Quietschen einer Lehne zuckte sie zusammen. Der Bürgermeister war aufgesprungen.

»Setz dich«, brüllte einer der Randalierer. Der Bürgermeister zögerte. Schwerfällig nahm er wieder Platz. Seine Lippen bewegten sich, aber es war kein Ton zu hören.

Zwei der Eindringlinge rollten ein Transparent aus und kletterten auf die Bühne, auf der die Vortragenden an einem Tisch saßen. Die beiden stellten sich hinter ihnen auf.

Ana wagte es, sich zu ihnen zu drehen. »KI tötet. Geld stinkt.«, prangte in roter Schrift auf weißem Stoff.

Eine Gestalt fasste in einen mitgeschleppten Beutel und streute Teile aus. Auf Anas Wasserglas zerschellte ein Püppchen ohne Kopf, daneben eines ohne Arme. Immer mehr verunstaltete Figuren landeten.

Warum unternahm keiner etwas? Alle schauten denen zu? Sie ruckte in die Höhe. Da griff jemand hart auf ihre Schulter und quetschte sie schmerzhaft. »Nicht!«, fuhr sie eine schneidende Stimme an. Ana sackte auf ihrem Stuhl zusammen.

Ein Vermummter lief die Reihe entlang und zerbrach Eier über den Unterlagen und Puppenteilen. Ana grauste es. Noch ein Transparent wurde ausgerollt und vor die Bühne gehalten. Ana lehnte sich vor, um einen Blick zu erhaschen. »Keine KI! Keine Konzerne!«, las sie.

»Sie dürfen jetzt filmen«, rief einer der Transparentträger. Wie auf Befehl sprangen Leute auf und richteten Kameras auf die Szene.

»Es reicht! Hört sofort mit diesem Unsinn auf!« Der Bürgermeister schnellte empor, sein Sessel kippte um und krachte auf den Boden. Sein Gesicht glühte krebsrot und die Lippen zitterten. »Verschwindet, ihr Idioten!«

Grabesstille breitete sich aus. Ein Maskierter stapfte auf das Stadtoberhaupt zu. Er fasste in die Jackentasche. Ana stockte der Atem. Trugen die Angreifer Waffen? Beabsichtigten sie mehr, als nur zu demonstrieren?

Blitzschnell sauste die Hand in die Höhe.

KAPITEL 2

Ein Schrei gellte durch die Halle, als ein Geschoss den Bürgermeister traf. Ein Schwall roter Farbe ergoss sich über seine Haare, rann auf die Stirn, tropfte über die Ohren und breitete sich auf dem Anzug aus. Brüllend betastete der Bürgermeister seine Wange und verschmierte den roten Brei. Schmerzverzerrt presste er die Finger auf die Lider. »Meine Augen!«

Ana stürmte los und stieß beinahe mit Karsten zusammen, der ebenfalls zum Bürgermeister sprang. Ihr Kollege packte seine Handgelenke und Ana griff nach dem Erstbesten, was sie zu fassen bekam. Das Wasserglas stand auf einer weißen Papierserviette.

»Du Idiot! Das war scheiße!«, zischte jemand.

»Ich ziehe gleich Ihre Hände weg und wir waschen die Farbe von den Lidern.« Der Vertriebsleiter redete beruhigend auf den Bürgermeister ein. Sie wischten fieberhaft die Substanz weg. Der Mann jammerte leise, hielt aber den Kopf bewundernswert still. Karsten schnappte ein weiteres Glas vom Tisch. »Jetzt die Augen vorsichtig öffnen, ich lasse Wasser hineinrinnen.«

Konzentriert behandelten Karsten und Ana den wimmernden Bürgermeister. Zum Abschluss tupften sie seine Haut trocken. Als sich Ana aufrichtete, waren die vermummten Gestalten verschwunden. Die Journalisten waren aufgesprungen und drängten sich vor der Bühne.

»Wie geht es Ihnen? Sind Sie verletzt? Können Sie sehen? Ich habe die Rettung gerufen! Ich habe die Bullen verständigt! Die sind schon da!« Die Stimmen brüllten durcheinander, jeder versuchte, die anderen zu übertönen.

Schlagartig wurde Ana bewusst, dass Kameras liefen und das Chaos festhielten. Ein flaues Gefühl beschlich sie bei der Erkenntnis, dass diese Bilder in die Öffentlichkeit gelangen würden.

»Polizei. Bitte um Ruhe! Setzen Sie sich und verhalten Sie sich still! Und Sie da! Hören Sie mit dem Filmen auf!«

»Verfolgen Sie die Verbrecher! Die sind soeben geflüchtet!« Der Ministerialrat stampfte wutschnaubend auf die Bühne.

Der Versuch des Polizeibeamten, Ordnung herzustellen, scheiterte. Keiner kehrte zu seinem Sitzplatz zurück. Die Journalisten debattierten ohrenbetäubend miteinander und die Fotografen wetteiferten um die beste Position.

»Wer ist Ihr Chef?« Der Ministerialrat bemühte sich um Autorität.

Ein Polizist bewegte sich auf ihn zu. Er stoppte und sah zu ihm empor. Mit einem Schritt überwand er die zwei Stufen. »Ich leite den Einsatz. Die Kollegen nehmen von allen, derer sie habhaft werden, die Personalien auf.«

»Sehr gut. Noch besser wäre gewesen, Sie hätten den Überfall verhindert. Was sind denn das für Zustände in Korneuburg?«

»Die Demonstration war nicht angemeldet. Woher sollen wir wissen, dass die auftauchen?«

Der Einsatzleiter trat zum Bürgermeister, der zusammengesunken inmitten des Wirbels kauerte. »Sind Sie verletzt, Herr Bürgermeister?«

»Meine Augen. Bringen Sie mich zu einem Arzt. Rasch.«

Der Beamte rief quer durch den Saal: »Karl, ist die Rettung da?«

»Die Sanitäter warten in der Garderobe, dass wir sie hereinlassen.«

»Sie sollen sofort den Herrn Bürgermeister ins Krankenhaus befördern.«

Eine Hand legte sich auf Anas Schulter. Sie zuckte zusammen.

»Ach, du bist es, Tim. Du hast mich erschreckt. Alles in Ordnung bei dir?«

Ihr junger Assistent nickte. Er war als Zuschauer in der letzten Reihe gesessen. »Ich habe ein Video gedreht, vielleicht identifizieren die Kriminalbeamten die Typen damit.« Seine Wangen glühten vor Eifer.

Niedergeschlagen beobachtete Ana das Treiben. Die Polizisten leerten den Saal. Von jedem nahmen sie die Personalien und den Grund der Anwesenheit auf. Die Frage, ob sie jemanden erkannt hatten, verneinten alle.

Der stolze Stadtsaal hatte seinen Glanz eingebüßt. Überall lag Zeug verstreut und der Anblick der verschmierten Wände drehte Ana den Magen um. Der penetrante Farbgeruch verstärkte die Übelkeit.

Der Bürgermeister war in die nahe gelegene Ambulanz gebracht worden. Bereits nach einer knappen Stunde kam der erlösende Anruf. Er informierte den Ministerialrat, dass er keine dauerhaften Schäden davontragen würde. Er richtete Grüße an Karsten und Ana aus, die so umsichtig gehandelt hatten. Pat lächelte sie dankbar an. Die regelmäßigen Erste-Hilfe-Kurse der Firma hatten sich bezahlt gemacht.

Die Nachricht erleichterte Ana, doch der fahle Geschmack blieb. Die Pressekonferenz hatte sie begeistert. Sie hatte den Erfolg und die Aufmerksamkeit ausgekostet. Nun war ihr zum Heulen zumute. Tim redete auf sie ein, aber sie gab nur einsilbige Antworten.

Pat hielt sich entgegen ihrer Gewohnheit im Hintergrund. Kerzengerade stand sie in ihrem schwarzen Kostüm und den High Heels in der Nähe des Ausgangs und tippte in ihr Handy. Hin und wieder blickte sie sich mit unbewegter Miene im Saal um. Der Ministerialrat trat zu ihr. Sie lächelte ihn beruhigend an und die beiden unterhielten sich.

»Wir sind fertig. Wenn Sie nichts mehr von uns brauchen, unterstützen wir die Kollegen auf dem Marktplatz und ziehen uns anschließend zurück.« Der Einsatzleiter blickte den Ministerialrat forschend an.

»Wieso auf dem Marktplatz? Was ist draußen los?«

Die hoch gelegenen Fenster des Stadtsaals ermöglichten keine Sicht auf den Hauptplatz.

»Na, es demonstrieren mindestens zwanzig Personen mit Lautsprechern. Wir haben sie unter Kontrolle und es gab keine Ausschreitungen.«

»Muss ich für die eine Anzeige erstatten, oder kümmern Sie sich darum?«

»Wir lösen die Versammlung auf, da etliche vermummt sind. Bisher wurden keine Waffen entdeckt.«

»Herinnen wurde Gewalt angewendet und Sachschaden angerichtet«, entgegnete der Ministerialrat heftig. »Ich bestehe auf der Verfolgung aller Beteiligten.«

Er entließ den Sicherheitsbeamten mit einer herrischen Handbewegung und forderte die Anwesenden auf heranzutreten.

»Das war ein unerfreuliches Erlebnis und die Folgen sind noch nicht abschätzbar. Ich stimme mich mit den Kollegen der Justizbehörde ab.« Er schaute ernst in die Runde.

Ana verkrampfte sich. Stoppte der leitende Beamte ihr Projekt?

»Wir warten ab, was die Medien aus dem Vorfall stricken und dann entscheiden wir das weitere Vorgehen.«

Mit dieser Politikersprache konnte Ana nichts anfangen. Plante er abzubrechen oder durchzuziehen? Oder bestimmten das die Zeitungen? War eine Handvoll aggressiver Aktivisten in der Lage, ein solch wichtiges Vorhaben zu verhindern?

»Ich habe mit der verehrten Frau Alt vereinbart«, er lächelte Pat an, »dass wir uns morgen Nachmittag zu einem Sonderlenkungsausschuss zusammenfinden. Bei mir im Amt, dort sind wir weniger exponiert. Details kommen von meinem Sekretariat.« Er schüttelte jedem die Hand und verließ die Runde.

»Wie stehen die Chancen?«, fragte ein blasser Karsten die CEO.

»Schwer einschätzbar. Aber wir denken positiv und treffen alle Vorbereitungen für den Test.«

»Wir sind bereit«, meldete Ana, »stimmt's?« Sie schaute Luc an. Ihr Chefarchitekt lümmelte mit unbewegter Miene herum, als ob ihn das alles nichts anginge.

»Prinzipiell schon«, erwiderte er.

»Aber?« Anas Stimme tönte schrill. »Haben wir ein Problem?«, zwang sie sich, beherrscht zu fragen.

»Ich möchte unter vier Augen mit dir sprechen.«

»Gut, wir lösen die Versammlung auf. Sollte sich noch etwas von Bedeutung abzeichnen, lasst es mich wissen, andernfalls treffen wir uns morgen.« Pat nickte ihnen zu. Sie ergriff ihren blauen Mantel und Karsten beeilte sich, ihr hineinzuhelfen. Geschickt stülpte sie eine farblich abgestimmte Kappe über und schritt zum Ausgang.

»Mach es nicht so spannend, was ist los?«, drängte Ana. Luc schnappte sie am Ärmel und zog sie von den Kollegen weg. »Du jagst mir Angst ein, was ist vorgefallen?«

Er verzog sein Gesicht.

»Rede endlich!«

»Wir hatten eine Attacke. Jemand hat gestern Nacht versucht, in unser System einzudringen!«

Ana schluckte. »Ist es ihm gelungen?«

Der Chefarchitekt zog die Schultern in die Höhe. »Möglich. Für mich schaut es aus, als habe er sich Zugriff verschafft, aber haargenau in dem Moment abgebrochen.«

»Du meinst, er kam durch alle Sicherheitsvorkehrungen und hat dann Halt gemacht?«

»So lese ich die Protokolle. Aber ich bin KI-Spezialist und kein Security-Experte.«

»Das ergibt keinen Sinn, dass er drinnen ist und nichts anstellt.« Ana hörte die Panik in ihrer eigenen Stimme.

»Sehe ich genauso.«

»Was hast du unternommen?«

»Ich habe unser Security-Labor eingeschaltet und ihnen alle Daten zur Verfügung gestellt. Es dauert an die drei Arbeitstage, bis sie uns finale Ergebnisse liefern.«

»So ein Mist, wir müssen übermorgen mit dem Abschlusstest beginnen«, entfuhr es Ana.

Lucs Grimasse sprach Bände. »Ich weiß.«

»Wie konnte das passieren? Wir haben doch alle Maßnahmen getroffen! Aus den USA sind extra Security-Menschen eingeflogen worden!«

»Keine Ahnung!« Luc klang ungehalten.

»Was geht hier vor? Wieso streitet ihr euch? Was ist mit den USA?« Karsten trat zu ihnen und schaute Ana sorgenvoll an. Dicht hinter ihm folgte Tim, der sich vorbeugte, um jedes Wort mitzubekommen.

»Wir haben ein Riesenproblem. Wir wurden gehackt. Es scheint kein Schaden entstanden zu sein, aber der Vorfall stellt alles infrage.« Ana zwang sich zu Besonnenheit. »Im Moment können wir nichts unternehmen, die Spezialisten sind informiert.«

Der Vertriebsleiter wurde blass, die Freude über die Pressekonferenz war Besorgnis gewichen. Ana wurde bewusst, wie massiv er unter Druck stand und dass er seine Verkäufe gefährdet sah.

Nochmals wandte sich Ana an ihren Chefarchitekten. »Bitte drück beim Labor aufs Tempo. Die müssen schneller Ergebnisse liefern. Ich erwarte mir morgen eine erste Einschätzung. Wir benötigen Maßnahmen, um uns abzusichern. Notfalls fliegt einen Guru ein.«

»Das kostet Zeit und Geld.«

»Ich verlange sinnvolle Vorschläge und das schnellstens.«

Ana drehte sich zu ihrem Assistenten. »Tim, bitte setz ein Krisenmeeting für morgen an. Engster Projektkreis. Zehn Uhr. Bis dahin bekommen wir hoffentlich aussagekräftige Informationen. Wir müssen vor dem Lenkungsausschuss wissen, ob wir fortsetzen können.«

»Du darfst das Projekt nicht stoppen!« Tim sah sie entsetzt an. Seine Hand fuhr durch die Haare.

»Ich habe es nicht vor. Außer die Umstände zwingen mich.«

Ihr Assistent trat von einem Bein aufs andere. »Aber …«

»Du berufst das Teammeeting ein, dann sehen wir weiter«, unterbrach ihn Ana. Tim nervte. Sie schätzte seine Einsatzbereitschaft, doch seine Überzeugung, immer alles besser zu wissen, fand sie anstrengend.

Karsten stupste den vor Aufregung zappelnden Tim mit dem Finger an. »Überleg doch. Falls ein Verbrecher die Steuerung übernimmt, legt er im schlimmsten Fall die Feuerwehr lahm.«

Tim verzog missbilligend sein Gesicht, wagte aber keinen weiteren Einwand.

»Das wird nicht geschehen«, zischte Luc grimmig.

»Genau. Oberste Priorität ist, das zu verhindern«, stimmte ihm Ana zu. »Gemeinsam kriegen wir das hin.«

»Gehen wir zur Beruhigung etwas trinken«, schlug Karsten vor. Vermutlich beabsichtigte er, seine Kollegen auf positive Gedanken zu bringen.

Ana winkte ab. »Heute ohne mich. Ich treffe Freunde auf dem Weihnachtsmarkt. Diesen Termin habe ich bereits mehrmals verschoben, nochmals traue ich mich nicht abzusagen.«

»Schade, ich hätte dir gerne noch etwas erzählt.«

»Ist es dringend?«

»Nicht besonders, wir reden morgen. Lass dich nicht aufhalten.«

Mit einem kritischen Blick auf die Uhr sagte Ana: »Ich bleibe gleich in Korneuburg. Es ist zu spät, um mich umzuziehen.«

»Im Businessoutfit zum Weihnachtspunsch. Mal etwas anderes«, scherzte der Vertriebsleiter.

Unglücklich betrachtete Ana die hohen Absätze ihrer Stiefeletten.

Karsten beobachtete sie grinsend. »Ertränke deinen Kummer. Aber denk dran, dass du morgen einen klaren Verstand brauchst.«

KAPITEL 3

Als Ana aus dem Stadtsaal auf den Hauptplatz trat, riss sie der Anblick aus ihrer düsteren Laune. Die geschmückten Auslagen der Geschäfte und die Weihnachtsbeleuchtung strahlten um die Wette. Sie liebte dieses Glitzern seit ihrer Kindheit. Ein Paar in kuscheliger Winterbekleidung spazierte an ihr vorbei. Die Hektik des Vorweihnachtstages hatte sich gelöst, die Menschen wirkten entspannt und fröhlich.

Gemächlich schlängelte sie sich durch die aufgestellten Weihnachtsbäume und atmete tief die kalte Winterluft ein. Es roch nach Reisig. Leider war der versprochene Schnee noch immer nicht gefallen. Er fehlte als i-Tüpfelchen für die romantische Szenerie.

Ana schüttelte über sich selbst den Kopf. Es war egal, ob es schneite oder nicht, sie würde ohnehin keine Zeit finden, den Advent zu genießen. Die besinnliche Zeit war heuer gestrichen.

Sie hatte seit jeher viel gearbeitet und ihre Karriere konsequent verfolgt. Aber seit sie vor einigen Monaten die heiß ersehnte Beförderung erhalten hatte, schnellten die Arbeitszeiten hinauf. Sie war entschlossen, eine gute Chefin zu sein und mit den Mitarbeitern an einem Strang zu ziehen. Doch dauernd musste sie an Sitzungen teilnehmen und für die CEO superdringliche Aufgaben erledigen. Ihr gemütliches Haus nutzte sie nur zum Schlafen.

Ana bemerkte, dass sie stehen geblieben war. War sie unzufrieden? War ihr Aufstieg ein falscher Schritt gewesen?

Unsinn! Sie musste sich in die neue Rolle einarbeiten. An Sticheleien von Kollegen gewöhnte sie sich allmählich. Sätze wie »Das werden Sie auch noch lernen« oder »Nicht so emotional, Frau Kollegin« schrieb sie dem allgegenwärtigen Konkurrenzkampf zu. Sie konterte, wenn ihr was Passendes einfiel, andernfalls ignorierte sie die Sprüche. Mit Routine würde sie ihr Zeitmanagement ebenfalls in den Griff bekommen.

Schuld an ihrer Niedergeschlagenheit waren die Demonstranten. Die hatten ihre erste Pressekonferenz gründlich versaut. Dazu kam die Geschichte mit der Cyberattacke. Eine Gänsehaut lief ihr den Rücken hinunter. Wie leicht konnte sich das zum Desaster auswachsen und das Projekt gefährden. Falls es scheiterte, war ihre hart erkämpfte Position bedroht.

»Aus, Maus«, zischte sich Ana leise an. »Du triffst deine Freunde das erste Mal seit Wochen. Vergiss die Arbeit und konzentrier dich auf Marion und Ronald.«

»Telefonierst du oder führst du Selbstgespräche?«

Ana fuhr herum und blickte in die lachenden Gesichter ihrer Freunde.

»Ich habe gerade an euch gedacht! Möglicherweise habe ich bereits mit euch gesprochen.«

Marion drückte sie fest an sich. »Ich kann gar nicht glauben, dass wir heute wirklich einen gemeinsamen Abend verbringen. Bei jedem Klingeln des Telefons habe ich befürchtet: ›Jetzt sagt Ana ab‹.« Sie schob Ana von sich weg, ohne sie loszulassen. »Übrigens, Selbstgespräche strukturieren unsere Gedanken und helfen uns, Stress abzubauen. Fast jeder führt welche, das ist normal.«

»Danke, Frau Psychologin, ich bin maßlos erleichtert.« Ana lachte ihre Freundin an. »Endlich habe ich es amtlich, dass ich normal bin.«

»So geht es mir ständig. Jedes Wort wird analysiert.« Ronald grinste schelmisch und umarmte Ana.

»Ich freu mich riesig, euch zu sehen. Suchen wir uns einen netten Weihnachtsstand.« Ana hakte ihre Arme bei den Freunden ein und schleppte sie mit sich.

»Dort drüben ist ein freier Tisch.« Ronald deutete auf einen hölzernen Stehtisch, direkt vor einer Punschbude. »Reserviert den, ich besorge uns eine Runde.«

»Ich hole Lángos! Oder bevorzugt ihr Maroni?«, fragte Marion.

»Nein«, riefen Ronald und Ana gleichzeitig und lachten auf. »Lángos ist perfekt«, schwärmte Ana.

Still betrachtete sie das Treiben, während sie wartete. Das Rathaus war festlich beleuchtet und zwischen den Buden standen geschmückte Christbäume. Vor der Pestsäule drehten sich Kinder auf einer Minieisenbahn im Kreis, ihre Eltern tratschten daneben. Alle wirkten unbelastet, wie schafften die das? Ihr war nicht im Geringsten zum Feiern zumute.

»Du setzt schon wieder deinen traurigen Blick auf«, hörte sie Marion. »Was ist los mit dir?« Gleichzeitig hielt sie Ana ein Lángos hin.

»Viel um die Ohren, aber lass uns heute von was anderem reden.« Das intensive Aroma von Knoblauch und heißem

Öl kroch Ana in die Nase. »Mhm! Darauf freue ich mich schon den ganzen Tag.« Genussvoll biss sie in den knackigen Teig und passte auf, dass das Öl am Mantel vorbei tropfte.

»Original Orangenpunsch. Bitte schön, die Damen, lasst es euch schmecken!« Ronald stellte drei dampfende Becher nieder. Der Duft von süßlichem Alkohol vermischte sich mit dem Knoblauchgeruch.

»Besser geht es nicht, so duftet der Advent. Auf einen gemütlichen Abend.« Marion umarmte ihren Lebensgefährten.

»Wann wird es was mit euren Heiratsplänen?« Ana grinste das Paar an. Die beiden lächelten verschmitzt.

»Geduld. Du erfährst es als Erste.«

Zufrieden tratschten sie über gemeinsame Bekannte und ihre Pläne für die Weihnachtsferien.

»Wegfahren fällt heuer leider aus, ich muss arbeiten«, teilte Ronald mit.

»Ich dachte, als Freiberufler kannst du dir das einteilen«, wunderte sich Ana. Ronald hatte sich vor drei Jahren als Privatdetektiv selbstständig gemacht. Sein Kundenstamm wuchs beständig, aber dass er keine Auszeit nahm, war neu. Dabei liebte er das Schifahren genauso sehr wie Ana.

»Ich habe ein paarmal zu oft ›Ja‹ gesagt.« Ronald schnitt eine Grimasse. »Neuerdings bestürmen mich Kunden mit Aufträgen zum Gebäudeschutz. Eigentlich ist das nicht mein Kerngeschäft. Jetzt bin ich gezwungen, meine Zusagen abzuarbeiten.«

»Gebäudeschutz? Wie ein Nachtwächter?«

»Ähnlich. Seit Monaten werden in Wien bei Nacht Gebäude besprüht, Gegenstände an die Mauern genagelt und seit Kurzem kleben sich Menschen vor Eingänge. Sie inszenieren das medienwirksam an frequentierten Orten oder vor namhaften Firmen.«

»Sind das Klimakleber?«

»Auch. Diese Art des Protestierens nimmt drastisch zu. Es geht ums Klima und um Konzerne, um Produkte und Dienstleistungen. Zuletzt waren die Botendienste das Ziel. Alles Quatsch meiner Meinung nach.«

»Das ist kein Quatsch!«, fuhr Marion auf. Ihre Augen blitzten und ihre Wangen röteten sich.

»Verdammst du den technischen Fortschritt?«, fragte Ana verdutzt.

»Nur, wenn er das Böse im Menschen weckt.«

»Sich ankleben und fremdes Eigentum zu beschädigen sind Straftaten und gefährlicher Schwachsinn!« Ronalds Stimme wurde eine Nuance höher und lauter.

»Blödsinn! Die Aktivisten sind friedliebend, die tun keiner Maus etwas zuleide«, keifte Marion retour.

»Stimmt nicht«, entschlüpfte es Ana. Ihre Hand fuhr an den Mund, aber es war zu spät. Proteste waren eindeutig ein heißes Thema zwischen Marion und ihrem Partner und Partei zu ergreifen war gewagt.

»Fängst du jetzt auch noch an? Was weißt du von Aktivisten und ihren Anliegen? Dir ist doch nur deine Arbeit wichtig!« Marion redete sich in Rage. Ronald verdrehte die Augen und schüttelte verärgert den Kopf.

Ana schluckte. Das war gemein von Marion. Mit ihrer besten Freundin gab es außerordentlich selten Streit, umso heftiger schmerzte diese Bemerkung. Sie zügelte ihre

Empörung und sagte frostig: »Ich finde es nicht harmlos, ein öffentliches Gebäude zu verschandeln und den Bürgermeister zu verletzen.«

»Was? Wovon sprichst du?« Marion und Ronald sahen sie mit großen Augen an.

»Von Aktivisten gegen KI, die heute hier in Korneuburg den Stadtsaal verwüstet haben.«

»Jetzt brauch ich noch einen Schluck, ihr ebenfalls?«

Die Frauen wechselten auf Kinderpunsch. Dann musste Ana schildern, was sich am Nachmittag zugetragen hatte. Während Ronald sie mit Fragen löcherte und jedes Detail herausquetschte, blieb Marion wortkarg. Still rührte sie in ihrem Becher herum.

»Auf jeden Fall hat uns die Bande die Pressekonferenz zerstört und womöglich killen sie unser Projekt«, schloss Ana ihren Bericht ab. Sie fühlte sich frustriert und verärgert zugleich.

»Das passiert nicht. Eure Maßnahmen verbessern Korneuburg, daran kommen diese Typen nicht vorbei«, versuchte Ronald sie zu beruhigen. »Hast du etwas gesagt, Marion?«, wandte er sich an seine Lebensgefährtin.

Auch Ana hatte ihr Schnauben gehört.

Marion antwortete kurz und bündig: »Nein, habe ich nicht. Mir ist kalt, lasst uns austrinken und heimgehen.«

Ronald warf ihr einen missbilligenden Blick zu, aber Ana schloss sich schnell an. »Ja, ich friere auch und die Füße schmerzen. Die warme Stube ruft.« Die Debatte hatte die Stimmung getrübt, sie hatte keine Lust auf weitere Wortgefechte.

Bald darauf saß sie niedergeschlagen in ihrem Auto. Irgendwie hatten diese Farbbombenwerfer auch noch ihren Abend verdorben. Sie sah Marions empörtes Gesicht vor sich. Wie ungewöhnlich hitzköpfig sie reagiert hatte. Sympathisierte ihre Freundin mit den Aktivisten? Sie war Psychologin und erfahrene Trainerin. Umsichtig im Umgang mit schwierigen Menschen. Das konnte sie schlecht mit Gewalt vereinbaren, oder?

Ana stieß einen Seufzer aus. Nichts lockte sie nach Hause. Sie würde allein vor sich hin grübeln, anstatt sich zu entspannen. Manchmal wünschte sie sich einen Partner, mit dem sie ihre Erlebnisse teilen konnte. Ihre letzte längere Beziehung war Jahre her und hatte nicht gut geendet.

Da fiel ihr prompt der Hackerangriff ein. Für die Demonstranten konnte sie nichts, aber für die Sicherheit des IT-Systems war sie verantwortlich. Es durfte absolut nichts passieren. Die Vorstellung, dass jemand Daten manipulierte, war unerträglich.

Sie drehte den Zündschlüssel und hörte den Motor aufheulen. Einen Augenblick zögerte sie, dann lenkte sie aus der Parklücke und fuhr Richtung Wien los.

KAPITEL 4

Leise klappte Ana die Autotür zu. Beklemmend einsam empfand sie es um diese Zeit in der Firmengarage. Fast alle Stellplätze standen leer und die Säulen warfen geheimnisvolle Schatten. Sie hatte eine Abneigung gegen Garagen, in der Nacht waren sie unerträglich. Ihre Stiefeletten klackerten überlaut, als sie die Halle durchquerte und ins Stiegenhaus trat.

»Was mache ich hier?«, fragte sie sich, während sie auf den Aufzug wartete. »Die Daten bewachen?« Der Gedanke löste ein Schmunzeln aus und lockerte ihre Anspannung. Wenn jemand das System hackte, konnte das von überall auf der Welt passieren. Derjenige musste sich nicht ausgerechnet in die Firma bemühen, um von Ana erwischt zu werden. Was für eine Schnapsidee, mitten in der Nacht hierherzufahren.

Sie hatte keinen Plan. Das Bedürfnis nach Kontrolle war übermächtig geworden und sie hatte dem Impuls unüberlegt nachgegeben. Doch nun war sie hier, also würde sie nach dem Rechten sehen, den Lenkungsausschuss vorbereiten und beruhigt heimkehren.

Aus dem Aufzug trat sie in den unbeleuchteten Vorraum der Firma. Nur das Lichtermeer von Wien flimmerte hinter den Fensterscheiben und gewährte vage Sicht. Wo untertags emsige Betriebsamkeit herrschte, breitete sich Stille aus.

Hektisch betätigte sie den Lichtschalter und hetzte auf ihren Absätzen den Gang zu ihrem Büro entlang. Hastig steckte sie den Schlüssel ins Schloss und knipste Sekunden später die Deckenbeleuchtung und die Schreibtischlampe an. Erleichtert legte sie Laptoptasche und Handtasche ab. In ihrem Büro fühlte sie sich geschützt.

»Ich kontrolliere die Kommandozentrale«, schoss es ihr durch den Kopf. Das Herzstück ihres Projektes hatte sie in die Firma gelockt. Der Serverraum war mit der neuesten Technologie ausgestattet und würde am nächsten Tag nach Korneuburg übersiedeln. Auf ausdrücklichen Kundenwunsch, obwohl das ihren Spezialisten widerstrebte. Beim Transport lauerte das Risiko, Server und Kabel zu beschädigen, und die Kundenlokation war weniger aufwendig gesichert. Nun, perfekt war der Schutz bei ihnen auch nicht, jemand war ins Netzwerk eingedrungen.

Ana überwand sich und eilte zum Serverraum. Als sie den Sicherheitscode eintippen wollte, erstarrte sie. Die Tür war unversperrt. Regungslos horchte sie. Hatte sich jemand Zutritt verschafft und stand dahinter? Prüfend betrachtete sie das elektronische Schloss. Sie erkannte keine Anzeichen für einen Einbruch.

Angestrengt lauschte sie. Die Ruhe war unheimlich. Ewig konnte sie hier nicht lauern. Entweder sie ging hinein oder sie rief den Nachtportier. Womöglich war bloß ein Mitarbeiter am Abend schlampig gewesen. Sie drückte die Schnalle hinunter und stemmte sich gegen die Tür.

Beinahe wäre sie hineingetaumelt. Sie krallte sich an der Türklinke fest. Die Beleuchtung blendete. Ihr Blick glitt über die Maschinen. Ein leises Summen der Geräte erfüllte den Raum. Auf den Tischen häuften sich Ordner. Das Equipment war mit beschrifteten Stickern beklebt, um den Umbau der Geräte rasch und geordnet durchzuführen. Auf dem Boden standen Übersiedlungskisten bereit. Alles erschien unauffällig, keine Spur von Einbrechern.

Erleichtert seufzte Ana. Gut, dass sie keinen Wachdienst alarmiert hatte. Sie hätte sich lächerlich gemacht und aufgezeigt, dass jemand nachlässig gehandelt hatte.

Sie knipste das Licht aus und drehte sich zum Ausgang. Da erfasste sie ein Schatten und Ana kreischte auf. Jemand packte sie am Oberarm und schleuderte sie auf den Gang. Verzweifelt versuchte sie, an der Mauer Halt zu finden.

»Mon dieu!«, schnaubte eine Stimme. »Du bist das.«

»Du hast mich zu Tode erschreckt! Luc, was machst du mitten in der Nacht in der Firma?«

Sie starrten einander an. Anas Herzschlag normalisierte sich und sie ordnete ihre Gedanken. Wartete ihr IT-Chefarchitekt in den Randzeiten das System? Oder bereitete er es für die Übersiedlung vor? Er starrte sie mit seinen dunklen Augen intensiv an. Was dachte er in diesem Moment?

Ana drückte sich von der Wand weg. Zurück auf sicheren Beinen räusperte sie sich. »Also? Warum bist du da?«

Luc brach den Blickkontakt ab. »Es scheint, wir hatten die gleiche Idee. Überprüfen, ob alles in Ordnung ist.«

»Und, ist es das?«

Er zog eine Augenbraue in die Höhe. »Fragst du das mich?«

»Sonst ist keiner da. Also, was hast du kontrolliert und ist dir etwas aufgefallen?«

»Im Haus ist niemand. Außer uns beiden, meine ich. Die IT ist stabil und zeigt keine Fehlermeldungen.«

Seine weißen Zähne blitzten sie im kalten Neonlicht an. Sein Dreitagebart war bestimmt eine Woche alt.

»Äh, gut.« Ana unterdrückte die Verunsicherung. »Können wir noch etwas zusätzlich unternehmen?«

»Ich bleibe hier.«

»Wozu?«

»Ich beobachte die Apps.«

»Okay. Ich hole meine Sachen und setze mich zu dir.« Wie sollte sie Lucs Miene interpretieren? Störte sie ihn? Oder hielt er die Anwesenheit einer Managerin im Maschinenraum für lächerlich? Egal, sie leistete ihm Gesellschaft.

Ana schob die Unordnung auf einem Arbeitsplatz auf einen Haufen und stellte ihren Laptop neben dem Systemmonitor auf. Luc hockte an einem Schreibtisch und ignorierte sie. Ab und zu stand er auf und las auf den anderen Bildschirmen. Er sprach kein Wort.

Unkonzentriert tippte Ana auf ihrer Tastatur herum. Sie fragte sich, wofür sie herumsaß. Trat tatsächlich ein Problem auf, konnte sie wenig helfen. Ihre Informatikausbildung lag zu lange zurück, als dass sie sinnvoll eingreifen konnte.

Starrte sie die Überwachungskameras an oder passte sie auf ihren Chefarchitekten auf? Was wusste sie eigentlich von Luc, außer dass er ein komischer Kauz war? Das Headquarter hatte ihn nach Vertragsabschluss dem Projekt zugeordnet, weil er angeblich der beste KI-Spezialist des Konzerns war.

Am Folgetag war er angereist, als ob er keinerlei Vorlaufzeit benötigte. Er war kurz angebunden und gab sich keine Mühe, freundlich zu wirken. Bereits nach wenigen Tagen im Hotel Marriott war er in ein Haus an der Alten Donau übersiedelt. Von dort fuhr er täglich mit dem Taxi zur Arbeit. Das zahlte die Firma nicht. Wieso konnte er sich das leisten? Er verdiente ohne Zweifel gut, aber so viel?

Nachdenklich musterte sie Luc, der aufmerksam auf den Schirm starrte. Der gebürtige Franzose sprach nahezu perfekt Deutsch, da seine Mutter aus Frankfurt stammte und ihn zweisprachig erzogen hatte.

»Was ist?«, wandte sich Luc an sie. Anas Magen verkrampfte sich. Es war unhöflich, ihn anzugaffen. »Äh. Alles in Ordnung?«, stammelte sie.

»Ja! Du erfährst als Erste, falls etwas vorfällt.« Luc klang genervt. Er verhielt sich oft ruppig, weshalb er bei den Kollegen keine Freunde gewonnen hatte. Einen hatte er sich sogar zum Gegner gemacht. Wobei das auf Gegenseitigkeit beruhte. Als David Urban erfahren hatte, dass ihm ein Ausländer für die Rolle des Chefarchitekten vorgezogen worden war, hatte er aus Protest gekündigt. Eine Woche lang hatte er mit niemandem ein Wort gewechselt. In seinen Augen war er selbst der beste IT-Spezialist. Ana hatte der engagierte Kollege leidgetan, aber das Berufsleben war mitunter unfair. Jeder musste Tiefschläge verkraften.

Unwillkürlich schaute sie wieder zu Luc. War ihm bewusst, wie sehr seine Ankunft David verstört hatte?

David hatte ein Jahr zuvor eine Softwarefirma gegründet. Da er nur Kleinkunden bediente, hatte es ihm die CEO genehmigt. Nach langer Karriere in der Firma machte er sein Unternehmen von einem Tag auf den anderen zu seinem Mittelpunkt. Ein herber Schlag für Anas Team. Die Abwesenheit des technischen Allrounders, der sich auf die Lösung jedes Problems gestürzt hatte, riss ein spürbares Loch.

Umso mehr hatten sich alle gefreut, als er sich nach wenigen Monaten meldete und als Freelancer anheuerte. Sie hatten ihn mit offenen Armen empfangen. Seitdem arbeitete er wieder im Team. Äußerst erfolgreich. Nur zwischen Luc und ihm krachte es regelmäßig. Zwei männliche Diven, die einander den geringsten Erfolg missgönnten. Luc mit seiner mürrischen Art hatte das Seine zur giftigen Atmosphäre beigetragen. David verstärkte sein Angebergehabe und stichelte bei jeder Gelegenheit.

»Nein!«, Lucs Aufschrei riss Ana aus ihren Grübeleien.

»Un tel salaud!«

Etwas Schlimmes war passiert, wenn Luc Französisch sprach. »Was ist?«, rief Ana.

»Moment!«

Erst tat sich überhaupt nichts. Luc verharrte bewegungslos Zentimeter vor dem Schirm. Ana trat leise hinter ihn. Buchstaben und Zahlen liefen über das Display. Hin und wieder ein englischer Satz.

Da lehnte sich Luc zurück und blies die Luft aus. »Brisé. Das war es.«

»Was meinst du?«

»Angriff abgeblockt. Der ist erfolglos zerschellt.«

»Das hast du zustande gebracht?«

»Nein, die künstliche Intelligenz.« Ein Grinsen breitete sich über sein Gesicht aus. Seine Zähne blitzten.

»Wirklich? KIKO wehrt einen Angriff ab?«

Er reagierte mit einem Aufstöhnen.

»Luc, bitte! Gib mir eine sinnvolle Antwort!«

Einen Augenblick befürchtete sie, Luc würde sie auslachen. Doch er erklärte mit ernsthafter Miene: »Unser Security-System hat die Attacke blockiert. Da ist ebenfalls KI drinnen. Im Gegensatz zu gestern ist dieser Angriff an der ersten Schutzschicht abgeprallt.«

»Gott sei Dank!« Erleichtert schnaufte Ana. »Was war gestern anders? Wieso hat ihn die Security durchgelassen?«

»Hör auf, mich mit Fragen zu bombardieren. Ich wüsste das auch gern!«

Hoffnungsvoll sagte Ana: »Vielleicht gibt der Angreifer jetzt auf, weil er gescheitert ist, und wir hören nie wieder von ihm. Bitte schick die neuen Daten ebenfalls an das Security-Labor, womöglich helfen sie, den Urheber rascher zu bestimmen.«

Luc blickte sie eindringlich an. »Das erledige ich. Du kannst mit ruhigem Gewissen nach Hause fahren. Mir zerstört keiner meinen guten Ruf, ich beschütze mein Baby.«

KAPITEL 5

Noch immer war keine Schneeflocke gefallen, als Ana am nächsten Morgen die Autotür gegen den eisigen Wind stemmte. Der Wetterbericht sagte seit Tagen starken Schneefall voraus, aber irgendwie klappte es nicht.

Ihr Telefon klingelte. Ana ächzte unwillig. Nach dem kurzen Schlaf war sie noch nicht richtig munter.

»Guten Tag, Frau Rubin. Entschuldigen Sie die zeitige Störung, ich muss dringend mit Ihnen sprechen.«

»Guten Morgen, Herr Bürgermeister. Schön, Sie zu hören. Geht es Ihnen besser?«

»Ja, wenn Sie meine Augen meinen. Nein, in Bezug auf alles andere.«

»Fein, dass Ihre Augen okay sind. Was ist denn so schlimm?«

»In der Nacht wurde das Rathaus beschmiert. Es sieht fürchterlich aus. Ich bezweifle, dass wir das mit Wasser abwaschen können, wir brauchen eine Spezialreinigung.«

»So eine Gemeinheit!« In Ana erwachte der Zorn.

»Das waren Vandalen. Und als ob das nicht reicht, haben sie auch meinen Wagen verunstaltet.«

»Ihren Wagen?«

»Ja. Die Rettung hat mich doch ins Krankenhaus gebracht und mein Auto blieb beim Rathaus zurück. Das haben diese Barbaren anscheinend erkannt und die Gelegenheit genutzt. Es sieht furchterregend aus, komplett mit lila Lack besprüht.«

»Das tut mir leid.«

»Können Sie mich besuchen? Ich möchte mit Ihnen persönlich sprechen.«

Ana erschrak. Was wollte ihr der Bürgermeister mitteilen? »Ich mache mich sofort auf den Weg zu Ihnen.«

»Danke und passen Sie auf sich auf. Es lungern erneut Querulanten auf dem Platz herum. Nicht dass Sie angegriffen werden. Bis gleich.« Er beendete den Anruf.

Mist. Ana rief ihre Stellvertreterin an. »Manuela, ich komme später, mich hat der Bürgermeister einberufen.«

»Guten Morgen, Ana. Was braucht er so dringend von dir?«

»Keine Ahnung. Er ist stinksauer, weil Sprayer das Rathaus und sein Auto versaut haben.«

»Oje. Der Sitz der Macht und sein Statussymbol auf einen Schlag vernichtet. Da hilft nur eine Seelenklempnerin. Zuhören und Händchen halten.«

»Sehr witzig, das wird als Kundenbetreuung bezeichnet. Leider habe ich momentan andere Sorgen.«

»Ich habe von der unerfreulichen Überraschung auf der Pressekonferenz gehört. Sollen die Techniker dennoch mit der Übersiedlung beginnen?«

»Ja, unbedingt. Wenn wir auf die Entscheidung des Lenkungsausschusses warten, werden wir nicht rechtzeitig bis morgen fertig. Gib ihnen die Anweisung, den Testraum über den Hintereingang einzuräumen, in Korneuburg wird schon wieder protestiert.«

»Herrje, das ist gar nicht gut! Tim hat ein Teammeeting einberufen. Der Geheimniskrämer verrät uns nicht, weshalb. Geht es um die Demonstrationen?«

»Auch. Wir haben noch ein schlimmeres Problem. Ich beende jetzt unser Telefonat, weil ich gleich das Rathaus erreiche.«

»Schöne Grüße an deinen Bürgermeister!«

Ana kletterte aus dem Cabrio und musterte den Hauptplatz. Tatsächlich hatten sich etwa dreißig Personen versammelt. Einzelne waren vermummt. Die Aktivisten teilten Zettel aus und einige hielten Transparente in die Höhe. Im Tageslicht sahen sie keineswegs furchteinflößend aus. Ihr erschien die Gruppe friedlich.

Eine junge Frau mit einem umgebundenen Babytragetuch streckte Ana ein Flugblatt hin. Sie ergriff das Papier. »Ist es für das Baby nicht zu kalt?«

»Ich geh gleich wieder heim. Mir ist wichtig, meine Unterstützung zu zeigen. Solange sie so klein ist, schaffe ich leider nicht mehr.« Die Frau wirkte gepflegt und sympathisch. »Wollen Sie mithelfen? Ich hätte noch ein Bündel Flugblätter für Sie.« Sie lächelte Ana hoffnungsvoll an.

Ana lächelte automatisch zurück. Ihr fiel Marions emotionale Verteidigung der Demonstranten ein. Vielleicht lag sie richtig, diese junge Mutter war eine Idealistin.

»Ich bin auf dem Weg zu einem Termin. Schönen Tag!«

Sie steckte den Zettel in ihre Tasche und schlängelte sich zum Haupteingang. Auf den Stufen erstarrte sie.

»AI will kill us«, prangte in lila Lettern auf der Fassade des ehrwürdigen Amtsgebäudes. »Künstliche Intelligenz wird uns umbringen? Echt jetzt?«, keifte Ana und fuhr herum.

Aufgebracht blickte sie über das Gelände. Die herumstehenden Menschen sahen so friedfertig drein, als wollten sie ihre Unschuld beweisen. Da sprang ihr eine Demonstrantin ins Auge. Sie hatte einen leuchtend gelben Schal bis zur Nase hinaufgeschoben und die Kapuze über die Haare gezogen. Aber die Augenpartie reichte Ana vollkommen und den Schal hatte sie ihr zum Geburtstag geschenkt. Dort demonstrierte ihre Freundin Marion.

Einen Augenblick lang überlegte Ana, zu ihr zu laufen, aber dann drehte sie sich abrupt um und stürmte in das Gebäude.

Also doch. Marion sympathisierte nicht nur mit den KI-Gegnern, sie war selbst eine Aktivistin! Dass sich ihre Freundin gegen ihre Arbeit stellte, fühlte sich unwirklich an. Sie waren nicht immer einer Meinung, aber dass Marion gegen ihren Job aufmarschierte, fand sie krass.

Ana war bemüht, sich einzubremsen. Es war unerfreulich, dass sie konträre Ansichten über Proteste hatten, doch weit ernst zu nehmender war die Geheimnistuerei. Die stimmte sie traurig. Ana erinnerte sich an den ersten Schultag, als Marion sich zu ihr gesetzt hatte und ab diesem Moment ihre beste Freundin war. Sie mussten sich dringend aussprechen, das waren sie ihrer Freundschaft schuldig.

Aber zuerst das Dienstliche. Eine ältliche Sekretärin begleitete sie zum Stadtoberhaupt. Am Ende des Ganges lag sein Repräsentationsraum mit Aussicht auf den Hauptplatz. Er lehnte am Fenster und beobachtete das Geschehen.

»Schön, dass Sie da sind, Frau Rubin!« Er schüttelte ihr die Hand. »Nehmen Sie Platz und machen Sie es sich bequem. Trinken Sie Kaffee mit mir?«

»Mit Vergnügen. Schwarz, ohne Zucker bitte.«

Der Bürgermeister schenkte aus einer Kanne ein und reichte ihr die Tasse.

»Wir haben nächstes Jahr Gemeinderatswahlen.«

Ah, daher wehte der Wind. Das Stadtoberhaupt bangte um die Gunst seiner Wähler.

»Unser gemeinsamer KI-Einsatz beweist, dass wir eine besonders fortschrittliche Stadt sind.«

»Das sind Sie«, antwortete Ana vorsichtig.

»Korrekt. Aber diese erbosten Idio… Mitbürger«, er deutete vage in Richtung Fenster, »können alles zerstören. Ich mache mir Sorgen, dass etwas vorfällt, während der Test von unseren Räumlichkeiten aus gesteuert wird.«

»Würden Sie es vorziehen, dass wir im eigenen Rechenzentrum bleiben und von dort aus den Betrieb lenken?« Ana sah einen Hoffnungsschimmer. Diese Variante gefiel ihr besser als der muffige Rathauskeller.

»Nein! Wie würde das denn aussehen?« Der Bürgermeister streckte die Hände abwehrend in die Höhe. »Von ein paar Demonstranten lasse ich mich nicht einschüchtern. Polizeischutz fordere ich aus demselben Grund nicht an. Ich habe meine Freunde auf der Wache informiert und sie werden zusätzliche Kontrollfahrten einlegen.«

»Okay, das klingt vernünftig.« Ana wartete ab. Hatte er sie aus diesem Grund hergebeten? Das hätte er ihr genauso gut am Telefon mitteilen können.

»Sie müssen mir versprechen, jedes Sicherheitsrisiko auszuschließen.«

Ana spannte sich an. Worauf zielte er ab? Er konnte unmöglich von den Hackerangriffen erfahren haben. Risiken in der IT ließen sich minimieren, sie auszuschließen war illusorisch. Das wollte er auf keinen Fall von ihr hören.

Der Bürgermeister deutete ihr Zögern falsch. »Ich will Ihnen keine Angst einjagen. In den Kellerräumen sind Sie sicher. Wir haben auch die gewünschte Sperre mit Kartenleser montiert. Ich meine keinen physischen Überfall, sondern IT-Probleme. Nicht, dass Sie die Ampeln irrtümlich schalten oder die Rettung am Einsatzort vorbeischicken oder sonst ein Unglück anrichten. Sie müssen mir garantieren, dass alles glattgeht. Können Sie das?«

Ana schluckte. »Wir tun unser Bestes.«

»Ist das ein ›Ja‹?«

»Ja«, presste Ana hinaus. »Sie schauen, dass uns keiner angreift und wir, dass die Technik funktioniert.«

»Danke, jetzt bin ich erleichtert.« Er lehnte sich entspannt zurück.

Ana fühlte sich unwohl. Der Bürgermeister verhielt sich aus ihrer Sicht kindisch. War das politisches Gehabe zur Absicherung? In Wirklichkeit machte es keinen Unterschied, ob sie zustimmte. Ihr Gewissen meldete sich. War sie verpflichtet, ihm von den Hackerangriffen zu erzählen? Sie entschied sich dagegen. Zuerst wollte sie mit ihren Spezialisten klären, wie gefährlich die Bedrohung tatsächlich war. Im Extremfall würde sie beim Lenkungsausschuss die Notbremse ziehen.

Nach Small Talk war ihr nicht zumute. »Haben Sie noch andere Anliegen?«

»Nun.« Er sah zum Fenster.

Ana fand sein Benehmen an diesem Morgen befremdlich.

»Was mich interessiert: Haben Sie von den Aktivisten im Stadtsaal jemanden erkannt?«

»Die waren doch vermummt. Außerdem kenne ich auch ohne Maskierung sicher keinen.«

»Ah so, na dann.«

Was war das für ein seltsames Gespräch? Von dieser Seite hatte sie den gewandten Politiker bisher nicht kennengelernt. »Vermuten Sie, jemanden identifizieren zu können? Falls Bürger aus Korneuburg teilgenommen haben?« Ana legte ihr Handy auf den Tisch. »Mein Assistent hat ein Video gedreht, das hat er mir geschickt. Wollen Sie es anschauen?«

Gemeinsam starrten sie auf den Film. Die Bilder waren so scharf, dass Ana die Transparente entziffern konnte. Erleichtert nahm sie zur Kenntnis, dass keine Gestalt sie an Marion erinnerte. Schließlich sahen sie den Vermummten auf den Bürgermeister zugehen und Ana spürte, wie der sich neben ihr anspannte. Die nächsten Bilder waren verwackelt und der Film oft unterbrochen. Danach hasteten die Demonstranten aus dem Saal. Als die Videoaufnahme abgespielt war, wartete Ana vergeblich auf eine Reaktion und nutzte die Gelegenheit, um sich zu verabschieden.

Die KI-Gegner hielten sich noch immer vor dem Rathaus auf, Marion war nicht zu entdecken. Ana durchkämmte den Platz zweimal und umkreiste die Pestsäule. Sie schaute jedem Demonstranten prüfend ins Gesicht. Ein etwa fünfzigjähriger Mann kam ihr bekannt vor. Ihre Blicke kreuzten sich und er wandte sich abrupt ab. Ihrer Freundin begegnete Ana nicht, doch ihr miserables Gefühl blieb. Hoffentlich war das keine Vorahnung.

KAPITEL 6

»Der Teilnehmer ist derzeit nicht erreichbar«, verkündete die Freisprechanlage im Cabrio.

Was war mit dem Handy von Frau Doktor Maier los? Ana hatte damit gerechnet, dass sich ihre Ansprechpartnerin im Ministerium nach der Pressekonferenz meldete. Üblicherweise wollte die Beamtin stets am Laufenden gehalten werden. Heute war sogar ihre Sprachbox ausgeschaltet. Ana würde sie vor dem Lenkungsausschuss nochmals kontaktieren.

Sie zögerte einen Augenblick, dann wählte sie die Nummer von Marion. Die Geheimnistuerei gehörte aus der Welt geschafft. Es läutete, dann sprang der Anrufbeantworter an. »Sie hat mich weggedrückt. Die mag nicht mit mir reden«, durchzuckte es Ana. Was war bloß in ihre Freundin gefahren?

Da klingelte ihre Freisprechanlage. Also doch. Eilig nahm Ana den Anruf an. »Hallo Marion, ich freue mich, dass du zurückrufst.«

»Ich muss Sie enttäuschen, ich bin nicht Marion«, antwortete ihr eine heisere Männerstimme.

»Oh, Entschuldigung. Mit wem spreche ich?«

»Klaus Krutzler. Ich grüße Sie, Frau Rubin.«

»Guten Tag.« Ana zögerte. Sie verabscheute Situationen, in denen ihr Namensgedächtnis sie im Stich ließ. »Womit kann ich Ihnen weiterhelfen?«

»Mit einem exklusiven Interview.«

»Mit einem Interview? Kennen wir uns?« Ana war verwirrt.

»Wir haben uns nicht persönlich vorgestellt. Ich war gestern bei Ihrer Pressekonferenz. Mich beschäftigen Fragen zu Ihrem KI-Projekt, die ich mit Ihnen klären möchte, bevor ich einen umfangreichen Artikel veröffentliche.«

»Da liegt ein Missverständnis vor, Herr Krutzler. Ich bin für die Projektdurchführung verantwortlich, ich mache keine Pressearbeit. Wenden Sie sich bitte an die Marketingabteilung. Darf ich Ihnen die Telefonnummer durchgeben?«

»Nein. Ich bestehe darauf, mit Ihnen zu sprechen.«

»Das funktioniert so nicht. Interviews geben wir ausschließlich in Zusammenarbeit mit der Pressestelle. Die zuständige Managerin heißt ...«

»Interessiert mich nicht«, krächzte er. »Ich will Sie interviewen und sonst niemanden dabeihaben.«

»Hören Sie. Wir sind ein internationaler Konzern, da kann nicht jede Mitarbeiterin wann ihr beliebt mit Journalisten plaudern. Soll ich Ihnen jetzt die Nummer sagen?«

»Erstens sind Sie Managerin und nicht Mitarbeiterin und zweitens ist es für Sie wichtig, dass wir beide uns kurzfristig treffen.«

Es reichte Ana. Was für ein unverschämter Kerl das war. »Tut mir leid, dass ich Ihnen nicht weiterhelfen kann. Ich wünsche Ihnen noch einen angenehmen Tag.« Sie drückte ärgerlich den Ausschaltknopf. Krutzler. Diesen Namen würde sie sich merken, der klang nach Ärger.

Im Büro hastete sie ein paar Minuten zu spät ins Meeting. Um den Tisch saß ihr Leitungsteam und unterbrach eine angeregte Diskussion.

»Schönen Vormittag«, begann Ana. »Wie ich höre, seid ihr bereits vom Verlauf der Pressekonferenz unterrichtet.«

»Ich habe mir erlaubt, eine Zusammenfassung zu machen«, bestätigte Karsten. »Die Frage ist aufgekommen, ob du befürchtest, dass der Test wegen der Aktivisten abgesagt wird.«

»Ich war soeben beim Bürgermeister. Er ist irritiert, möchte aber fortsetzen. Pat redet mit dem Kommerzialrat.«

»Sind wir ein Angriffsziel?« Manuela war die Besorgnis anzumerken. »Die Demonstranten halten uns für ihre Feinde. Was machen wir, wenn sie uns attackieren?«

»Die Polizei wird uns unauffällig schützen, ohne zusätzliches Öl ins Feuer zu gießen. Wir müssen umsichtig agieren und jegliche Konfrontation meiden.«

Nachdenklich wanderte Anas Blick über die ernsten Gesichter. »Wir haben ein weiteres Problem und das beunruhigt mich massiv. Luc, schildere bitte die Vorfälle.«

Der Chefarchitekt erzählte in wenigen Sätzen von den beiden Hackerangriffen.

»Beim ersten Angriff war der Hacker echt drinnen? Das gibt es doch gar nicht! Wofür haben wir die teuren Absicherungen bezahlt?«, empörte sich Manuela.

»Es war jemand im System, hat nichts zerstört und keine Schadsoftware installiert?« Bert schnaufte ungläubig. »Seid ihr euch sicher?«

»Hundertprozentig, ich bin kein Anfänger«, zischte Luc.

Bert hob beschwichtigend die Hand. »Das war keine

Unterstellung, es klingt bloß saublöd. Jedes Jahr vermehren sich die Cyberangriffe, bisher haben wir alle abgewehrt. Und da schafft es einer in unsere IT und stellt nichts an? Was will der erreichen?«

Bedrücktes Schweigen senkte sich über die Teilnehmer.

»Vielleicht täuschst du dich, Luc. Was steht denn in den Protokollen, dass du einen erfolgreichen Hacker vermutest?«, mischte sich David ein.

»Soll ich sie dir vorlesen? Bist du neuerdings ein Security-Spezialist? Der Hacker ist durch ein Schlupfloch hinein und hat im gleichen Moment seine Aktion unsauber abgebrochen«, regte sich Luc auf.

David rollte die Augen. »Wer's glaubt.«

»Möchte uns jemand beweisen, dass er uns besiegen kann, wenn er will?«, murmelte Karsten.

»Besteht ein Zusammenhang mit den KI-Gegnern?«, rätselte Manuela.

»Das liegt auf der Hand. Aber keine Sorge, das war ein Zufallstreffer. Denen fehlt das Know-how für gezielte Angriffe«, gab David zurück.

»Woher willst du das wissen?«, fuhr ihn Luc an.

»Weil ich die Branche wie meine Westentasche kenne. Ich arbeite, statt auf Pressekonferenzen zu glänzen.«

Bevor sich die beiden Spezialisten in die Haare kriegten, warf Ana ein: »Luc hat das Security-Labor hinzugezogen. Die finden hoffentlich rasch die Ursache und eine Lösung. Bis dahin erhöhe ich die Sicherheit.«

»Was? Wie?« Beinahe gleichzeitig riefen Luc und David dazwischen.

»Ich schlage vor, wir reduzieren die Zahl der Zugriffsberechtigten. Durch die Reduktion der Protokollierungen erkennt Luc Auffälligkeiten schneller.«

Ana hatte ihren Gedanken kaum ausgesprochen, als David sich bereits dagegen auflehnte. »Du darfst die Techniker nicht bei den Tests behindern.«

Sie zog die Augenbrauen zusammen. Noch unterdrückte sie den aufsteigenden Ärger. »Das habe ich nicht vor. Luc, bitte überprüfe, wer in den nächsten Tagen nicht unbedingt Zugriff braucht. Den sperrst du temporär.«

»Verstanden. Die Kundenmitarbeiter ebenfalls?«

»Nein!«, rief Benji dazwischen. »Das dürft ihr nicht!«

Ana ignorierte ihn. »Ja. Und frag im Labor, welche kurzfristigen Maßnahmen sie zusätzlich vorschlagen.«

»Ich streiche David den Zugriff, somit wird die EDV sicherer«, verkündete Luc und grinste über das ganze Gesicht. Alle brachen in Gelächter aus.

David errötete über die Wangen bis zu den Haarwurzeln, schnitt eine Grimasse und schmunzelte. Das fiel ihm bestimmt schwer. Die Supertechniker konnten das Kräftemessen nicht bleiben lassen.

»Informieren wir das Ministerium über die Angriffe?«, fragte Karsten. Der Vertriebsleiter überlegte bereits die Konsequenzen.

»Der Kunde hat meiner Meinung nach ein Recht darauf, aber ich bespreche es vorher mit Pat«, antwortete Ana.

»Nein, auf keinen Fall!« Benji sprang auf. »Du darfst keine internen Probleme öffentlich kundtun. Das wäre für die Presse gefundenes Fressen!«

»Genau!«, stimmte ihm Tim zu und strich sich die Haare zurück.

»Deshalb rede ich vorher mit Pat«, gab Ana eisig retour.

»Was soll der Aufruhr? Setz dich nieder, Benji«, forderte ihn Karsten auf und betrachtete den Kollegen mit schief gelegtem Kopf.

»Mich regt auf, wie unprofessionell hier gearbeitet wird.« Benji plusterte sich auf.

Ana kämpfte darum, ruhig zu bleiben. Es war nicht das erste Mal, dass Benji sich mit unangemessen Bemerkungen in Szene setzte. »Ich denke, das reicht. Wir spielen weder der Konkurrenz in die Hände, noch missbrauche ich das Vertrauen unseres Kunden.« Sie hörte, dass ihr Tonfall schriller klang, was sie zusätzlich erboste.

Kollege Bennett, genannt Benji, war die Laus, die ihr die CEO in den Pelz gesetzt hatte. Unzufrieden mit dem Verlauf seiner Karriere, wollte er ständig seine Überlegenheit beweisen.

»Ana?« Karsten riss sie aus ihren Gedanken. Alle Augen waren auf sie gerichtet.

»Ich denke, für den Augenblick ist alles gesagt. Bitte bereitet den Test vor. Sobald ich neue Informationen bekomme, melde ich mich. Haltet die Augen offen. Wenn etwas Ungewöhnliches passiert, informiert mich kurzfristig.«

Beim Hinausgehen hörte sie Bert zu Tim zischen: »Benimm dich! Dir stehen solche Äußerungen noch nicht zu und Benji ist das blödeste Vorbild, das du dir aussuchen kannst.«

Ihr Assistent rückte sein Sakko zurecht und stolzierte mit erhobenem Haupt hinaus.

Als sich der Raum geleert hatte, trat Karsten zu ihr. »Kann ich dich zu Pat begleiten? Dabei erzähle ich dir etwas.«

Sie schlenderten den Flur entlang. Der Vertriebschef unterbrach das Schweigen: »Ärger dich nicht über Benji, du weißt doch, dass er neidisch ist.«

»Zuerst auf dich, weil du Vertriebsleiter geworden bist. Aber seit ich die Leitung des Projektbereiches übernommen habe und Pat ihn mir als Mitarbeiter zugeordnet hat, ist er unausstehlich. Ständig nörgelt er herum.«

»Ignorier ihn, er macht sich bloß selbst lächerlich.«

»Mhm. Normalerweise gelingt mir das halbwegs. Aber er nervt extrem. Am liebsten würde ich Pat ersuchen, ihn anderweitig einzusetzen.«

»Du bist bekannt dafür, dass du die schwierigen Fälle in den Griff bekommst. Deshalb hast du bereits zwei«, scherzte Karsten.

»Zwei?«

»Na, dein Assistent war mit ziemlicher Sicherheit nicht dein Wunschkandidat.«

Ana verkniff sich eine Antwort. Tim war zeitweise eine Nervensäge, doch sie hegte die Hoffnung, dass sich das Verhalten des jungen Mannes mit ihrer Unterstützung weiterentwickeln würde. »Was wolltest du mir erzählen?«

Karsten blieb stehen und blickte sich um. Es war niemand in der Nähe. »Es ist vermutlich belanglos, aber du solltest es wissen. Ich war am Freitag mit einem Kunden essen und im Restaurant habe ich Wolfram Schimmel getroffen.«

»Was ist das Besondere daran?«

»Er war dort mit dem CEO der Firma AI-Connect, unserem stärksten KI-Konkurrenten. Verdient Wolfram genug?«

»Du meinst, er wird abgeworben?«

»Möglich. Unsere Leute sind gut, diese Tatsache ist am Markt bekannt.«

»Danke für den Hinweis. Übermäßig beunruhigt bin ich nicht, weil Wolfram zufrieden wirkt. Doch ich spreche ihn an, wer weiß, womit sie ihn ködern.«

In diesem Moment bog die CEO um die Ecke. »Da seid ihr ja. Können wir reden?«

»Wir waren auf dem Weg zu dir, benutzen wir mein Büro.«

Kaum hatten sie sich niedergelassen, begann Pat: »Ich habe soeben mit dem Herrn Ministerialrat telefoniert. Es wird keinen Widerstand beim Lenkungsausschuss geben, das Projekt wird weitergeführt.«

Karsten stieß einen Seufzer aus. »Endlich positive Nachrichten. Danke, Pat. Wir müssen leider eine Komplikation mit dir besprechen.«

Pat hörte ihren Schilderungen bis zum Schluss schweigend zu. »Habe ich richtig verstanden, dass uns die Cyberattacke keinerlei Schäden zugefügt hat?«

»Korrekt.«

»Dann beunruhigen wir den Kunden nicht unnötig. Kein Wort darüber.«

»Aber …«, setzte Ana an.

»Das ist meine Entscheidung, Ana. Du unterstützt mich, Karsten?«

»Ja, mach ich. Wir vermeiden, den Kunden grundlos zu irritieren.« Der Vertriebsleiter sprach leise.

»Grundlos? Ihr könnt nicht ignorieren, dass jemand eingedrungen ist. Was ist, wenn er zurückkehrt und mit manipulierten Informationen ein Feuerwehrauto vom Brandort weg in die Irre leitet?«

»Dramatisier nicht, Ana. Sorg dafür, dass so etwas verhindert wird. Es ist deine Verantwortung, das Projekt ohne nennenswerte Probleme fertigzustellen. Denk an die finanziellen Auswirkungen einer Verzögerung. Genug geredet. Wir treffen uns beim Lenkungsausschuss.«

Die CEO erhob sich, rückte ihren Blazer zurecht und stolzierte zur Tür. Sie nickte ihnen zu und war weg.

»Ana«, begann Karsten.

»Bemüh dich nicht. Dir geht es nur um die nächste Vertragsunterschrift.«

»Sei fair. Zum jetzigen Zeitpunkt verunsichert die Information den Kunden. Wir haben keinen Beweis, dass wirklich Gefahr droht.«

»Für mich ist es eine Frage der Ehrlichkeit, den Kunden zu warnen.«

»Wir werden dafür bezahlt, ein kalkulierbares Risiko einzugehen. Der Kunde möchte sich sicher fühlen.«

»Ich gehe in meinem Job jeden Tag Risiken ein, stell mich nicht als übervorsichtig hin! Mit der künstlichen Intelligenz müssen wir verdammt aufpassen!«

»Aber …«

Ana zuckte mit den Schultern. Sie öffnete ihren Laptop und konzentrierte sich auf den Schirm. Eine Minute später hörte sie die Bürotür zufallen.

Was war das für eine miese Woche. Seit Monaten schuftete sie mit dem Team rund um die Uhr. Das Projekt lief bisher perfekt. Und jetzt auf einmal tauchten überall Schwierigkeiten auf, als ob sich alles gegen sie verschworen hätte. Wie sehr verabscheute sie es, als übervorsichtig bezeichnet zu werden. Ana ballte die Faust und schlug auf den Schreibtisch. »Autsch!«

Da brach sie über sich und ihren Groll in Gelächter aus. Wie unvernünftig sie sich manchmal benahm. Bei niemandem lief ständig alles glatt. Hindernisse existierten, um überwunden zu werden. Ab sofort würde es besser werden.

KAPITEL 7

Der strahlende Sonnenschein motivierte Ana zu einem Spaziergang ins Ministerium. Die Viertelstunde Fußweg diente als winziger Ersatz für den seit Wochen vernachlässigten Sport. Mit Karsten und Luc war der Treffpunkt »Beim Pferd« vereinbart. Das Reiterdenkmal von Radetzky stand direkt vor dem Ministerium auf dem Wiener Ring.

Ein weiteres Mal scheiterte sie daran, Frau Doktor Maier zu erreichen, es kam keine Verbindung zustande. Sie vermutete, dass das Handy defekt war.

Ana schlenderte den Bürgersteig oberhalb des Donaukanals entlang. Die Nachmittagssonne machte die Kälte erträglich. Eine Menschenansammlung auf der gegenüberliegenden Flussseite erregte ihre Aufmerksamkeit. Polizeiautos parkten auf dem Gehweg neben dem Wasser und Absperrbänder blockierten den Zutritt. Die Szene wirkte, als wäre ein Unglück passiert, und mit Unbehagen beschleunigte Ana ihre Schritte.

»Danke, dass Sie sich trotz der kurzfristigen Einladung alle hier eingefunden haben. Ich eröffne den außertourlichen Lenkungsausschuss.« Der Ministerialrat nickte ihnen freundlich zu.

Der leere Sessel zog Ana in seinen Bann. Frau Maier fehlte.

»Frau Doktor Maier möchte ich entschuldigen. Auch wenn sie es nicht bei mir getan hat.« Der Ministerialrat hatte anscheinend ihren Blick wahrgenommen und wollte einer Erkundigung zuvorkommen. Das klang nach internen Unstimmigkeiten.

Forschend schaute Ana zum Stellvertreter von Frau Maier. Magister Hoch musterte mit zufriedenem Gesichtsausdruck die Runde. Mit ihm hatte sie bisher wenig Kontakt gehabt, ihr war allerdings sein Ruf als selbstgefälliger Schnösel bekannt.

»Ich ergreife als Erster das Wort«, meldete sich der Bürgermeister und stand auf.

Verwundert beobachtete Ana, wie er zum Fenster trat und aus einer gläsernen Vase zwei Blumensträuße herauszog. Den einen überreichte er galant Pat, den anderen händigte er ihr aus. »Ich übermittle Ihnen hiermit vom Leiter der Rettung Korneuburg Glückwünsche.«

Ana nahm den Strauß und bedankte sich. Unschlüssig wartete sie auf eine Erklärung.

»Die Messungen ergeben, dass die neue Software bereits die Effizienz bemerkenswert steigert. Herausstreichen soll ich die optimierte Benachrichtigung des Notaufnahmeteams. Die Verantwortlichen schätzen, dass wir mit Anpassungen unserer Abläufe dreißig Prozent unproduktive Zeit einsparen werden. Das kommt unseren Patienten zugute und ist einfach hervorragend!«

Ana strahlte. Das Kundenlob tat ihr wohl. Soeben hatte sie die Woche noch wegen der Schwierigkeiten verteufelt, schon wandte sich alles zum Besseren.

»Luisa gefällt dem Rettungsteam außerordentlich«, fügte der Bürgermeister hinzu und zwinkerte Ana zu.

Ana und Luc lachten auf. Luisa war die künstliche Stimme, die sie extra für die Ambulanzanweisungen generiert hatten. Die Fahrer der Rettungswägen bezeichneten sie als »sexy Luisa«.

»Die Rettung ist lediglich einer der Bereiche, die sich durch Fortschritt profilieren«, ergänzte der Ministerialrat. »Dem Leiter war es ein Anliegen, seine Zufriedenheit vorab kundzutun. Ich selbst bevorzuge, dass wir nach Vertragsende kräftig feiern.«

Vorsichtig legte Ana die Blumen auf den Tisch. »Danke für die Anerkennung. Heißt das, wir führen den Abschlusstest wie geplant durch?«

»Nach Rücksprache mit dem Polizeipräsidenten und aufgrund der günstigen Pressemeldungen: Ja, unbedingt! Wir ziehen den 77-Stunden-Test von GEKI durch und krönen das Ende am Samstag mit einem Empfang der Presse. Wir sind nicht zu stoppen!«

»Ich schließe mich im Namen der Stadt Korneuburg den positiven Worten des Herrn Kommerzialrats an.« Der Bürgermeister blickte sie warmherzig an. »Ich erlebe unsere Zusammenarbeit als erfreulich und schätze unsere offene Kommunikation.«

Ana suchte Augenkontakt zu Pat, aber diese lächelte in eine andere Richtung. Schlechtes Gewissen, weil sie die Cyberattacke verheimlichten, hatte die CEO sichtlich keines.

Eine Viertelstunde lang berichtete der Bürgermeister über die Pläne der Exekutive, nach dem Rechten zu sehen, ohne die KI-Proteste anzuheizen.

Der Kommerzialrat wollte jegliche Meldung an die Presse selbst übernehmen und Pat stellte ihm ihre Marketingchefin als Unterstützung zur Seite. Eigenmächtige Diskussionen mit Presseleuten waren strengstens verboten. Das sollten sie den Mitarbeitern ebenso deutlich machen.

Schließlich forderte der Ministerialrat Karsten auf, die Vertragsentwürfe für die Folgeprojekte zu finalisieren. Der Vertriebsleiter sprühte vor Eifer, während er die Wünsche notierte und ununterbrochen nickte.

Es klopfte und eine junge Dame trat ein. »Herr Ministerialrat, bitte entschuldigen Sie die Störung. Zwei Herren von der Polizei möchten Sie sprechen. Sie lehnen es ab zu warten.«

»Kurze Pause, ich bin gleich zurück.« Der Ministerialrat folgte stirnrunzelnd seiner Sekretärin.

Karsten, Luc und Ana unterhielten sich angeregt beim Fenster. Der Anblick der beleuchteten Ringstraße und ihrer Prachtbauten war erhebend. Ihre Stimmung war ausgezeichnet. Die lobenden Kundenworte hatte ihnen die Bedeutung ihrer Arbeit vor Augen geführt.

»Du strahlst wie ein Honigkuchenpferd«, lächelte Ana Karsten versöhnlich an.

»Wir haben allen Grund zu jubeln. Jetzt brauchen wir noch den perfekten Test.« Karsten blickte sie hoffnungsvoll an.

»Das schaukeln wir«, versprach Luc. Erstmals erweckte sogar ihr französischer Kollege einen übermütigen Eindruck. »Morgen Abend bin ich in meinem Jazzklub. Da ist eine Superperformance. Kommt vorbei, ich würde mich freuen.«

»Du hast einen Jazzklub?«, fragte Ana verblüfft.

»Natürlich nicht. Ich meine das Jazzland, dort bin ich Stammgast. Es ist beinahe so erstklassig wie mein Jazzklub in Paris.«

Nach sechs Monaten war das sein erster Ansatz von Anschluss im Team. Ana wollte die Gelegenheit nutzen.

»Ah so. Klar. Wenn es sich mit dem Test vereinbaren lässt, komme ich gern. Ich steh auf Jazz und Manuela begleitet mich sicher. Ein paar andere Kollegen laden wir zusätzlich ein.« Ana sah den Vertriebsleiter auffordernd an.

»Ich weiß noch nicht, ob ich Zeit habe. Aber danke für die Einladung«, meinte Karsten.

Da öffnete sich die Tür und der Kommerzialrat trat ein, dicht gefolgt von einem Ana unbekannten Mann und einem Polizisten in Uniform.

»Ich habe schlechte Nachrichten bekommen«, verkündete der Kommerzialrat mit ernstem Gesicht. »Bitte nehmen Sie wieder Platz, die beiden Herren müssen uns Fragen stellen.«

Ana durchfuhr ein Schreck. Was hatten die Aktivisten nun angerichtet? Hatten sie jemanden verletzt?

Zunächst erfragte der Polizist in Zivil ihre Namen. Jeder stellte sich zusätzlich mit seiner Position vor. Ana wurde fahrig. Unruhig rutschte sie hin und her. Was war los?

»Wir müssen Ihnen mitteilen, dass Frau Doktor Elfriede Maier gestern tot aufgefunden wurde. Da Unklarheiten zu ihrem Ableben bestehen, sprechen wir mit allen, die Kontakt mit ihr hatten. Das ist kein Verhör, nur ein Informationsgespräch.«

Frau Maier war gestorben. Die nette Dame hatte vollkommen gesund gewirkt.

»Ich fange gleich bei Ihnen an, Frau …«, sagte der Polizist und sah suchend auf die Mitschrift.

»Rubin. Ana Rubin. Ich bin erschüttert. Das kommt so überraschend.« Ana schnaufte auf. Mühsam hielt sie die Tränen zurück. »Was ist denn passiert?«

»Erzählen Sie von Ihrem Verhältnis zu Frau Maier und wann Sie sie das letzte Mal gesehen oder gehört haben.«

»Vorgestern Abend haben wir telefoniert. Es war ein kurzes Gespräch zum Status. Schließlich war Sonntag. Gestern hat sie sich nicht gemeldet und war nicht erreichbar. Ich habe mich gewundert, weil Frau Maier verlässlich ist … war. Zuallerletzt habe ich vor dieser Sitzung vergeblich angerufen.«

»Jetzt wissen wir, wieso sie ihre Abwesenheit nicht angekündigt hat.« Der Ministerialrat klang fassungslos.

»Was hatten Sie mit Frau Maier zu tun?«

»Ich leite als Auftragnehmer ein KI-Projekt und sie war meine Ansprechpartnerin beim Kunden.« Ana zögerte, weil der Polizist eine verständnislose Miene zeigte. »Das Ministerium für Digitalisierung ist unser Kunde.«

»Ich bin der Auftraggeber«, schaltete sich der Ministerialrat ein. »Frau Doktor Maier war für dieses Projekt meine Beauftragte. Ich habe zu wenig Zeit, mich um alles zu kümmern.«

Endlich nickte der Polizist, dass er verstand. »Sie haben eng mit ihr zusammengearbeitet? Wie war sie?«

»Wir hatten täglich Kontakt. Meistens telefonisch, aber in den letzten Wochen war sie häufig bei uns in der Firma. Ich habe ihr einen eigenen Arbeitsplatz zur Verfügung gestellt.«

Ana verlor sich in der Erinnerung an Frau Maier.

»Frau Rubin?«

»Frau Maier ist … war tüchtig. Hervorragend organisiert und engagiert. Sie war für mich eine wertvolle Ansprechpartnerin. Was ist ihr zugestoßen?«

»Ist Ihnen Frau Maier jemals verwirrt oder orientierungslos erschienen?«

Ana schüttelte überzeugt den Kopf. Das genügte dem Beamten und er wandte sich den anderen zu. Fragen und Antworten. Das Gespräch schleppte sich endlos dahin. Wie betäubt saß Ana da und konnte keinen klaren Gedanken fassen.

»Jetzt halte ich es für angebracht, dass Sie unsere Fragen beantworten.« Der Ministerialrat kehrte seine Autorität hervor. Der Polizist blinzelte und räusperte sich. »Gestern Morgen hat ein Spaziergänger die Handtasche von Frau Elfriede Maier am Gehweg des Donaukanals gefunden. Das daraufhin beauftragte Tauchteam wurde nach Stunden fündig. Die Frau konnte nur noch tot geborgen werden.«

»Unten am Donaukanal? In der Partymeile?«

»Nein, im entlegenen Teil, einen Kilometer von der Partymeile entfernt.«

»Ist sie da spazieren gegangen? Was hat sie dort gewollt? Hat jemand beobachtet, wie sie ins Wasser gestürzt ist?« Die Anwesenden redeten aufgeregt durcheinander.

Der Beamte hob die Hand. »Aus jetziger Sicht handelt es sich um einen Unfall oder um Suizid. Wir haben keinen Anhaltspunkt für Fremdverschulden. Die Ermittlungen sind im Laufen, deshalb stellen wir die Fragen.«

KAPITEL 8

Als die Polizisten weg waren, hielt der Ministerialrat eine Trauerminute ab. Betreten standen sie um den Besprechungstisch. Ana schluckte Tränen hinunter. Auch wenn die Beziehung zu Frau Maier lediglich beruflich gewesen war, ging ihr deren Tod zu Herzen.

Es war gewiss ein tragischer Unfall. Anas Gedanken kreisten unentwegt, einen Selbstmord der ausgeglichenen Beamtin schloss sie aus. Doch ein nächtlicher Spaziergang am Donaukanal passte auch nicht zu ihr. Es musste spät gewesen sein, wenn so ein Unglück passierte, ohne dass es jemand mitkriegte und Hilfe holte.

Nach der besinnlichen Unterbrechung griff der Ministerialrat die Tagesordnung auf. Auch wenn das Ableben seiner Mitarbeiterin zutiefst bedauerlich war, es änderte nichts an der Entscheidung, das Projekt zügig fertigzustellen.

Ana hörte kaum zu. Ihr erschienen die Themen so unwichtig angesichts der Todesnachricht. Immer wieder fragte sie sich, was die Frau zum Fußweg neben dem Wasser gelockt hatte. Tagsüber verbrachten dort Menschen ihre Freizeit. In der Nacht würde sie nie freiwillig auf den einsamen Weg hinuntersteigen. Um diese Zeit nutzten ihn verliebte Pärchen und dunkle Gestalten.

»Können wir den Test verkürzen?« Nach einer Pause vernahm Ana: »Frau Rubin?«

Sie fuhr in die Höhe. »Wofür soll das gut sein?«

Augenblicklich erkannte sie, dass die CEO und der Vertriebschef ihre Mienen gequält verzogen. Aus dem Augenwinkel sah sie Luc den Kopf schütteln.

»Um schnell zum Ende zu kommen.« Der Ministerialrat betrachtete Ana prüfend.

Ana spürte, welche Antwort Pat und Karsten von ihr erwarteten. Eine Abkürzung zum Projektende war ihnen höchst willkommen. »Das halte ich für keine gute Idee. Wir brauchen die Dauer, um etwaige Mängel auszumerzen. Um drei Stunden haben wir ihn ohnehin reduziert, um für die Presse die doppelte Glückszahl zu haben.« Sie unterdrückte die Anmerkung, was sie von dieser Idee der Marketingabteilung für einen klingenden Namen hielt.

Karsten sah sie unglücklich an. Ana brach den Blickkontakt ab.

»Schade. Aber Sie sind die Spezialistin, ich verlasse mich auf Ihre Beurteilung. Es bleibt bei 77 Stunden.«

Lediglich Luc strahlte Zufriedenheit mit ihrer Entscheidung aus.

»Wir benötigen auf unserer Seite einen neuen Projektverantwortlichen, Herr Kommerzialrat. Das kann ich wahrnehmen.« Magister Hoch, der bisherige Stellvertreter von Frau Maier, schaute Beifall heischend in die Runde.

Ana verbiss sich in letzter Sekunde eine Bemerkung. Frau Maier hatte sich dezent, aber eindeutig über ihn geäußert. Er war nicht der hellste Kopf, dafür umso überheblicher.

»Hervorragende Idee. Sie übernehmen das, Herr Magister Hoch. Frau Rubin weist Sie sicher ein, damit Sie übergangslos einsteigen. Somit haben wir das ebenfalls geklärt. Ich wünsche uns allen erfolgreiche Tage. Sie halten uns am Laufenden.«

Die Verabschiedung erfolgte in gedämpfter Stimmung. Mit Herrn Hoch vereinbarte Ana einen Termin für den Folgetag. Sie packte ihre Sachen zusammen und nahm den Blumenstrauß.

»Gehen wir gemeinsam zur Firma zurück? Ich möchte mit dir sprechen.« Pat sah sie auffordernd an.

»Gern.« Wollte sich die CEO beschweren, weil sie den Testlauf nicht verkürzt hatte?

Die ersten Minuten schritt Pat schweigend neben ihr her.

Ana warf ihr unauffällige Blicke zu. Ihre Chefin stapfte geistesabwesend dahin. Fieberhaft überlegte Ana, wie sie ein unverfängliches Gespräch beginnen konnte. Es war untypisch für Pat, so stumm zu bleiben, und das machte sie nervös. Sie wollte die Gardinenpredigt hinter sich bringen.

»Du wolltest etwas mit mir bereden«, presste sie heraus.

»Mhm.«

»Wegen der Testdauer?«

»Ich bin Ziel von Drohmails.«

Das war eine unerwartete Wendung. »Was für Drohmails?«

»Ich soll das Projekt einstellen.« Die CEO flüsterte so leise, dass sich Ana zu ihr beugte.

»Das Projekt abbrechen? Wieso denn? Wer hat das geschickt?«

»Anonym natürlich.«

»Was sagt die Polizei dazu?«

Das Schweigen dehnte sich unangenehm aus. Pat hatte die Behörden nicht informiert.

»Was genau steht in dem Schreiben?«

»Es waren zwei Mails. Ich soll das KI-Projekt sofort beenden, andernfalls wird es mir leidtun. Im Zweiten haben sie gedroht, dass Angestellten ein Unglück zustößt.«

»Puh. Das klingt heftig. Wieso hast du nicht die Polizei involviert?«

»Ich empfange hin und wieder widerwärtige Post. Das ist der Preis meiner Position. Bisher waren es leere Drohgebärden. Ich wollte kein unnötiges Aufsehen erregen. Womöglich hätte das Ministerium von der Anzeige erfahren und wäre verunsichert gewesen.«

»Wäre es angesichts der Hackerangriffe nicht vernünftiger, doch die Polizei zu verständigen?«

»Darüber grüble ich, seit ihr mich informiert habt. Deshalb habe ich dich um diesen Meinungsaustausch ersucht.«

»Befinden sich die Mails auf deiner Maschine? Dann besuchen wir sofort ein Kommissariat.«

Die Antwort ließ auf sich warten. »Ich habe sie gelöscht.«

»Was?«, rutschte Ana schallend laut heraus. Sie biss sich auf die Lippen und starrte Pat entgeistert an.

»War wohl nicht meine schlaueste Aktion«, stöhnte Pat im Flüsterton. »Was soll ich bloß tun?«

»Unter Umständen lassen sich die Nachrichten wiederherstellen. Wann sind sie eingelangt?«

»Tatsächlich? Kann das gelingen?« Pat klang hoffnungsvoll. »Die neue Mail war letzte Woche, die erste vor einem Monat.«

»Das ist lange her. Ich finde, den Versuch ist es trotzdem wert. Nur …« Sie brach ab.

»Was, Ana?«

»Ich kann das nicht. Wir müssen jemanden einweihen. Luc Bertrand zum Beispiel, der ist technisch brillant.«

»Herr Bertrand? Meine Begeisterung hält sich in Grenzen. Den kenne ich lediglich oberflächlich und er wirkt so abweisend. Und seine geschmacklose Kleidung. Ob der loyal ist? Hast du niemanden anderes, der das schafft?«

»David. Aber ich erinnere dich, er ist seit Monaten nicht mehr fix bei uns angestellt, sondern Freelancer.«

»Das ist ein ausgezeichneter Vorschlag. Mit David bin ich seit Jahren vertraut, wir duzen uns sogar. Nehmen wir ihn.«

Statt einer Antwort suchte Ana die Telefonnummer im Handy und schaltete den Lautsprecher ein. »Hallo David, Pat hört mit. Wir brauchen dich dringend. Kannst du in einer halben Stunde in ihrem Büro sein?«

»Hi Ana, grüß dich, Pat. Habt ihr endlich erkannt, dass Luc mir nicht das Wasser reichen kann? Selbstverständlich stehe ich euch zur Verfügung. Wir treffen uns bei Pat.«

»Danke«, sagte Ana und legte auf.

»Worauf spielt David an? Ist er noch immer beleidigt?«, fragte Pat neugierig.

Ana seufzte. »Hahnenkampf. Die beiden Gurus liefern sich einen Konkurrenzkampf und lassen kein gutes Haar am anderen. Dabei gehen wir an Arbeitslast für Spitzentechniker unter. Die zwei sind zeitweise richtiggehend kindisch. Doch sie leisten erstklassige Arbeit.«

»Alles klar.« Pat lachte sogar wieder. »Wie hast du das früher genannt? Madonnen?«

»Primadonnen und Diven«, kicherte Ana.

»Ich erachte es als jammerschade, dass David gekündigt hat. Überzeuge ihn, in die Firma zurückzukommen. Wir machen für ihn eine Ausnahme und stellen ihn wieder an. Den Personalchef umzustimmen, übernehme ich.«

Bei der Urania schlängelten sie sich durch eine Gruppe asiatischer Touristen. Die warteten mit einer Reiseführerin auf Einlass in das historische Gebäude. Die schnatternden Touristen lenkten Ana dermaßen ab, dass sie übersah, dass Pat stoppte. Ana prallte gegen ihren Rücken.

»Oh, entschuldige«, rief sie aus. Da erblickte sie den Grund für Pats überraschenden Halt. Unterhalb der Brücke flatterten Absperrbänder der Polizei im Wind. Direkt neben der Wasserkante unterhielten sich Uniformierte mit Passanten.

Ana überlief ein Schaudern. Das musste der Ort sein, an dem Frau Maier ins Wasser gestürzt war. Es gab kein Geländer.

»Was hat Frau Doktor Maier da unten in der Nacht gemacht?« Pat plagten die gleichen Überlegungen wie Ana. »Der Unglücksort liegt zwischen unserer Firma und dem Ministerium.«

Schwermütig kehrten die beiden zur Firma zurück. Im Vorraum stürmte Benji auf sie zu. »Grüß Sie, Frau Alt! Wie ist der Lenkungsausschuss gelaufen?«

Pat schüttelte ihm freundlich die Hand. »Wir starten morgen mit dem Test.«

Leise fügte Ana hinzu: »Frau Doktor Maier ist verunglückt.«

»Ich kehre sofort zu den Vorbereitungen zurück, damit morgen alles bereit ist! Sie können sich auf mich verlassen.«

Beim Weitergehen lobte Pat: »Herr Bennet ist ein besonders engagierter Mitarbeiter, den müssen wir fördern.«

Ana stapfte wortlos hinter ihr her.

David tauchte pünktlich im CEO-Büro auf. Pat erklärte ihm die Situation mit den Drohungen und holte sich das Versprechen, niemandem außerhalb dieses Kreises ein Wort zu verraten.

»Ana hat mir versichert, dass du der Einzige bist, der eine Chance hat, die Mails wiederherzustellen.«

»Hat sie das?« David schaute prüfend zu Ana, die sofort kräftig nickte. Geschmeichelt lächelte er. »Euch ist hoffentlich klar, dass die Erfolgsaussicht gering ist.«

Eine Stunde später stand die traurige Tatsache fest. David scheiterte mit seinen Bemühungen, die Daten zu retten. Der Spezialist redete und redete. Er schilderte jeden Versuch im Detail und begründete sein Versagen zum dritten Mal mit technischem Kauderwelsch.

»David Urban, wir machen dir keine Vorwürfe«, bemühte sich Pat, ihn zu besänftigen. »Wenn du die Mails nicht mehr auffindest, vermag das niemand.«

»Genau so ist es leider. Sie sind endgültig verloren.« David hob bedauernd die Hände. »Ich hätte dir so gern geholfen. Tut mir aufrichtig leid.«

»Das lässt sich eben nicht ändern.«

»Wirst du das Projekt stoppen?«, fragte er. »Oder die Polizei informieren?«

Die CEO wiegte bedächtig den Kopf. Auf ihrer Stirn zeigten sich tiefe Falten. »Nein. Die Polizei fängt mit meiner vagen Aussage nichts an und ich bin nicht bereit, den Drohungen so enorme Bedeutung beizumessen. Jemand beabsichtigt, mich einzuschüchtern.«

Ana verkniff sich ihren Einwand, da sie Pats Sturheit mittlerweile ausreichend kannte. Sie wandte sich an David: »Komm, lass uns weiterarbeiten. Wir haben keine Zeit zu verschenken. Morgen beginnt der Test.«

David wirkte unwillig, das Büro der CEO zu verlassen. Wollte er bei ihr Eindruck schinden? Sollte doch Pat den Versuch wagen, ihn von seiner Rückkehr zu überzeugen.

KAPITEL 9

Ana lehnte in ihrem Büro am Fenster. Während sie das Lichtermeer der Wiener Innenstadt betrachtete, war sie tief in Gedanken versunken.

Wer war der Verfasser der Drohmails? Gehörte er zu den Korneuburger Demonstranten? Die forderten das sofortige Ende des KI-Einsatzes. War ihr Team in ernsthafter Gefahr?

Da fiel ihr wiederum die arme Frau Maier ein. Die Polizisten hatten Fremdverschulden ausgeschlossen. Erkannte ein Pathologe bei der Autopsie, ob jemand sie geschubst hatte? Dazu musste sie sich freiwillig in der Dunkelheit dem Wasser genähert haben. Aus welchem Grund?

Ana gab sich einen Ruck. Dieses Sinnieren brachte nichts, es regte bloß düstere Fantasievorstellungen an. Pats Entscheidung, die Polizei nicht zu involvieren, war in Stein gemeißelt. Anas Aufgabe war, ihr Projekt und ihre Mitarbeiter zu beschützen.

Ein Blick auf die Uhr ermahnte sie, dass es Zeit war, die Firma zu verlassen. Sie hatte ein paar Wochen zuvor mit einem Selbstverteidigungskurs begonnen und fand immer größeres Vergnügen daran. Die Mischung aus Körperbeherrschung und Abwehrvermögen faszinierte sie.

Verteidigung. Die brauchte sie zurzeit. Für sich selbst und für ihr Computersystem. Entschlossen packte sie ihre Sachen zusammen. Am Weg nach draußen schaute sie bei Luc vorbei.

»Ich dachte schon, du kommst nicht mehr«, stellte Luc trocken fest.

»Hatten wir einen Termin?«, fragte Ana bestürzt, sie erinnerte sich nicht.

»Scherz. Ich kenne dich mittlerweile. Du willst garantiert wissen, ob das Labor Erkenntnisse hat und was wir zusätzlich noch unternehmen können.«

Ana war nicht zum Spaßen zumute. »Und? Sprich.«

»Mir sagt man nach, dass ich muffelig bin«, murmelte Luc. Er erhob sich und legte zwei Finger an die Stirn. Eine Geste, die Ana bei ihm wiederholt bemerkt hatte, wenn er sich konzentrierte.

»Das Labor hat eine erste Sicht auf die Vorfälle. Sie untersuchen ab sofort detaillierter, da das Ergebnis auffällig ist. Schriftliches folgt per Mail an unsere Managementadresse.«

»Was meinen sie mit auffällig?«

»Die Aussage ist noch nicht final. Sie vermuten, entweder der Täter hat eine gänzlich neue Methode gefunden, die äußersten Firewalls zu umgehen ...« Luc unterbrach sich. »In diesem Fall haben wir es mit einem grandiosen Hacker zu tun, das wird brandgefährlich.«

»Oder?«

»Er war schon drinnen.«

»Wo drinnen?«

»Innerhalb der ersten Schutzschicht. Das wäre beispielsweise möglich, wenn wir beide uns jetzt hier einhacken.«

»Hier im Sinne von physisch anwesend?«, fragte Ana ungläubig.

»Exakt. Der Hacker könnte an diesem Platz eingedrungen sein. Oder es war jemand mit Zugriffsrechten.«

Sie starrten sich an. »So eine Scheiße«, entfuhr es Ana. »Entweder ein Superhacker oder ein Projektmitglied. Schlimmer geht es kaum.«

Luc ließ sich auf den Sessel gleiten. »Wie stehen die Chancen, den Abschlusstest zu verschieben, bis wir ein eindeutiges Ergebnis haben?«

Müde schüttelte Ana den Kopf. »Pat sagt nicht ab. Ich soll unsere Probleme lösen.«

»Merde, die Manager tun sich so leicht mit ihren Aussagen!« Er funkelte sie zornig an.

»Ich habe argumentiert, aber sie blockt. Ich fürchte, das ist endgültig.« Ana fixierte ihren Kollegen. »Gibt es nicht doch noch andere Möglichkeiten? Dass der Hacker aufgehört hat, weil er nicht hineingekommen ist?«

»Es war jemand drinnen, finde dich damit ab. Er hat nichts zerstört, sondern abgebrochen. Das spricht gegen den Superhacker. Wäre ein Profi sauber ausgestiegen, wäre mir keine Systemmeldung aufgefallen.«

»Und er wäre unentdeckt verschwunden. Kennen wir die Uhrzeit des Angriffs?«

»Klar. Es war kurz nach Mitternacht.« Luc trommelte mit den Fingern. Diese Unterhaltung dauerte ihm sichtlich zu lange und er unternahm keinen Versuch, seine Ungeduld zu verbergen.

»Ich nehme für einen Augenblick das Undenkbare an. Einer unserer Leute sabotiert das Projekt. Was können wir dagegen tun?«

»Du nimmst allen die Berechtigungen weg. Sie sind dann für das System externe User und haben keinen Vorteil gegenüber normalen Hackern. In dem Fall wird uns das Security-System schützen.«

»Doch dann kann im Test niemand notfalls eingreifen, weil alle nur Zuschauer sind. Das ist risikoreich«, murmelte Ana.

»Zu riskant«, bestätigte Luc. »Wir dürfen uns nicht komplett aussperren. Derjenige an der Konsole braucht den Zugriff.« Seine Finger wanderten zur Stirn, bis sie sie antippten. »Diese Autorisierung könnte ich auf eine Maschine isolieren.«

Sie brüteten schweigend vor sich hin.

»Wir machen das.« Ana setzte sich aufrecht hin. Sie hatte eine Idee. »Ich lasse diese Berechtigung nur bei einer Handvoll Leuten. Ist das machbar für dich?«

»Klar. Das Löschen erledige ich in Nullkommanichts, die Einzelberechtigung kostet zehn Minuten je Gerät.«

»Du entfernst die Autorisierung sofort bei allen und richtest bei dir und mir diese Sonderberechtigung ein. Bis morgen in der Früh beschließe ich, wer sie noch bekommt.«

»Ernsthaft?« Luc riss verblüfft den Mund auf.

»Es ist mir todernst. Leg los.«

»Du wirst einen Riesenwirbel auslösen, Ana.«

»Egal. Fang bitte an. Hier hast du meine Maschine.«

»Ich entziehe auch den Kundenmitarbeitern die Berechtigungen?«

»Allen!«

Luc verzog sein Gesicht, als ob er in eine Zitrone biss, und machte sich an die Arbeit. Ana stellte sich hinter ihn.

Sie wollte sehen, was er auf ihrer Maschine veränderte, auch wenn sie die Mehrheit seiner Befehle nicht verstand.

Schließlich sagte Luc: »Fertig. Ich zeige dir, wie du im Notfall ins System einsteigst. Du verbindest dich wie üblich mit dem Laptop, gibst die Passwörter ein, drückst auf diesen Knopf und wartest.« Er deutete auf ein Icon, das neu war. »Die Computer sprechen nun miteinander und überprüfen sich gegenseitig. Erst danach gelangst du hinein. Alles klar?«

»Und das schaffen im Moment ausschließlich unsere beiden Geräte?«

»So ist es. Wann informierst du die anderen?«

»Ich setze für morgen früh einen Conference-Call auf.«

»Ich freue mich auf ihre Gesichter.« Luc räusperte sich. »Du, Ana.« Er sah plötzlich verlegen drein. »Ich will dir sagen, dass du das prima machst. Du lässt dich nicht einschüchtern, wenn du von etwas überzeugt bist.« Schon drehte er sich zu seiner Maschine und ließ die verdutzte Ana im Raum stehen.

Für ihr Selbstverteidigungstraining war es zu spät. Ana fuhr auf dem schnellsten Weg nach Hause und saß nach einem kleinen Happen im Wohnzimmer am Laptop. Sorgfältig entwarf sie ein Konzept, um die Sicherheit während der Testtage zu erhöhen. Danach schickte sie eine Mail mit Dringlichkeitsstufe an ihre Mannschaft. »Achtdreißig Conference-Call, keine Absagen.«

Falls ein Verräter in diesem Team war, lud sie ihn direkt ein. Eine Gänsehaut lief ihr über den Rücken. Unvorstellbar. Ihre Mannschaft war ihr ans Herz gewachsen, jeder

Einzelne von ihnen. Es gab zweifelsfrei eine andere Erklärung. Womöglich war es ein Kundenmitarbeiter?

Wenn sie in dieser Nacht Schlaf finden wollte, musste sie die Anspannung aus ihrem Körper vertreiben. Im Sommer hätte sie ihr Rad geschnappt und wäre trotz der Finsternis losgezogen. Seufzend raffte sie sich auf und zwang sich in den Fitnessraum. Ein Crosstrainer, ein Hometrainer und ein Rudergerät. Ihr letztes Training war Tage her.

Im Jogginganzug kletterte sie auf den Crosstrainer. Da die Fernsehprogramme nichts Interessantes ausstrahlten, stellte sie Musik an. »It's My Life« von Bon Jovi dröhnte aus den Lautsprechern. Einfache Kost zum Ablenken, das war für ihr Gemüt das Richtige. Im Takt der Klänge versinken und die Probleme vergessen.

KAPITEL 10

Finstere Augenpaare starrten sie an, die Gesichter verkniffen vor Empörung. Sie musterte das nächste eingeblendete Bild. Bei Tim zitterten zusätzlich die Lippen. Dafür fletschte Bert die Zähne, als ob er zuschnappen wollte.

Ana spürte, wie es in ihrem Bauch zu kitzeln begann. Sie saß an ihrem Esstisch, Kaffee und ein Butterkipferl in Reichweite. Vor ihr der Laptop, aus dem ihre Teammitglieder grimmig herausschauten. Das Kribbeln wuchs und wanderte in den Hals.

Gerade ereiferte sich Benji, als sie dem Druck nachgab. Sie brach in schallendes Gelächter aus und konnte kaum aufhören. Einige Mienen wirkten verwundert, anderen waren offensichtlich verwirrt. Da kicherte Manuela auf und nacheinander schlossen sich immer mehr Mitarbeiter an.

»Was habe ich versäumt, was so witzig ist?«, fragte Benji aufgebracht und blickte erbost in die Kamera.

»Dein Gesicht«, sagte Wolfram, ohne die Miene zu verziehen.

»Entschuldigt bitte.« Ana wischte sich eine Träne von der Wange. »Eigentlich gibt es nichts zu lachen, weil es um unsere Sicherheit geht. Aber ihr habt euch so überdimensional aufgeregt, als wollte ich euch versklaven.«

Sie räusperte sich. »Ich fasse zusammen: Erstens. Zur Erhöhung der physischen Sicherheit gibt es zu keinem Zeitpunkt des 77-Stunden-Tests eine Einzelbesetzung der Zentrale in Korneuburg. Es haben mindestens ein Techniker und ein Manager anwesend zu sein. Wir teilen Schichten ein. Wer wann dran ist, entnehmt ihr dem Schichtplan, den ich euch soeben geschickt habe.

Zweitens. Keine Besucher in den Testräumen. Die Kommandozentrale ist tabu. Wer nicht zum Projekt gehört, darf nicht hinein.

Drittens. Ab sofort ist jedem die schreibfähige Zugriffsberechtigung entzogen mit Ausnahme von Luc und mir. Zusätzlich bekommen Manuela, Karsten, Bert und Wolfram die Befugnisse. Jeder Systemzugriff erfolgt im Vieraugenprinzip. Ausnahmslos.«

Als sie sah, dass Benji zum Widerspruch ansetzte, hob sie beide Hände. »Schluss jetzt. Die Regeln sind entschieden. Ich weiß: Die Techniker unter euch sind entrüstet, weil dauernd ein Manager bei ihnen hockt. Die Manager sind verärgert, weil sie Schichtdienst machen müssen. Ihr seid fast alle sauer, weil ich die Berechtigungen entzogen habe. Wir beenden die Diskussion. In vier Tagen ist der Test vorüber und die Dinge normalisieren sich.«

Puh. So einen langen Monolog hielt sie selten. Aber einen derartigen Aufruhr hatte sie zum allerersten Mal, seit sie Bereichsleiterin war. Mit den Entscheidungen war niemand glücklich, doch es fehlte an Alternativen. Sie wünschte allen Erfolg und verabschiedete sich.

Geschafft. Sie hatte gewusst, dass das unpopuläre Maßnahmen waren, aber mit so überbordenden Emotionen hatte sie nicht gerechnet. Am ärgsten hatten sich David und Benji aufgeregt. Luc war ebenfalls laut geworden, als er begriffen hatte, dass auch er als Chefarchitekt nicht mehr allein am System werken durfte.

Ana schnappte sich eine Jacke und das Kaffeehäferl und stellte sich auf die Terrasse. Nach der aufreibenden Besprechung gönnte sie sich eine Zigarette. Kaum machte sie den ersten Zug, läutete das Telefon. »Rauchst du?«, fragte Manuela.

»Ertappt«, lachte Ana.

»Wusste ich es doch. Du hast beim Call dreingeschaut, als ob du platzen würdest. Zuerst dachte ich, dass du wütend bist, dann habe ich kapiert, dass du dich halb totlachst.«

»Das waren meine blank liegenden Nerven.«

»Du hast mit Benji den Richtigen erwischt, der benimmt sich oft genug daneben. Heute war es unter seiner Würde, Schichtdienst zu leisten.«

»Stimmt. Der Zwischenruf von David war ebenfalls unter der Gürtellinie.« Ana sah seine empörte Grimasse vor sich, als ihm bewusst wurde, dass sie ihm den Zugriff entzogen hatte.

»Ich habe David soeben die Ohren dafür lang gezogen. Er wird sich für seine Wortwahl entschuldigen. Er hat sich provoziert gefühlt. Sein großer Konkurrent Luc hat im Gegensatz zu ihm weiterhin die Befugnis. Das treibt ihn in den Wahnsinn.«

»Mir ist bewusst, dass du dich gut mit David verstehst. Ich schätze seine Einsatzbereitschaft und sein Wissen auch. Aber es war seine Entscheidung, als Freelancer mitzuarbeiten. Aus diesem Grund habe ich den Unterschied gemacht. Ich hoffe, er ist einsichtig und schmeißt nicht alles hin.«

»Er bleibt.«

»Du klingst so überzeugt, wieso das?«

»Unter uns. Ich habe ein Telefonat mit seiner Lebensgefährtin mitbekommen. Hört sich an, als ob sie Geldprobleme haben.«

»Im Ernst? Er hat doch dieses Loft in Währing gekauft, ich dachte, er scheffelt Geld. Läuft seine Firma nicht gut?«, fragte Ana nach.

»Offenbar übersteigen die Ausgaben die Einnahmen. Bei dem Gespräch ist es ganz schön zur Sache gegangen, David wirkte … bestürzt.«

»Kennst du seine Freundin?«

»Nur aus seinen Erzählungen. Sie soll eine richtige Schönheit sein. Womöglich ist sie deshalb speziell anspruchsvoll.«

»Okay. Das geht uns nichts an. Hauptsache, ich habe ihn nicht so beleidigt, dass er davonläuft. Ich bereite gerade seine Vertragsverlängerung vor.«

»Kein Grund zur Panik, du kennst doch seine emotionalen Anfälle.«

»Leider, ja. Wegen Luc braucht er keine Sorge haben, der ist in ein paar Wochen weg, dann ist David wieder der King im Land.«

»Das habe ich ihm auch versichert, aber er kann nicht über seinen Schatten springen. Sei nicht zu streng mit ihm«, bat Manuela.

»Jetzt erzählst du mir gleich wieder, dass David nach etlichen Pflegestellen adoptiert wurde und deshalb einen übergroßen Drang nach Beachtung hat.«

»Stimmt doch. Bekommt er ausreichend Lob, ist er der Bravste von allen.«

»Unsere Techniker sind sensibel wie Künstler. Apropos. Treffen wir uns am Abend im Jazzklub mit Luc?«

»Na klar! Ich habe David, Wolfram und Bert gefragt. Wolfram und Bert haben leider Schicht und David erkundigte sich zwar, in welchem Klub wir sind, hat dann aber abgesagt.«

»Ich werde beizeiten heimgehen, weil ich morgen die Frühschicht habe.«

»Es ist klasse von dir, dass du Schichtdienst übernimmst, obwohl du die Bereichsleiterin bist. Den Vertriebsleiter hast du auch überredet mitzuarbeiten. Das gab es noch nie. Damit hast du allen die Wichtigkeit klargemacht. Deshalb ist dir niemand böse wegen des Schichtdienstes, aber der Entzug der Zugriffsberechtigung hat sie hart getroffen.«

»Ich will das Risiko um jeden Preis reduzieren.«

»Die beruhigen sich bald, wir waren alle überrascht. Sie haben genauso wenig wie ich kapiert, wie die Reduktion der Berechtigungen gegen Cyberkriminalität schützt.«

In der Leitung blieb es still. Manuela erwartete eine Erklärung.

»Das Labor vermutet, dass es einer von uns war.«

»Was für ein Schwachsinn!« Ihre Stellvertreterin brüllte so durchdringend, dass Ana das Telefon vom Ohr weghielt. »Die Anschuldigung ist unterirdisch! Und so einen Blödsinn hältst du für möglich?«

»Ich weiß nicht mehr, was ich denken soll.«

»Was zum Teufel ist in dich gefahren? Alle hackeln für den gemeinsamen Erfolg und zum Dank verdächtigst du uns?«

»Ich …«

»Lass es. Davon will ich echt nichts hören. Dass du uns misstraust, ist unglaublich. Ich leg lieber auf, bevor ich was Blödes sage. Bis am Abend, Ana, und denk nochmals nach.«

Bestürzt hielt Ana das Telefon in der Hand. Manuela war zu hundert Prozent von der Unschuld ihrer Mitarbeiter überzeugt. Sie sollte sich an ihr ein Beispiel nehmen. Doch es stand mehr als eine Karriere auf dem Spiel. Wenn der Test scheiterte oder die KI einen Menschen gefährdete, landete die Firma in den Medien. Neider existierten genug, sie würden die Firma mit Schmutz überhäufen und nachhaltigen Schaden anrichten. Viele Arbeitsplätze hingen vom Ergebnis ab.

Es war Zeit, sich in die Kommandozentrale zu begeben. Ana wollte beim Start dabei sein und die Testtage möglichst dort verbringen. Die CEO hatte nach Murren zugestimmt, dass sie die Sitzungen so lange schwänzen durfte. Sie fand Anas Führungsstil befremdlich, doch die Resultate hatten ihr bisher recht gegeben.

Als sie zum Carport ging, fühlte sie Schneeflocken auf ihrer Wange. Der Himmel hatte sich verdunkelt. Eventuell erlebten sie heuer weiße Weihnachten.

Sie startete ihr Cabrio. Der erste Winter, in dem sie ihren alten Jaguar auch in der schlechten Jahreszeit benutzte. Sie hatte sich extra Winterreifen besorgt. Der Oldtimer war Baujahr 1971 und Ana freute sich immer, wenn sie sein typisches Grün erblickte. Es war kein ideales Winterauto, aber sie wollte sich derzeit keinen zweiten Wagen leisten.

Dass Korneuburg als Pilotstadt für das KI-Projekt gewählt worden war, war ein glücklicher Zufall. Die Kleinstadt im Norden Wiens erreichte sie auch mit ihrem Cabrio bei jedem Wetter in wenigen Minuten.

Als sie zum Rathaus einbog, sichtete sie sofort die Demonstranten. Unglaublich. Wieso hatten die so viel Zeit, um ständig herumzulungern? Sogar bei Schneefall. Womöglich war Marion mit von der Partie. Sollte Ana versuchen, mit den KI-Gegnern ins Gespräch zu kommen? Das war ein interessanter Einfall. Sie würde zuerst den Termin mit Herrn Hoch abhalten und sich im Anschluss um die Aktivisten kümmern. Mit viel Glück konnte sie sie zum Abziehen bewegen.

Im Testraum surrte es vor Betriebsamkeit. An die zehn Mitarbeiter beobachteten die Bildschirme, die Livebilder von den Überwachungskameras lieferten. Jemand hatte Weihnachtsgebäck auf einem Teller getürmt. Es roch angenehm nach Gewürzen.

Der Bürgermeister hatte ihnen drei Räume im Keller zugewiesen. In einem hatte er sogar ein Feldbett aufstellen lassen, falls sich jemand ausruhen wollte. Der Raum wurde einstimmig »Gefängniszelle« getauft. Es gab zwar Fenster, aber die waren winzig, hoch gelegen und dickes Milchglas wehrte jeden Lichtstrahl ab. Im kleinsten Zimmer stand ein Schreibtisch, dorthin zog sich Ana zurück, um auf den Kundenansprechpartner zu warten. Bis hierher reichte der Duft der Backwaren leider nicht. Der Raum stank muffig. Das weiße Licht der Deckenleuchte flimmerte und der einzige Schmuck an der Wand war ein surrender Heizstrahler. Eine trostlose Umgebung, aber für vier Tage auszuhalten.

Magister Hoch stürmte Augenblicke später herein. Die Tür krachte ins Schloss.

»Was haben Sie sich dabei gedacht?«, knurrte er sie an. Sein Gesicht war in ärgerliche Falten gelegt und er presste die Lippen aufeinander. Seine Hände waren zu Fäusten geballt.

»Guten Tag, Herr Magister Hoch. Was meinen Sie?« Ana wusste, warum er aggressiv war, aber sie versuchte, Zeit zu gewinnen. Wie hatte er so schnell davon erfahren? Sie hatte geplant, es ihm diplomatisch mitzuteilen.

»Sie haben mir die Rechte gestohlen! Das können Sie sich nicht erlauben!« Der Beamte brüllte so laut, dass die Kollegen im Nebenraum sicher jedes Wort mitbekamen.

»Herr Magister, das dient lediglich der Sicherheit der Systeme während der Tests. Sie benötigen doch keine Systemzugriffe.«

»Das zu beurteilen, überlassen Sie gefälligst mir. Ich will sofort alle Rechte zurückhaben.«

»Darf ich vorschlagen, dass wir zuerst die fachlichen Inhalte besprechen und danach nochmals zu den Berechtigungen kommen?«

»Dürfen Sie nicht. Ich arbeite erst mit Ihnen, wenn ich die Zugriffe habe. Beeilen Sie sich, meine Geduld ist überschaubar.«

Er warf ihr einen vernichtenden Blick zu und wandte sich zur Tür. Dort stoppte er und zischte: »Ich hoffe, Sie haben mich verstanden, ich scherze nicht.«

Fassungslos starrte Ana den leeren Türrahmen an.

KAPITEL 11

Magister Hoch ließ sie sitzen. Ana hatte mit Unwillen gerechnet, aber der Eklat überraschte sie unvorbereitet. Wieso war der Beamte so erpicht auf diese Berechtigung?

»Ana, wir starten! Komm zu uns!«, unterbrach ein Ruf ihre Gedanken. Nervosität kribbelte in ihr, als sie zu den Kollegen trat.

»Drei, zwei, eins. Wir sind live!« Luc lehnte sich im Stuhl zurück. »Setzt du dich zu mir, Ana? Du hast selbst angeordnet, dass ich nie mit dem System allein sein darf. Das ist deine Schicht.« Seine dunklen Augen verrieten keine Gefühlsregung.

»Ich bin da. Danke an alle, dass wir so weit gekommen sind. Der Test möge gelingen. Toi, toi, toi!«

»Wird schon schiefgehen« und »Hals- und Beinbruch«, riefen die Kollegen. In der Luft lag erwartungsvolle Spannung.

Die Stunden verflogen. Ständig läutete das Telefon, weil sich jemand nach dem Status erkundigte. Gebannt starrte Ana auf den Monitor und löcherte Luc wiederholt, ob die angezeigten Meldungen in Ordnung waren.

Luc verdrehte jedes Mal die Augen und bestätigte, dass alles passte. Heute trug er ein schwarzes T-Shirt mit der Aufschrift »Du bist nicht dumm, du hast nur Pech beim Denken.«

Ana verkniff sich eine Bemerkung. Für diesen Tag war kein Kundentermin vereinbart und Pat war weit weg.

»Ana, kann ich dich bitte sprechen?«, ertönte es vom Eingang.

»Hallo Karsten. Es ist jetzt ungünstig, kann das bis sechzehn Uhr warten?«

»Bitte, Ana, es ist verdammt dringend.«

Ana seufzte und erhob sich. Ihr Blick fiel auf Tim. Ihr Assistent hatte ihr ständig über die Schulter gespäht. »Kannst du mich vertreten?«

Tim strahlte sie an. »Super! Keine Sorge, ich bin gründlich.«

Karsten rannte bereits in das Kämmerchen vor. Ana hielt kaum Schritt mit ihm. Besorgt schaute sie den Vertriebschef an.

»Du musst dich sofort bei Magister Hoch entschuldigen!«

»Was?«

»Er hat mich angerufen und sich fürchterlich über dich ausgelassen. Während wir reden, macht er Pat die Hölle heiß und er droht, beim Ministerialrat deine Absetzung zu fordern.«

»Das darf nicht wahr sein! Nur weil ich eine Berechtigung entfernt habe, die er ohnehin nicht braucht?«

»Er wirft dir Vertragsbruch vor und verlangt – ich zitiere: ›sofortige Wiederherstellung des vertraglich vereinbarten Zustands‹.«

»So ein Idiot!« Ana ballte die Faust.

»Ja, aber er ist der Kunde und juristisch gesehen ist er im Recht.«

»Weil du jeden Käse in einen Vertrag schreibst, wenn es sich der Kunde wünscht!«

»Ich habe nicht geahnt, dass einer wirklich Zugriff haben will. Mir erschien der Absatz als nebensächlich.«

»Diese Nebensache darf ich jetzt ausbaden.«

»Ich gebe zu, dass die Zusage ungeschickt war, aber sie steht nun einmal im Vertrag. Bitte bring das in Ordnung, bevor Magister Hoch Schlimmeres anrichtet.«

Ana schwieg. Alles in ihr schrie danach, Magister Hoch zu ignorieren. Aber ihr wurde klar, dass Karsten recht hatte. Das Thema war keinen Streit mit dem Kunden wert.

»Ana?«

»Okay, ich lasse ihm die Berechtigung einrichten.«

Sie hörte Karsten erleichtert aufseufzen. »Du musst Abbitte leisten, er besteht darauf. Am besten, du lädst ihn zusätzlich zum Essen ein.«

Wieder ballte sich ihre Faust. Die Fingernägel schnitten ihr in die Haut. »Ich entschuldige mich für seine Blödheit und deine Ungeschicklichkeit!«

»Ana!«

»Schon gut. Ich werfe mich vor ihm auf die Knie und schütte Asche übers Haupt. Völlig zerknirscht lade ich ihn zum Dinner ein. Was tut man nicht alles für seinen Kunden.«

»Danke, Ana. Er kommt sofort.«

»Was soll das heißen?«

»Dass er vis-à-vis im Kaffeehaus sitzt und geholt werden möchte. Diesen Gang nehme ich dir ab und geleite ihn zu dir.«

Ana griff sich an den Kopf und tippte mit dem Zeigefinger an die Stirn.

»Das habe ich gesehen!«, grinste Karsten.

Wenige Minuten später erschien er mit Herrn Hoch im Schlepptau. Wie arrogant der lächelte.

»Glauben Sie mir, mein einziges Ziel ist, das Projekt zu schützen. Es war keineswegs meine Absicht, Sie zu beleidigen.« Ana sammelte ihre Kraft, um die Entschuldigung höflich herauszuwürgen. »Damit unsere zukünftige Zusammenarbeit nicht beeinträchtigt ist, erlaube ich mir, Sie in ein Restaurant einzuladen.«

Bis zum letzten Satz hatte Magister Hoch sie kritisch betrachtet. Jetzt entspannte er sich und schmunzelte Ana sogar an. »Das ist nett von Ihnen, ich akzeptiere Ihre Entschuldigung, Frau Rubin. Das Abendessen veranstalten wir gleich heute. In der Nähe Ihrer Firma ist dieses amerikanische Restaurant, das wäre perfekt.«

»Okay«, sagte Ana lang gezogen. Der Vorschlag eines sofortigen Treffens überraschte sie. »Ich kann ab achtzehn Uhr weg. Ich bleibe für das Team telefonisch erreichbar, aber das trifft bestimmt auf Sie ebenfalls zu.«

»Dann ist das vereinbart. Sie reservieren einen Tisch für sieben. Ich quartiere mich hier gemütlich ein.« Er zeigte zum Schreibtisch, an dem sie saß.

Irritiert kehrte Ana zu Luc zurück. Um Hochs Berechtigungen würde sie sich später kümmern.

Tim schob die Unterlippe vor. Wie jung ihr Assistent manchmal aussah. »Musst du wirklich her? Ich passe genauso gewissenhaft wie du auf die Schirme und Luc auf.«

Zu ihrer Überraschung grinste Luc bei dieser Bemerkung. Die beiden schienen prächtig miteinander auszukommen.

»In Ordnung. Dann geh ich auf den Platz hinaus und erkunde, was die Demonstranten ausfressen.«

»Vermeid die Farbbomben!«, rief ihr Tim übermütig nach.

»Warte auf mich«, hörte sie Karsten. »Ich begleite dich.«

Sie verließen das Rathaus über den Hintereingang. Sie wollten sich unerkannt unter die Protestierenden mischen.

»KI manipuliert uns!«, stand auf einem selbst bemalten Leintuch, das an zwei Stangen festgenäht war. »Hütet euch vor dem Feind, er ist überall!«, krächzte der Mann, der sein Transparent mit wollenen Fäustlingen schwenkte.

»Dieser Typ zwingt unsere IT-Systeme in die Knie?«, witzelte Karsten.

Ana verzichtete auf eine Antwort. Die Bedrohung des Projektes war kein Spaß. Der Schneefall wurde dichter und die ersten Flocken blieben liegen. Ihre Laune verbesserte sich angesichts des romantischen Winterbildes. Konzentriert musterte sie die Gesichter der Demonstranten.

»Suchst du jemanden?«, fragte Karsten neugierig.

»Ich hole mir bloß einen Eindruck.« Diesmal war Marion nicht unter den KI-Gegnern. Sie überlegte, ob sie mit jemandem ins Gespräch kommen wollte, entschied sich jedoch dagegen. Es war gefahrloser, niemand konnte ihre Person dem verhassten Projekt zuordnen.

»Danke für vorhin.« Karsten trat knapp neben sie. »Dir ist der Kniefall vor dem Hoch sicher schwergefallen.«

Ana zog ihre Mundwinkel nach unten. »Ich bereue es bereits. Am Abend gehe ich mit ihm essen, er hatte es eilig.«

»Wolltest du nicht in den Jazzklub zu Luc?«

»Den besuche ich anschließend. Die Klubs fangen ohnehin erst in der Nacht an. So habe ich wenigstens eine Ausrede, um mich beizeiten zu verabschieden.«

»Leicht möglich, er begleitet dich zum Jazz und wird dein bester Kumpel.« Karsten blinzelte sie treuherzig an.

»Überspann den Bogen nicht. Ich habe was gut bei dir.«

»Abgemacht.«

Sie war erleichtert, dass sich die Stimmung zwischen ihnen entspannt hatte. Nur war ihr jetzt bewusst, dass sie jederzeit wieder aneinandergeraten konnten.

»Da ist Pat«, rief Ana verdutzt aus. »Zwischen den Demonstranten! Was will sie denn hier?«

»Sie sollte besser auch den Hintereingang benutzen. Ihr Gesicht ist öfter in den Medien.«

Ihre CEO bahnte sich den Weg durch die Menschen. Ihr Ausdruck war verkrampft und wenn sie an jemandem anstreifte, verzog sie pikiert den Mund. Sie stoppte vor ihnen. »Ana, ich bin gekommen, um mit dir persönlich zu sprechen.«

Karsten meinte: »Gut, ich gehe einstweilen hinein.«

»Nein, bleib. Ich denke, es ist an der Zeit, dass ich dich einweihe. Wo können wir uns ungestört unterhalten?«

Kurz darauf standen sie in dem Raum mit dem Notbett, die Türe fest verschlossen.

»Mich hat eine dritte Drohung erreicht. Diesmal habe ich sie ausgedruckt.« Pat war bleich. »Widerwärtig.«

»Zerstör die AI. Sofort. Sonst bezahlt ihr teuer.« Ana las nochmals leise vor. »Komisch.«

Karsten blickte entgeistert zwischen ihnen hin und her. »Du bekommst Erpresserschreiben, Pat? Wieso sagst du ›komisch‹ dazu, Ana?«

»Weil derjenige nicht KI schreibt, sondern das englische Wort AI verwendet.«

»Na und?«

»Auf dem Platz draußen benutzen die Aktivisten KI und nicht AI.«

»Ich kann deinem Gedankengang nicht folgen.« Karsten schüttelte ratlos den Kopf.

»Zwei Fotos wurden mitgeschickt.« Pat drohte, jeden Moment zusammenzubrechen. Ihre Hand zitterte, als sie ihnen die Ausdrucke hinstreckte.

Ana wurde übel. Sie schluckte schwer, um sich nicht zu übergeben. »Bitte ruf die Polizei, wir brauchen Schutz«, flüsterte sie.

Ein Bild zeigte die CEO, wie sie ein Gebäude verließ. Sie trug einen blauen Mantel und eine Kappe. Die Aufnahme war so scharf, dass sie die leicht zusammengekniffenen Lippen erkannte. Aus dem anderen Foto lachte Ana. Neben ihr die verstorbene Frau Doktor Maier, die mit konzentrierter Miene Karsten ansah. Ana erinnerte sich, wie sie gemeinsam von einer Sitzung weggegangen waren.

»Was, wenn es kein Zufall ist, dass wir vier fotografiert wurden? Vielleicht ist es eine Botschaft.« Ana hörte ihre Stimme beben. »Frau Maier ist tot. Was ist, wenn das doch kein Unfall war?«

Die CEO funkelte sie grimmig an und wandte sich an Karsten. »Was ist deine Meinung? Muss ich die Warnung ernst nehmen?«

Er zögerte. Vermutlich überlegte er die Folgen für die Verträge. Leise murmelte er: »Das ist in der Tat unheimlich.«

Pat stand kraftlos da und schwankte. »Wenn das nur ein blöder Scherz von gelangweilten Jugendlichen ist? Wir setzen alles aufs Spiel!« Ihre Stimme kippte.

Ana machte sich Sorgen, dass Pat ohnmächtig werden könnte, weil sie hörbar nach Luft schnappte. »Ich habe eine Idee«, sagte sie langsam. »Du erkundigst dich bei Heinz. Heinz Müller. Erinnerst du dich an den Kommissar?«

»Selbstverständlich. Was fängt die Mordkommission mit dieser Drohung an? Es wurde niemand ermordet.« Pat wurde bei ihren eigenen Worten kreideblass. Ihre Hand umschloss das Foto, das ächzend einriss.

»Heinz und ich sind in Kontakt geblieben. Mein Vorschlag ist, dass du seine Expertise einholst. Inoffiziell. Wenn Heinz der Ansicht ist, dass du die Behörden einschalten sollst, machst du es.«

»Mhm.«

»Womöglich kursieren Mails von Spinnern und es besteht kein Grund zur Beunruhigung. Lass es einen Profi beurteilen«, drängte Ana.

»Als Kommissar kann er das Risiko unbestritten besser einordnen als wir.« Wurde auch Zeit, dass Karsten sie endlich unterstützte.

»Inoffiziell? Klingt sinnvoll. Könntest du …?« Pat sah sie auffordernd an.

»Ich kündige Heinz deinen Anruf an.« Bevor die CEO es sich anders überlegte, schnappte sich Ana ihr Handy. Die Nummer war eingespeichert, schon läutete es am anderen Ende.

»Grüß dich, Ana, wie gehts meiner Lieblingshexe? Schwingst du den Zauberstab mit der künstlichen Intelligenz?«

»Hallo Heinz. Zaubern können wäre zurzeit ideal, das würde ich schamlos ausnutzen.« Dann fuhr sie ernst fort. »Hast du ein paar Minuten? Ich möchte dich um einen Gefallen ersuchen.«

»Schieß los, für dich nehme ich mir die Zeit.«

»Danke. Meine Chefin steht neben mir. Sie hat Drohmails bekommen, zwei hat sie gelöscht, die dritte liegt vor uns. Sie hat bisher die Polizei nicht eingeweiht, um negative Publicity zu vermeiden. Kannst du ihr außerdienstlich deine Sichtweise der Gefahrenlage mitteilen?«

Sie hörte Heinz atmen. Er blieb still. Gerade als sie nachhaken wollte, antwortete er: »Reich mir Frau Alt. Eine Ferndiagnose ist problematisch, aber ich unterhalte mich mit ihr.«

»Heinz Müller will dich sprechen.« Sie drückte Pat ihr Handy in die Hand und schickte sich an, den Raum zu verlassen.

Karsten folgte ihr zögernd hinaus. »Und jetzt?«

Ana drehte sich zu ihm. »Wir gedulden uns. Ich hoffe, Heinz bringt sie zur Vernunft. Ich habe ein richtig ungutes Gefühl.«

KAPITEL 12

»Der Hoch musste dringend weg und hat mir seinen Laptop dagelassen. Er behauptet, du hast ihm eine vollständige Zugriffsberechtigung zugesagt.« Luc musterte sie stirnrunzelnd.

»Stimmt.« Ana gab keine Erklärung ab.

»Du sollst ihm die Maschine am Abend mitbringen.« Wieder wartete Luc. »Gehst du mit ihm aus?« Als Ana schwieg, schüttelte er unwillig seine Locken und drehte sich weg.

Tim zappelte vor Ungeduld. »Die Tests laufen prima. Wir hatten erfolgreiche Ambulanzeinsätze.« Voller Stolz berichtete er: »Bei der Parkraumüberwachung wurde ein Fehler gemeldet, unsere Abwicklung hat sich aber als korrekt herausgestellt. Die Autofahrer müssen sich daran gewöhnen, dass die Parkdauer ab dem Abstellen gemessen wird und nicht erst, wenn sie aus dem Wagen gekrabbelt sind. Ein Chauffeur hat Zeitung gelesen und sich nachher aufgeregt, dass die Gebühr zu teuer war.«

Ana nickte. »Klingt gut. Stört es dich, wenn du weiterhin meine Schicht übernimmst?«

»Super! Lass dir Zeit. Aber …« Er rückte näher und wisperte. »Was ist denn los?«

»Was soll los sein?«, stellte sich Ana ahnungslos. Neugierde stand dem jungen Mann ins Gesicht geschrieben.

»Zuerst streitest du mit dem Hoch und plötzlich taucht die CEO auf und ihr sperrt euch ein. Dauernd tuschelt ihr und schaut drein wie drei Tage Regenwetter.«

Sie sparte sich eine Antwort, weil Pat den Kopf zur Tür hereinstreckte. »Kommt ihr noch mal?«

Tim zwinkerte Ana zu.

»Chefinspektor Müller hat mir dringend geraten, eine Anzeige zu erstatten, er schätzt die Bedrohung als real ein.«

»Das finde ich gut«, sagte Ana erleichtert.

»Warten wir ab, was die Polizei daraus ableitet.« Der Vertriebschef klang besorgt. Als er Anas durchbohrenden Blick spürte, fügte er rasch hinzu: »Selbstverständlich will ich, dass niemandem ein Unglück zustößt.«

»Behandelt die Geschichte diskret. Ich halte euch auf dem Laufenden.« Pat schlüpfte in ihren Mantel. »Ob wieder jemand draußen lauert und mich fotografiert?«

Zum Abschied murmelte sie: »Passt auf euch auf.«

Ana und Karsten schauten ihr betreten nach.

»Wenn ich dir einen Rat geben darf. Hör mit den Andeutungen auf, dass dir Frau Maiers Unfall verdächtig erscheint. Du machst dich unglaubwürdig und nervst Pat. Sei froh, dass kein Zusammenhang besteht.«

Ana verkniff sich eine Antwort, um einen neuerlichen Streit zu vermeiden. Sie arbeiteten schweigend. Ana versuchte vergeblich, sich auf ihre Berichte zu konzentrieren. Ständig fielen ihr die Aktivisten ein, die wenige Meter von ihnen entfernt im Freien protestierten. Was geschah, wenn sie überraschend hereinstürmten?

Einmal rief sie bei Marion an, landete aber sofort auf der Sprachbox. Was beschäftigte ihre Freundin? Weshalb ignorierte sie Ana?

Da klopfte es an der Tür und sie wurde aufgerissen. »Wolfram und Bert melden sich zum Schichtdienst!«, grüßte Bert fröhlich.

»Ich bin auch da. Wollte mal kontrollieren, ob jemand Unterstützung benötigt.« David folgte den beiden herein und sie setzten sich zu ihr.

»So spät ist es bereits?« Tatsächlich, gleich war es sechzehn Uhr.

»Luc hat uns berichtet, dass alles glatt läuft«, freute sich Wolfram.

»Gibt es Neuigkeiten vom Security-Labor?«, fragte David.

»Nein, die untersuchen noch.«

»Weshalb bekommt der Hoch die Zugriffe?«, bohrte er.

Jemand hatte geplaudert. »Weil es ihm vertraglich zusteht«, antwortete Ana knapp.

»Du bringst ihm persönlich seine Maschine nach Wien?« David war beharrlich.

»Ja. Machen wir keine große Sache daraus. Ich gehe davon aus, dass er niemals ins Testsystem einsteigt.«

»Ich habe ein Auge auf ihn«, versprach Wolfram.

»Soll ich dem Deppen im Dunklen eine auflegen?«, flüsterte Bert und zwinkerte.

»Der Kunde ist König«, zischte Ana und verdrehte die Augen.

»Macht euch bereit, damit Luc vom Schirm wegkommt. Der hat schon viereckige Augen und am Abend geht er clubben«, lenkte sie ab. Das Thema »Magister Hoch« war ihr unangenehm.

»Dann mal los.« Bert erhob sich. »Wir geben Bescheid, falls sich etwas Wissenswertes ereignet.«

»Ich habe noch eine Frage.«

Ihre Kollegen schauten sie erwartungsvoll an. »Lässt sich feststellen, ob Frau Doktor Maier am Sonntag online gearbeitet hat?«

»Äh. Ja. Warum?«

»Auch, ob sie sich von daheim eingewählt hat oder bei uns in der Firma saß?«

»Unwahrscheinlich, dass eine Beamtin am Wochenende werkt. Ich überprüfe es für dich.« David nickte ihr zu. Er akzeptierte, dass sie die Gedanken an Frau Maier quälten.

»Wolfram, einen Moment noch bitte.« Ana wartete, bis keiner mehr ihr Gespräch mithören konnte. »Ist bei dir alles in Ordnung, geht es dir gut?«

Wolfram schob die Unterlippe vor und legte die Stirn in Falten.

»Gibt es etwas, worüber wir sprechen sollten?« Ana beobachtete ihren Mitarbeiter. Ohne seinen Gesichtsausdruck zu verändern, schüttelte er leicht den Kopf. »Schöne Grüße an Karsten. Wusste ich doch, dass er eine Quasselstrippe ist. Bei mir ist alles bestens, mach dir keine Sorgen, Ana.« Er winkte ihr zu und ging.

Kurz nach sechs packte sie ihre Unterlagen zusammen. »Treffen wir uns im Jazzklub?«, fragte sie Karsten.

»Gnädige Frau, Sie haben mich zur Nachtschicht eingeteilt! Das wird heute nichts mit Clubbing.«

»Oh. Entschuldige, das habe ich vergessen.«

»Kein Problem. Angenehmer, als mit dem Hoch zu dinieren. Steck seinen Laptop ein. Wir sehen uns morgen in der Früh zur Ablöse. Ich wünsch dir einen unvergesslichen Abend!« Karsten grinste sie breit an.

»Ich dir ebenso«, antwortete sie und zog eine Grimasse.

Ana wurde wieder einmal bewusst, wie viel Glück sie mit ihren Kollegen hatte. Es war unüblich, dass der Vertriebsleiter und sie als Bereichsleiterin so eng mit ihrem Team arbeiteten. Doch genau das war einer ihrer Erfolgsfaktoren. Was spielten zwei Schichtdienste beim Abschlusstest für eine Rolle, wenn sie dadurch die Mitarbeiter motivierten? Außerdem machte es Spaß.

Mittlerweile schneite es heftig. Dicke Schneeflocken tanzten um Ana, als sie über den Platz stapfte. Sie stülpte die Kapuze ihres Mantels über die Haare und zerrte den Zipp bis zum Kinn hinauf.

Es lagen fünfzehn Zentimeter Schnee und es wurde mehr. Schlau von ihr, dass im Kofferraum Handschuhe und eine Haube bereitlagen. Sie schlitterte und konnte sich mit letzter Anstrengung aufrecht halten. Die beiden Laptoptaschen an sich gepresst, bahnte sie sich den Weg. Demonstranten entdeckte sie keine.

Bei den Weihnachtsständen hatten sich trotz des Schneefalls Besucher versammelt. Ana beneidete sie um den beschaulichen Abend. Bei dem Wetter hätte sie gern auf die Fahrt nach Wien verzichtet.

Die Strecke strengte an. Schneematsch bedeckte die Fahrbahn und mehrmals kamen ihre Räder ins Rutschen.

Räumungsdienst begegnete ihr keiner. Als das Handy läutete, erkannte sie die Nummer des Journalisten und drückte ihn weg. Der war lästig, sie musste ihn der Presseabteilung melden. Die würden ihm die Regeln klarmachen.

Sie stellte ihr Auto in der Firmengarage ab und schlitterte über den Gehsteig in das nahe gelegene Lokal.

Der Schneefall verdichtete sich inzwischen so stark, dass er die Sicht wie eine Schneewand begrenzte. Dennoch strömten Passanten in Richtung Altstadt.

»Guten Abend, Herr Magister Hoch. Entschuldigen Sie, dass ich mich verspätet habe, die Fahrt durch das Schneetreiben war mühsam.« Ana schnappte nach Luft.

»Guten Abend, das macht doch nichts, Frau Rubin. Der versprochene Wintereinbruch ist letztendlich angelangt. Nehmen Sie Platz und erholen Sie sich.« Herr Hoch sprach freundlich. Mit der Esseneinladung hatte Ana gepunktet.

»Ich bringe Ihren Laptop, es ist alles so eingerichtet, wie Sie es wünschen.«

»Das ging ja zügig, vielen Dank. Legen Sie ihn auf die Bank.«

Sie bestellten aus den Tagesgerichten und die Bedienung servierte den Aperitif gemeinsam mit dem Gedeck.

»Kann ich Sie etwas fragen, Herr Magister?« Ana hatte sich vorgenommen, dieses Thema zu vermeiden, aber ihre Neugierde gewann.

»Sebastian, bitte. Darf ich Ana sagen?«

Ana nickte. Was war mit dem los? Statt seiner überheblichen Bemerkungen zeigte er sich liebenswürdig.

»Was möchtest du fragen, Ana?«

»Woher wusstest du so schnell, dass ich allen die Zugriffsrechte entzogen habe? Ich habe gar keine Zeit gefunden, dir die Information korrekt mitzuteilen.«

Stolz blitzte auf, als er den Kopf neigte und mit ironischem Lächeln spöttelte: »Du hättest die Reihenfolge umdrehen sollen. Zuerst sprechen und dann wegnehmen. Jemand wie ich pflegt wertvolle Beziehungen.«

»Beziehungen? Zu wem?«

»Zu einflussreichen Persönlichkeiten im öffentlichen Dienst und der Privatwirtschaft.«

»Wer hat dich informiert?«

»Robert Bennet und ich sind aus derselben Studentenvereinigung.« Sein selbstgefälliger Ton reizte Ana. Fehlte nur, dass er sich auf die Schulter klopfte.

»Das gibt Benji kein Recht, über Firmeninternes mit dir zu tratschen«, zischte sie.

»Reg dich ab, du hättest es mir ohnehin sagen müssen.«

Ana atmete durch. Sie war hier, um mit dem Beamten eine Arbeitsbasis aufzubauen und nicht, um mit ihm zu streiten. Sie wechselte das Thema und der Kellner unterstützte sie, indem er die Vorspeisen servierte.

Eine Zeit lang unterhielten sie sich über unkritische Angelegenheiten. Überwiegend erzählte Sebastian Hoch über sich und Ana hörte lächelnd zu.

Sie beendeten soeben den Hauptgang, als er feststellte: »Wir sollten den Vorschlag, die Testzeit zu verkürzen, nochmals aufgreifen. Es wäre vorteilhaft, den Anti-KI-Protestanten keine Zeit für Störaktionen zu geben.«

»In Bezug auf die Demonstranten bin ich Ihrer … deiner Meinung. Ich habe mich gegen eine Verkürzung entschieden, weil wir wasserdichte Testergebnisse benötigen. Es steht zu viel auf dem Spiel, um mangelhaft zu arbeiten.«

»Du bist überängstlich, irgendwann musst du es gut sein lassen. Sei flexibel. Machen wir morgen Schluss!«

Ana atmete tief durch. Sie schloss die Augen und zählte in Gedanken bis zehn. »Wir folgen einem wohldurchdachten Testkonzept, abkürzen wäre nachlässig.«

»Habe ich als Kunde nicht ein wesentliches Wörtchen mitzureden?«

»Für die Qualität der Resultate bin ich verantwortlich, da lasse ich mir nicht dreinreden.« Ana sprach betont langsam und ruhig.

»Du bist wirklich stur! Ist das dein letztes Wort?«

»Wir sind nicht auf dem Basar. Die Testdauer ist sinnvoll, sie bleibt.«

»Wie du meinst, du wirst es bereuen.« Sebastian Hoch presste die Lippen zusammen und sprang auf. Seine Hand zur Faust geballt starrte er ihr in die Augen. Dann schnappte er seine Jacke und die Aktentasche und stürmte aus dem Lokal.

KAPITEL 13

Einen Augenblick saß Ana sprachlos da. Sein Ziel für dieses Treffen war gewesen, sie zum Nachgeben zu bewegen.

Ihr Blick fiel auf die Bank, wo die Tasche mit seinem Laptop lag. Diese hatte er vor Ärger vergessen. Das war schlecht, sie wollte sein Gerät auf keinen Fall nach Hause mitnehmen.

Blitzartig erhob sie sich und raffte ihre Sachen zusammen. Sie zupfte einen Hunderteuroschein aus der Geldbörse und drückte ihn dem verdutzten Kellner in die Hand.

»Passt schon. Das ist ein Notfall«, rief ihm Ana über die Schulter zu und war bereits aus dem Lokal.

Draußen bremste sie abrupt. Dichtes Schneetreiben beschränkte die Sicht auf wenige Meter. Hektisch stapfte sie zur Ampel. Auf der gegenüberliegenden Seite glaubte sie, Magister Hoch zu erkennen. Hoffentlich war er es tatsächlich. Ungeduldig zappelte sie hin und her, bis der Fußgängerübergang Grün zeigte.

So schnell sie es im tiefen Schnee wagte, lief sie über die Fahrbahn. Sie nutzte geschickt Spuren, die Fußgänger zusammengepresst hatten. Auf der Brücke über den Donaukanal spazierten trotz der fortgeschrittenen Stunde Menschen in die Innenstadt. Die Weihnachtsmärkte zogen sie wie ein Magnet an. Gerade als sie befürchtete, Sebastian

Hoch verloren zu haben, entdeckte sie ihn in einer Menschengruppe. Die Ampel vor ihm blinkte und er blieb am Straßenrand stehen. Das war ihre Chance, ihn einzuholen.

Ana war nur mehr Schritte hinter ihm, als sich eine Gestalt dazwischenschob und vorschnellte. Sie rempelte Sebastian Hoch an und griff gleichzeitig nach seinem Aktenkoffer. Ein Ruck, und die Mappe landete in ihren Armen.

Während Sebastian Hoch eine halbe Drehung machte, fassten seine Hände in die Luft. Ana stand mit aufgerissenem Mund wie angewurzelt und starrte ohnmächtig auf die Szene.

Ein Bein von Magister Hoch rutschte nach vorne und er ruderte mit den Armen. Schließlich kippte er wie ein gefällter Baum nach hinten auf die Straße.

Ein ohrenbetäubendes Tuten drang Ana in die Ohren, dann ein dumpfes Geräusch, das ihr die Haare im Nacken aufstehen ließ. Sebastian Hoch flog durch die Luft. Ein riesiger Lkw krachte und stöhnte. Sebastian Hoch verschwand hinter Passanten. Menschenschreie hallten durch die Nacht. Ana hörte sich aufbrüllen.

In Trance tappte sie nach vorne. Menschen schoben sich in die Richtung, in die der Körper geflogen war. Da nahm sie im Augenwinkel eine Bewegung in die Gegenrichtung wahr. Die Gestalt presste den Aktenkoffer an sich und hastete auf die Straße.

Ohne nachzudenken rannte Ana los. Beinahe stürzte sie über ein Kind, das an der Hand der Mutter hing. Die Frau hob den kreischenden Knirps in die Höhe und schrie ihr nach, als Ana an ihr vorbeidrängte. Als sie einen Blick nach hinten warf, erkannte sie die Umrisse von vermummten Menschen im Schneegestöber. Einen Augenblick lang glaubte sie, jemanden in unmittelbarer Nähe zu spüren. Hatte noch jemand die Verfolgung aufgenommen?

Die Eindrücke verschwammen. Sollte sie umkehren und auf die Polizei warten? Doch dann verschwand der Täter auf Nimmerwiedersehen.

Die beiden Laptoptaschen baumelten schwer auf ihrer Schulter, die Handtasche hing wie ein Klotz am Hals. Ihre Stiefel glitten auf dem Schnee dahin. Bereits nach wenigen Metern brannten ihre verspannten Schultermuskeln. Schlitternd querte sie die ersten Straßenbahnschienen und versuchte gleichzeitig, die Gestalt im Auge zu behalten. Sie prägte sich die graue Barbour-Jacke mit Kapuze ein. Die Person war schlank und wendig. Da rutschte Ana ein Fuß weg und sie stürzte mit einem Aufschrei zu Boden.

Benommen setzte sie sich auf. Nichts passiert, dachte sie erleichtert. Der Schnee hatte den Fall gebremst. Hektisch schaute sie nach links und rechts. Glücklicherweise näherte sich noch keine Straßenbahn. Sie musste sofort von den Schienen herunter.

Ihre Hände brannten. Sie merkte, dass sie keine Handschuhe trug. Gehetzt drehte sie sich auf die Seite und stemmte sich hoch. Ein Stechen zuckte durch ihr linkes Bein und sie kippte auf den nasskalten Boden zurück.

Plötzlich tauchte zwischen den Flocken eine schemenhafte Gestalt auf. Für den Bruchteil einer Sekunde rechnete Ana damit, dass der Flüchtende sie angriff. Bevor sie reagieren konnte, verschluckte das Schneetreiben die Erscheinung. Sie hockte allein im weißen Inferno.

Jeden Moment würde eine Straßenbahn heranrollen, sie musste von den Schienen weg. Mühsam rappelte sich Ana in die Höhe. Angestrengt starrte sie in die verschwommene Umgebung. Da war niemand. Doch es fühlte sich an, als ob ihr Augen folgten. Hastig drehte sie sich um ihre Achse. Im dichten Schneefall schwebten Umrisse an ihr vorbei. Ihre Nackenmuskeln spannten sich an. Instinktiv wollte sie flüchten.

Panisch packte sie die Taschen und querte hinkend die Gleise. Ihr Fuß quälte sie bei jeder Bewegung, wahrscheinlich eine Bänderzerrung. Erleichtert überwand sie die letzte Schiene.

Sie humpelte zu einer Parkbank. Im Sommer rasteten Touristen auf dem begehrten Platz und verspeisten eine Tüte Eis aus der nahen Eisdiele. Jetzt standen die Bänke unberührt, überzogen mit einer weißen Schicht, fern von anderen Menschen.

Mit der Hand schob Ana den Schnee von der eiskalten Metallfläche. Ihre starren Finger prickelten. Die Handschuhe lagen im warmen Lokal. Seufzend glitt sie auf die Sitzfläche. Die Kälte stach augenblicklich durch die Kleidung. Sie umschlang die Taschen auf ihrem Schoß. Sie musste kurz rasten.

Ein Bild durchzuckte sie. Das war kein Unfall, das war Absicht. Das Ziel des Angreifers war der Aktenkoffer. Es war ihm egal, ob Herr Hoch vor die fahrenden Autos stürzte. Die Vorstellung ließ sie nicht los. Wie ein Film zogen die Momente des Sturzes an ihren Augen vorbei. Der Täter hatte keine Sekunde gezögert und war abgehauen.

Es war ihre Pflicht, umzukehren und als Zeugin auszusagen. Gewiss hatten die Passanten die Rettung und die Polizei gerufen. Bei der Unglücksstelle war sie in Sicherheit. Hier saß sie im Halbdunkel und fühlte ein Kribbeln, dass jemand sie beobachtete.

Wie lange kauerte sie schon an diesem Platz? Strähnen von vereisten Haaren hingen aus der Haube und ihr Körper zitterte vor Kälte. Sie spürte ihre Zehen schlecht und die Finger schmerzten höllisch. Der linke Knöchel pulsierte, vermutlich war er angeschwollen.

Mit Anstrengung rappelte sich Ana auf und schüttelte eine Schicht Schnee von ihren Kleidungsstücken. Sie belastete ihr verletztes Bein. Der Knöchel stach, aber er trug ihr Gewicht.

Beladen mit dem Gepäck stapfte sie Schritt für Schritt zurück zu den Straßenbahngleisen. Die Flocken bildeten einen undurchdringlichen Vorhang. Sie fühlte sich mutterseelenallein. »Unsinn«, beruhigte sie sich. Es waren Leute unterwegs, sie konnte sie bloß im Schneegestöber nicht ausnehmen.

Ihre Angst wurde übermächtig und ihre Beine versagten den Dienst. Sie traute sich nicht weiterzugehen. Sie spürte ihn. Da war jemand ganz nahe, auch wenn sie ihn nicht sah.

Der Schnee staubte, als sie umkehrte und zurückhinkte. Ein verschwommener Lichtschein zog sie magisch an. Erleichtert erkannte sie die beleuchteten Scheiben einer Fast-Food-Kette. Erschöpft stolperte sie durch die elektrische Tür. Das Lokal war spärlich besucht, bloß einige Jugendliche lümmelten in einem Eck.

Zeit. Sie brauchte Zeit, um sich zu beruhigen und nachzudenken. Sie schleppte sich zur Theke und bestellte einen Tee. Ächzend trug sie alles zu einem Tisch und setzte sich mit dem Rücken zur Mauer. So entging ihr kein Besucher. Mühsam schälte sie sich aus dem Mantel. Der Raum war überheizt und ihre Wangen begannen zu glühen, obwohl die Zähne klapperten.

In einem fort spielte sich der Film vor ihren Augen ab. Die Gestalt, die nach dem Aktenkoffer griff und dabei Sebastian Hoch anrempelte. Sein Sturz nach hinten war kein Unfall, das war … Was war es? Ein Raubüberfall? Vermutete der Täter Wertgegenstände in dem Koffer? Was trug Herr Hoch mit sich? Keinen Laptop, den hatte sie.

Wer beobachtete und verfolgte sie? Derjenige musste beim Unfall hinter ihr gestanden sein, während der Angreifer vorneweg lief. Ana wurde unsicher. Hatte sie sich die Verfolgung eingebildet? War sie durch den Aufprall und den fliegenden Körper so verstört worden? Sie hatte einen Schock und sich vermutlich den Rest eingeredet.

Allmählich entspannte sich Ana. Der Tee wärmte sie. Sie überzeugte sich ständig mehr, dass der böse Verfolger nur in ihrer Einbildung existierte. Was sollte sie jetzt tun? Zurück zum Unfallort? Oder auf eine Polizeistation? Wenn sie daran dachte, allein durch die unwirtliche Nacht zu irren, spannten sich ihre Muskeln an und der Kopf begann zu pochen.

Da fiel ihr Manuela ein. Die Kollegin wartete im Jazzland auf sie. Und Luc war auch dort. Die beiden würden ihr helfen. Das Allerbeste war, dass es bis zum Jazzland nur wenige Meter weit war.

KAPITEL 14

Atemlos riss Ana die Tür zum Jazzkeller auf und humpelte die Stufen hinunter.

»Fräulein!« Ein Mann trat auf sie zu und schaute sie vorwurfsvoll an. »Nicht einfach hineinspazieren, Sie müssen bezahlen. Wovon leben denn sonst die Künstler?«

Ana murmelte eine Entschuldigung und überreichte ihm das Geld.

»Wollen Sie Ihr Gepäck bei mir ablegen? Sie sehen wie ein wandelndes Büro aus.« Der Portier streckte ihr die Hand entgegen.

»Nein, danke. Die lasse ich bei mir.« Ana schob sich in Richtung Lärm weiter.

Auf der Bühne im Gewölbe spielten Musiker Saxofon und Gitarre. Klarinettenklänge erschallten und der Rhythmus des Schlagzeugs vibrierte in den Beinen. Der Sound klang beschwingt. Suchend sah sie sich um. In der Dunkelheit war es schwierig, Gesichter auszumachen.

Da winkte jemand heftig und erleichtert erkannte sie Manuela, die lässig an der Wand lehnte. Schnaufend drängelte sich Ana durch die Menschen. Bei jeder Berührung zuckte sie zusammen.

»Wo steckst du so lange?« Manuela musterte sie besorgt. »Wieso schleppst du die Taschen mit? Du bist voller Schnee und die Haare triefen. Sag schon, was ist geschehen?« Sie hatte die Stimme erhoben, um die Musik zu übertönen.

»Der Hoch wurde niedergefahren. Er hat ihn absichtlich gestoßen. Mir ist wer nachgelaufen. Habe ich zumindest geglaubt. Ich bin auf den Gleisen gestürzt. Der Knöchel tut mir schrecklich weh.« Ana sprach immer schneller, die Kollegin blickte sie entsetzt an.

»Langsam, Ana. Ich verstehe kein Wort. Komm in den Vorraum, dort ist es leiser.«

»Ist Luc da?« Ana versuchte, ihn im Halbdunkel zu entdecken.

»Der hat eine neue Flamme. Soeben kennengelernt. Mit ihm brauchst du heute nicht mehr rechnen, der ist schwer beschäftigt. Dort hinten tanzen sie. Komm, ich nehme dir eine Tasche ab.« Manuela packte Ana am Oberarm und zerrte sie zum Ausgang.

Bedauernd schaute Ana zu Luc. Er hatte eine langhaarige Frau im Arm und war in die Musik versunken.

Im Vorraum schilderte sie minutiös, was vorgefallen war. Ana merkte, dass ihre Eindrücke zu verschwimmen begannen. Sie zweifelte immer stärker, was sie wirklich erlebt hatte und was sich nur in ihrer Fantasie abspielte.

»Das ist ja entsetzlich, du Ärmste.« Manuela nahm ihre Hand. »Hoffentlich ist Herr Hoch nicht schwer verletzt.« Sie neigte sich zu Ana. »Du musst bei der Polizei eine Zeugenaussage machen.«

»Ich ... ja ... klar. Denkst du, die Aussage hat bis morgen Zeit? Ich will nach Hause.«

»Du bist eine wichtige Zeugin. Besser, du erledigst das gleich, ich begleite dich.«

Ana sah sie dankbar an. Es tat ihr gut, wie besorgt ihre Kollegin um sie war.

»Du rührst dich nicht von der Stelle. Ich hole schnell den Mantel und benachrichtige Luc, falls ich ihn finde.«

Als sie die Tür der Bar aufstießen, blies ihnen heftiges Schneetreiben entgegen.

»Wo gehen wir eigentlich hin? Welche Polizeistelle hat mitten in der Nacht Dienst?«

»Wir gehen nicht, wir fahren. Am Eck ist ein Taxistandplatz, die Fahrer wissen bestimmt, wo ein offener Polizeiposten ist.« Entschlossen hakte sich Manuela ein und schob sie vorwärts.

Ana drehte sich ständig um. Sie bemerkte nur erleuchtete Schaufenster und vermummte Fußgänger. Dennoch saß ihr das Gefühl, beobachtet zu werden, bleiern auf den Schultern.

»Was ist? Folgt uns wer?« Manuela wandte sich nervös in alle Richtungen. »Da ist niemand. Du bildest dir das ein.«

Ana nickte ohne Überzeugung. Erleichtert kletterte sie ins Taxi. Einige Minuten später hielten sie vor der Polizeistation beim Schottenring.

Beklommen humpelte sie hinter Manuela ins Gebäude. Sie erklärte ihr Anliegen einer Wachebeamtin, die sie abgeschirmt durch eine Glasscheibe neugierig betrachtete.

Mit lautem Tuten sprang eine Tür auf und die Polizistin geleitete sie in eine Kammer. Während sie warteten, erkundigte sich Manuela mehrmals nach Anas Befinden. Der Raum muffelte nach staubigem Papier. Ihre Kollegin erzählte vom Jazzklub und wie eine dunkle Schönheit Luc zum Tanzen geholt hatte. Er hatte sich ab dem Moment ausschließlich auf sie konzentriert und auf Manuela vergessen.

Ana ignorierte ihr Schwätzen. Ihre Gedanken kreisten unaufhörlich um das Unglück.

Schließlich kehrte die Polizistin in Begleitung eines uniformierten Beamten zurück. Die beiden nahmen vis-à-vis von ihnen Platz.

»Sie machen eine Zeugenaussage? Wir haben den Unfall im System herausgesucht. Als Erstes erfassen wir Ihre Daten. Und wer sind Sie?«, fragte sie Manuela.

»Ich bin eine Freundin. Beim Unglück war ich nicht anwesend, wir haben uns nachher getroffen.«

»Warten Sie bitte draußen.«

»Nein, ich bleibe bei Ana. Sie ist total fertig.«

Die Polizistin setzte zu einer Entgegnung an, aber ihr Kollege winkte ab. »Lass sie als Begleitung herinnen, das ist kein Problem.«

»Also, Name und Adresse und dann erzählen Sie, was Sie beobachtet haben.«

Ana konzentrierte sich. Sie begann mit der Tatsache, dass Herr Hoch nach dem gemeinsamen Restaurantbesuch die Tasche mit dem Laptop vergessen hatte. Sie schilderte, wie sie ihm nachgestapft war und wie sie den Unfall erlebt hatte.

»Sie sind sicher, dass ein Fußgänger einen Aktenkoffer des Opfers geraubt hat?«

»Ich war ganz nah. Und er hat ihn dabei angerempelt, deshalb kam es zu dem Sturz.«

»Können Sie die Person beschreiben?«

»In etwa so groß wie ich und schlank. In einer langen grauen Barbour-Jacke mit Kapuze.«

»Haben Sie das Gesicht gesehen?«

Ana schüttelte den Kopf.

»War es ein Mann?«, fragte der Beamte.

Entgeistert richtete sie sich auf. Diese Frage hatte sie sich noch nicht gestellt. »Ich weiß nicht«, stammelte sie. »Ich bin davon ausgegangen. Aber jetzt, wo ich mich damit beschäftige, habe ich keine Ahnung, ob Mann oder Frau.«

»Erinnern Sie sich an Details?«

Ana verneinte. »Kann ich den Laptop von Herrn Hoch bei Ihnen abgeben? Auf seiner Maschine sind eventuell vertrauliche Daten aus dem Ministerium. Ich möchte sie nicht bei mir haben.«

Der Beamte nahm ihr die Tasche ab. Er zog den Reißverschluss einige Zentimeter auf und nickte. »Den verwahren wir. Eines interessiert mich noch. Wieso kommen Sie jetzt erst zu uns, statt mit den Einsatzkräften am Unfallort zu sprechen?«

»Ich bin dem Täter gefolgt.«

»Sie sind ihm nach? Allein?« Die Polizistin schaute ungläubig drein.

»Ja. Das war ein Reflex. Ich habe es aber nicht weit geschafft. Auf den Straßenbahnschienen am Schwedenplatz bin ich gestürzt und habe mir den Knöchel verstaucht. Ich habe mich dann mit meiner Kollegin getroffen und wir sind gemeinsam hergefahren.«

»Wenn Ihnen nichts mehr einfällt, beenden wir das Gespräch. Morgen werden im Laufe des Tages die zuständigen

Kollegen Kontakt mit Ihnen aufnehmen. Wir drucken rasch das Protokoll aus und Sie unterschreiben.«

»Wissen Sie, wie es dem Unfallopfer geht?«, fragte Ana die Beamtin. Sie hoffte, dass sie diese Information ebenfalls im System erfuhren.

Die Frau wandte den Blick ab und sah ihren Kollegen fragend an. Dieser reagierte nicht. Gleichzeitig wurde Ana heiß. Die Wände kamen näher. Sie schnappte nach Luft, während ein Würgegriff ihren Hals zudrückte.

Die Polizistin räusperte sich. »Es tut uns leid. Das Unfallopfer war bei Eintreffen des Notarztes bereits verstorben.«

Erschüttert standen Manuela und Ana auf der Straße.

»Er ist tot«, flüsterte Ana.

»Du hättest ihnen von dem Verfolger erzählen sollen.« Manuelas verheultes Gesicht brachte Ana endgültig aus der Fassung.

»Du hast doch selbst gesagt, dass ich mir den eingebildet habe. Ich wollte mich nicht lächerlich machen.«

»Was, wenn ich mich geirrt habe?«

KAPITEL 15

Manuela bestand darauf, Ana mit dem Auto bis vor die Haustüre zu begleiten. Dankbar folgte ihr Ana über die rutschigen Straßen. Die Ereignisse des Tages hatten sie völlig geschafft. Vor dem Haus wartete Manuela, bis Ana die Tür hinter sich schloss.

Anas Augen tränten vor Müdigkeit und sie schleppte ihren bleiernen Körper die Stiegen hinauf. Sie fiel ins Bett und wollte nur noch schlafen.

Quälende Unruhe hielt sie wach. Ihre Gedanken rotierten. Das war kein Dieb, sondern ein Mörder. Herr Hoch war an der Gehsteigkante gestanden, ihn zu stoßen endete unausweichlich in einem Unglück. Der Täter zögerte keine Sekunde und flüchtete durch die Menschenmenge. Reue hatte er offensichtlich keine gespürt.

Ein schemenhaftes Bild erschien und löste sich auf, bevor sie es greifen konnte. In dem Moment, als die Mutter des Kleinkindes sie geschimpft hatte, hatte es einen flüchtigen Blickkontakt gegeben. Ana konzentrierte sich, bis ihr der Schweiß ausbrach. Doch die Erinnerung entglitt ihr wieder.

Hatte der Mörder Ana bemerkt, als sie sich an seine Fersen geheftet hatte? Er war trotz der Schneefahrbahn wie eine Gazelle gerannt. Vielleicht ein Marathonläufer.

Laute Musik ließ Ana in die Höhe schnellen. Erleichtert lehnte sie sich zurück. Der Radiowecker brüllte. Sie war irgendwann vor Erschöpfung eingeschlafen. Das kühle Holz empfand sie als heimelig. Da schoss ihr der Vorabend ein und sie sprang aus dem Bett. Sofort durchzuckte sie der Schmerz im Knöchel und das Bein knickte weg. Sie humpelte ins Bad und rieb sich mit einer Schmerzsalbe ein. Um das Gelenk wickelte sie eine Bandage.

Ana beeilte sich. Ihre Schicht beim Abschlusstest begann um acht Uhr. Eine warme Dusche machte sie munter und als sie den Espresso schlürfte, fühlte sie sich bereit, es mit dem Tag aufzunehmen.

Die Haustüre klemmte. Eine dicke Schneedecke blockierte und sie schlüpfte durch den Spalt. Es hatte die Nacht durchgeschneit und weiterhin fielen schwere Flocken. Wochenlang hatte sie sich auf die weiße Pracht gefreut, jetzt war sie zu viel.

In Korneuburg umrundete sie das Rathaus, bis sie endlich eine Parklücke fand. Die Schneeberge verringerten den Parkraum. Hoffentlich war die KI in der Lage, diese Schneemassen richtig zu verarbeiten, und trieb keinen Unsinn. Mochte die künstliche Intelligenz Schnee?

Ana lachte auf. Die Demonstranten hatten sie angesteckt. Nun dachte sie auch schon an KI als an ein Lebewesen. Wo steckten die Aktivisten eigentlich an diesem Morgen? Kein einziger da? Waren die schneescheu? Ihr war es recht, das verringerte das Risiko eines Zwischenfalls.

Als sie die müden Kollegen an den Bildschirmen lümmeln sah, durchfurch sie der Gedanke an die Tragweite der Geschehnisse. Herr Magister Hoch war tot. Wie überbrachte sie die dramatische Nachricht gefühlvoll?

»Guten Morgen, Ana. Was stehst du so versteinert herum? Komm, Luc ist bereits da. Wir machen rasch Übergabe und dann sind wir weg. Ich möchte nur mehr ins Bett.« Erschöpfung sprach aus dem Vertriebsleiter, er blinzelte sie aus winzigen roten Augen an.

»Sofort. Ich habe euch etwas mitzuteilen.« Ihr war elend zumute.

»Was denn?«

Sie räusperte sich und leckte mit der Zunge über die Lippen. »Also …«

David und Karsten richteten sich auf und schauten sie ungeduldig an. Luc trat zu ihnen. Irritiert las sie die Aufschrift seines T-Shirts: »Künstliche Intelligenz hat keine Chance gegen natürliche Dummheit«.

»Ana?«

»Gestern Abend hat sich … ein Unglück ereignet. Magister Hoch wurde von einem Lkw niedergefahren und ist gestorben.«

Unglauben breitete sich auf den Gesichtern der Kollegen aus.

»Er ist tot?«, fragte David.

»Aber«, setzte Karsten zögernd an, »du warst doch mit ihm abendessen.« Verständnislos zog er die Schultern in die Höhe.

»Es war nach unserem Treffen. Ich war Zeugin des Unfalls, weil ich ihm nachgegangen bin.«

»Warum bist du dem Hoch gefolgt?« David glotzte sie befremdet an. »Was hast du gesehen?«

Ehe sie antworten konnte, läutete ihr Handy in der Handtasche. Ihre Hand zitterte, als sie es ans Ohr presste. »Rubin.«

»Guten Tag, Frau Rubin. Polizeiinspektion Wien, Gruppeninspektor Berger. Wir müssen Sie wegen des Unfalls gestern Abend sprechen.«

Ana wurde heiß. Das Gespräch war ihr angekündigt worden, sie hatte nicht damit gerechnet, dass es so rasch erfolgte. »Ist mir klar. Wann denn?«

»Frühestmöglich. Wir haben dringende Fragen an Sie. Wie lange benötigen Sie in die Polizeiinspektion Kärntnertorpassage?«

»Ich habe bis am Nachmittag Dienst.«

»So lange können wir das nicht aufschieben. Sie müssen umgehend auftauchen.«

»Warten Sie bitte einen Moment.«

Ana senkte das Telefon. David und Karsten hatten angestrengt gelauscht und vermutlich jedes Wort verstanden. »Kann einer von euch dableiben? Ich muss aufs Kommissariat. Ich beeile mich.«

Beide deuteten ohne zu zögern Zustimmung an.

»Passt Ihnen in einer Stunde?«, fragte Ana.

»Neun Uhr im Kommissariat«, bestätigte Gruppeninspektor Berger und beendete das Telefonat.

»Was wollen die von dir? Was ist genau passiert?«

Ana klammerte sich am Schreibtisch fest. Die Situation war unwirklich. »Ich vermute, Herr Hoch wurde wegen seines Aktenkoffers vor meinen Augen umgebracht.«

»Ermordet?«, rief David.

»Was war in dem Koffer?«, fragte Karsten fassungslos.

»Hatte er Dreck am Stecken?« Luc war schon einen Gedanken weiter.

Ana zuckte ratlos die Schultern.

Wegen der Witterung hatten viele Wiener ihr Auto zu Hause gelassen. Ohne Stau landete Ana viel zu früh auf dem Karlsplatz. Um die Wartezeit zu verkürzen, stapfte sie durch den Park bis zum Brunnen vor der Karlskirche. Im Winter enthielt das Becken kein Wasser, aber rundherum waren geschmückte Weihnachtsstände aufgebaut. In einigen Stunden würden hier Kinder herumtoben und Erwachsene Punsch und Weihnachtsbäckerei verkosten. Die weiße Barockkirche war eine fantastische Kulisse.

Fünfzehn Minuten später erkundigte sie sich in der Polizeiinspektion nach Gruppeninspektor Berger und wurde in einen kahlen Raum geführt. Das Zimmer hatte keine Fenster. War das ein Verhörraum?

»Gruppeninspektoren Berger und Asrim. Danke, dass Sie unverzüglich gekommen sind.«

Mehrmals musste Ana ihre Geschichte wiederholen. Manchmal schienen ihr die Geschehnisse deutlich. Dann wieder hatte sie den Eindruck, dass sie nur wiedererzählte, was sie schon so oft formuliert hatte.

Die beiden Beamten befragten sie emotionslos. Herr Berger spielte mit einem Kugelschreiber, was Ana irritierte.

»Wieso haben Sie den Laptop Herrn Hoch im Schneesturm nachgetragen, statt ihn telefonisch zurückzuholen?«

Ana zögerte, die Begründung klang merkwürdig. »Weil ich unsicher war, ob er abhebt.«

»Wieso denn das? Sie waren doch Geschäftspartner.«

Während Ana noch eine Antwort überlegte, redete Berger weiter, sein Tonfall klang eindringlich: »Fragen Sie sich eigentlich, weshalb wir Sie so dringend sprechen wollten?«

Ana sah ihn erstaunt an. »Sie brauchen meine Zeugenaussage, bevor ich alles durcheinanderbringe.«

Er nickte bedächtig. »Stimmt. Es gibt aber noch einen weiteren Grund.« Er legte den Kugelschreiber vor sich nieder. Dann drehte er ihn um neunzig Grad und schaute Ana in die Augen. »Beschreiben Sie die Kleidung, die Sie gestern Abend anhatten.«

»Weshalb ist das wichtig?«

»Beantworten Sie die Frage.«

»Ich trug eine schwarze Hose, eine gelbe Bluse und dazu ein gelb und schwarz kariertes Sakko.«

»Und darüber?«

»Einen langen dunkelblauen Steppmantel. Auf dem Kopf eine blaue Haube mit weißen Sternen, um den Hals den passenden Schal. Und ich hatte Lederstiefel mit niedrigen Absätzen an. Ausgerutscht bin ich trotzdem. Verraten Sie mir jetzt, wieso das interessant ist?«

Der Beamte nickte bedächtig. »Wir haben eine Aussage, dass eine Frau in exakt dieser Kleidung dem Unfallopfer einen Koffer entrissen und ihn vor den Lkw gestoßen hat.«

»Das stimmt nicht. Das war ich nicht!«, brüllte Ana entsetzt auf.

»Hören Sie zu schreien auf!«, keifte sie der Beamte an.

»Entschuldigen Sie.« Ana schnappte nach Luft. »Das ist gelogen! Ich war drei Meter hinter Herrn Hoch und habe die Gestalt gesehen, die ihn gerempelt hat.«

»Es steht Aussage gegen Aussage.«

»Es waren viele Leute da. Die müssen das doch auch beobachtet haben! Was haben die gesagt?«

Der Polizist machte eine wegwischende Handbewegung. »Was haben Sie mit dem Koffer getan?«

Ana überkreuzte die Arme. Dem Beamten war es ernst, er verdächtigte sie. »Ich war das nicht. Ich habe den Täter gesehen und verfolgt. Das müssen Sie mir glauben!«

»Nehmen wir einmal an, Sie sagen die Wahrheit. Aus welchem Grund beschuldigt Sie jemand fälschlicherweise?«

KAPITEL 16

Warum belastete sie jemand mit einer Falschaussage? Vielleicht irrte sich der Zeuge, weil die Sicht miserabel gewesen war. Die Gedanken hüpften ungeordnet durch ihr Gehirn. »Ich vermute, ich wurde verfolgt«, platzte Ana heraus.

»Verfolgt? Von wem?«

»Das weiß ich nicht. Ich habe doch erzählt, dass ich dem Täter nachgelaufen bin, bis ich auf den Schienen gestürzt bin. Ich hatte ständig das Gefühl, dass mich jemand beobachtet. Einmal habe ich wen im Schneegestöber gesehen, aber nur undeutlich.«

»Das sagen Sie jetzt? Wieso haben Sie das bisher mit keinem Wort erwähnt?«

»Weil ich nicht absolut sicher bin. Es hat so heftig geschneit, dass ich kaum die Hand vor den Augen erkennen konnte. Außerdem hat mich der schreckliche Unfall aus der Fassung gebracht. Womöglich habe ich mir den Verfolger eingebildet. Ich wollte vermeiden, dass Sie mich als hysterisch einschätzen.«

»Haben Sie eine Personenbeschreibung für uns?« Der Polizist setzte ein süffisantes Lächeln auf.

Ana schüttelte verzweifelt den Kopf. »Verdächtigen Sie mich allen Ernstes? Aus welchem Grund sollte ich so etwas Entsetzliches tun?«

Wie auf ein Stichwort klopfte es und eine junge Frau trat ein. Sie deutete den Beamten mit einem Zettel in der Hand, ihr aus dem Zimmer zu folgen. Der zweite Polizist, dessen Namen Ana vergessen hatte, erhob sich und nahm ihr das Blatt Papier ab. Nach einem Blick darauf sagte er: »Sekunde bitte.«

Die Stille lag bleiern im Raum. Herr Berger hielt die Hände gefaltet und beobachtete sie schweigend. Ana hörte eine Uhr ticken, konnte sie aber nirgends entdecken. Endlich kehrte der Polizist zurück. »Ich kenne den Grund, aus dem Sie Herrn Hoch vom Bürgersteig befördert haben.«

Ana stockte der Atem. Welche Anschuldigung brachte er?

»Wir haben die Aussage eines Kellners, dass Sie sich mit Herrn Hoch im Restaurant gestritten haben und ihm dann Hals über Kopf nachgejagt sind.«

Sie sackte zusammen. Das hörte sich tatsächlich so an, als ob sie Böses im Sinn gehabt hatte.

Mit zitternder Stimme sagte sie: »Wir hatten eine Diskussion über ein Detail unserer Arbeit. Deshalb würde ich doch niemanden umbringen. Und ich habe ihn nicht gejagt, sondern die Tasche nachgetragen.«

»Wieso war das so wichtig, dass Sie ihm mitten in der Nacht im Schneetreiben nachlaufen?«

»Es ging mir um seinen Laptop. Der hat privilegierte Zugriffe auf unser Computersystem. Zusätzlich hat Herr Hoch womöglich geheime Daten gespeichert. Die wollte ich nicht zu mir nach Hause nehmen.«

»Möchten Sie uns nicht lieber erzählen, was wirklich vorgefallen ist? Hat Herr Hoch Sie provoziert?« Der Polizist blickte sie so intensiv an, dass sich Ana abwandte.

»Bin ich beschuldigt? Brauche ich einen Anwalt?«, murmelte sie.

Die Beamten schauten sich an und erhoben sich. Ohne Kommentar verließen sie den Raum.

Ana spürte ihr Herz klopfen. So fühlte sich das also an, wenn man verdächtigt wurde. Ihr musste etwas einfallen, um aus diesem Schlamassel heil herauszukommen.

Da sprang die Tür auf. »Frau Rubin. Sie wurden als Zeugin vernommen, nicht als Verdächtige und es steht Ihnen frei zu gehen. Bitte bleiben Sie für uns erreichbar, wir werden weitere Fragen haben.«

Zaghaft stand Ana auf. Wie eine Schlafwandlerin bewegte sie sich den Gang der Polizeistation hinunter. Einzig der stechende Knöchel unterstützte ihre Konzentration. Erst als sie in ihr Auto kletterte, hoben sich die Schleier. Automatisch schaltete sie den Ton ihres Handys ein und blickte auf das Display. Sechs Anrufe in Abwesenheit. Jeweils einer von Karsten, Manuela, Marion und Pat und zwei von einer unbekannten Nummer. Nur Marion hatte ihr eine Nachricht aufs Band gesprochen.

Die Anrufer mussten warten, sie hatte momentan keine Kraft für Diskussionen. Da brüllte das Telefon in ihrer Hand und sie zuckte zusammen. Das Handy rutschte auf den Boden. Die Freisprecheinrichtung klingelte los. Abermals erschrak Ana. Sie tapste blindlings auf der Fußmatte herum, erreichte das Gerät jedoch nicht. Aufstöhnend griff sie zu der Freisprecheinrichtung und drückte auf die Annahmetaste.

»Hier spricht Krutzler. Bevor Sie wieder auflegen, hören Sie mir zu, Frau Rubin.«

Der heisere Journalist!

»Ich weiß von dem bedauerlichen Unfall von Herrn Magister Hoch. Wir müssen sofort miteinander sprechen. Glauben Sie mir, das ist auch in Ihrem Sinn.«

»Ich will und ich darf nicht mit Ihnen reden, Herr Krutzler, und ich habe derzeit andere Sorgen. Tut mir leid.« Ana brach das Gespräch ab.

Was wollte der Kerl von ihr? Sie fischte ihr Telefon vom Autoboden. Womöglich hätte sie ihn nicht wegdrücken sollen. Sie wüsste zu gern, was er plante. Seine Penetranz ging über übliche Journalistenneugierde eindeutig hinaus. Egal, sie hatte genügend Probleme, sie würde sich keine Verletzung der Kommunikationsrichtlinien aufhalsen.

Sie musste sofort ins Testzentrum. Es war mittags und ein Kollege saß dort seit Stunden an ihrer Stelle fest. Sie schaltete ihr Telefon auf stumm. Gegenwärtig erlaubte ihre Verfassung nicht, ein Auto zu lenken und gleichzeitig zu telefonieren.

Während der Fahrt plagte die Neugierde sie so lange, bis sie Marions Sprachnachricht abhörte.

»Hi, Marion hier. Akzeptier, dass ich mich gegen KI stark mache. Ich stehe dazu. Ronald könnte allerdings wichtige Kunden verlieren, deshalb muss ich anonym bleiben und er darf nichts erfahren. Wenn du damit leben kannst, melde dich.«

Das war ein Anfang für eine Aussprache, die dringend notwendig war.

In Korneuburg entdeckte sie bereits auf der Hauptstraße die Demonstranten. Ihre Zahl hatte sich verdoppelt. Beim Fußgängerübergang stoppte Ana wegen eines Passanten. Anstatt die Straße zu überqueren, schritt er ohne Eile auf sie zu und klemmte einen Zettel unter den Scheibenwischer. Grinsend winkte er sie weiter und schlenderte über den Zebrastreifen.

Wut kroch in Ana empor. Die verhielten sich stündlich dreister und sie vermochten nichts dagegen zu unternehmen. Wenn diese Gestalten etwas mit dem Tod von Herrn Hoch oder der falschen Zeugenaussage zu tun hatten, konnten sie etwas erleben. Die würden sie kennenlernen!

Das Feindbild verhalf ihr zu neuer Kraft. Es wäre doch gelacht, sich von einer Lüge unterkriegen zu lassen.

Minuten später öffnete sie die Tür zum Testcenter. Mehrere Augenpaare starrten sie an und jeglicher Lärm brach ab. Luc drehte den Schreibtischsessel und fixierte sie mit seinen dunklen Augen und einem undefinierbaren Gesichtsausdruck. Neben ihm lehnte David und musterte sie.

Anas Entschlossenheit wich der Verunsicherung.

»Wo kommst du auf einmal her? Warum hast du nicht zurückgerufen?« Karsten kam ihr entgegen.

Die Bedauernswerten waren bis jetzt vor dem Schirm gehockt. Sie waren zweifelsfrei todmüde.

»Ich war die ganze Zeit auf der Polizei.« Wie fremd ihre Stimme klang.

»Weshalb hat das so lange gedauert?«

Ana räusperte sich. »Sie hatten massenhaft Fragen. Wie läuft der Test?«

»Bis auf unbedeutende Störungen durch die idiotischen Demonstranten ist alles in Ordnung. Sag lieber, wie es dir geht. Manuela hat uns berichtet, was gestern geschehen ist.«

Ana spürte, wie ihr Wasser in die Augen stieg. Sie konnte nicht vor den Mitarbeitern über ihr Gefühlschaos sprechen. Mit großer Mühe flüsterte sie: »Es geht.« Als sie das Schwanken ihrer Stimme wahrnahm, wuchs der Kloß in ihrem Hals. Gleich würde sie in Tränen ausbrechen.

»Jetzt gebt ihr doch die Zeit, die nasse Kleidung auszuziehen und einen Kaffee zu trinken. Danach kann sie in Ruhe alles berichten.« Manuela war blitzartig an ihrer Seite, ergriff ihre Hand und zog sie in den anschließenden Raum. Hinter ihnen klappte die Tür zu.

Manuela umarmte Ana und hielt sie fest. Da spürte Ana die ersten Tränen kullern. Sie wehrte sich gegen die Umklammerung und ließ sich auf einen Sessel fallen. »Danke!«

»Selbstverständlich«, grinste sie Manuela an. »Karsten meint es gut, aber er ist ein Mann.«

»Was soll das heißen?« Der Vertriebsleiter hatte unbemerkt das Zimmer betreten und sah zwischen den Frauen hin und her.

»Alles gut. Ich wollte vor den anderen nicht zu heulen anfangen.«

Karsten nickte. »Was sagt die Polizei?«

Ana schluckte. »Sie denken, ich habe Magister Hoch absichtlich vor den Lkw geschubst.«

»Was ist das für ein Schwachsinn?«, stieß Manuela aus.

Ana versuchte, sich zu fassen. Sie atmete mehrmals betont gleichmäßig und konzentrierte sich auf ihre Hände. Stockend begann sie zu erzählen.

Manuela und Karsten hörten zu, ohne sie zu unterbrechen. Als Ana schwieg, blies ihr Kollege hörbar die Luft aus und klopfte mit den Fingern auf den Tisch.

»Was für eine Riesenscheiße! Wer macht so etwas?« Manuela griff sich fassungslos an den Kopf.

»Gute Frage, mir fehlt jede Idee. Ich will doch nur meine Arbeit gut zustande bringen.«

»Jemand hat es auf dich abgesehen. Der will dich fertigmachen.«

»Du solltest dir einen guten Anwalt suchen«, sagte Karsten.

»Der wird mir auch nicht helfen.«

»Du brauchst einen Anwalt! Du musst kämpfen!«

»So habe ich das nicht gemeint. Du kannst sicher sein, dass ich mich zur Wehr setze!«, empörte sich Ana. »Glaubst du ernsthaft, dass ich mir ein Verbrechen anhängen lasse?« Böse funkelte sie ihn an.

Karsten schnaufte erleichtert und grinste. »Halleluja. So gefällst du mir besser. Was hast du vor?«

»Den Test erfolgreich beenden und herausfinden, wer mich ruinieren will.«

KAPITEL 17

»Wer passt im Moment mit Luc auf?«
Manuela verzog ihr Gesicht und stürzte aus dem Raum.

»Hältst du die gegenseitige Kontrolle tatsächlich für erforderlich? Das belastet die Stimmung im Team.« Der Vertriebschef sorgte sich.

»Ich hoffe, wie du, dass die Cyberattacken nichts mit unseren Leuten zu tun haben. Aber die Sicherheit geht vor und ich bestehe auf Gleichbehandlung. Keiner arbeitet allein am System.«

Karsten schwieg. Er hatte die Arme verschränkt und das Kinn vorgeschoben. Seine Abwehrhaltung sprach Bände. Um ihn abzulenken, fragte sie ihn nach seiner Bemerkung, dass die Demonstranten Schwierigkeiten bereiteten. Es stellte sich heraus, dass sie absichtlich oft über die Straßen liefen, unmotiviert stehen blieben und den Autofahrern das Leben schwer machten. Ungesetzliche Aktivitäten, gegen die sie vorgehen konnten, wusste er keine.

»Wie verhalten sich die Polizisten?«, fragte Ana.

»Sie halten sich im Hintergrund. In der Nacht haben sie uns zweimal besucht und kontrolliert, dass alles im grünen Bereich ist.«

»Das heißt, bis jetzt verlaufen die Tests ohne nennenswerte Probleme und wir liefern die erwarteten Ergebnisse.« Ana lehnte sich erleichtert zurück.

»So ist es. Hast du Pat über Hochs Unfall informiert?«

Ana fuhr auf. »Nein! Die habe ich verdrängt und ihren Anruf habe ich verpasst. Was macht sie aus dem Drama mit Herrn Hoch und dem Verdacht gegen mich?« Panik kroch in ihr empor. »Steht sie hinter mir oder nimmt sie mir das Projekt weg?«

»Vorschlag. Ich rede mit Pat.«

»Du?«, staunte Ana.

»Ja. Ich bringe ihr die Geschichte schonend bei und fange die ärgste Schockwelle ab. Mir kann sie den Kopf nicht abreißen. Du unterhältst dich später mit ihr. Ich sage, du bist im Moment mit dem Test schwer beschäftigt, was ja stimmt.«

»Du bist großartig, das vergesse ich dir nie. Dann entlaste ich jetzt Manuela und du fährst endlich heim.«

Ihre Kollegin winkte ab. »Ich mache weiter, lass mich werken. Bald beginnt ohnehin meine Schicht. David hat sich das Notbett gekrallt, damit er nachher fit ist. Kümmere du dich um deine Probleme.« Sie nickte ihr bedeutsam zu.

Ana flüsterte: »Danke. Wenn du einverstanden bist, gehe ich eine Zeit lang weg, ich möchte etwas herausfinden.«

Als sie aufblickte, sah sie die Augen von Luc auf sich gerichtet.

»Sei bitte vorsichtig«, wisperte Manuela.

»Ihr seid heute reichlich geheimnisvoll«, ätzte Luc. »Ist es wegen Herrn Hoch? Darf man fragen, was los ist?«

»Nein, darfst du nicht. Bis später.« Ana verließ das Rathaus abermals durch den Hintereingang, allmählich wurde es zur Gewohnheit.

Angespannt horchte sie, ob Marion ihren Anruf annahm.

»Hallo Ana, schön dich zu hören.«

»Das beruht auf Gegenseitigkeit.«

»Hast du meine Nachricht abgehört?«

»Habe ich. Wir beide müssen dringend miteinander reden. Kann ich zu dir kommen? Du bist doch zu Hause?«

»Jetzt? Musst du nicht arbeiten?«

»Sagen wir, ich verstehe das als Teil meines Jobs. Also, was ist, kann ich vorbeischauen?«

»Puh. Eigentlich … Aber ja, komm her, ich koch uns einen Kaffee.«

Es dauerte nur wenige Minuten, bis Ana das Wohnhaus in Langenzersdorf erreichte, in dem Marion und Ronald das oberste Stockwerk bewohnten. Sie parkte ihr Cabrio auf dem ordentlich ausgeschaufelten Vorplatz.

Marion lachte sie an. Ihre Freundin freute sich ehrlich, sie zu sehen, obwohl beide ahnten, dass das Gespräch unangenehm werden konnte.

»Herein in die warme Stube. Der Espresso und ein Gugelhupf erwarten dich«, bat Marion sie herzlich weiter.

Ana griff sich sofort ein Stück von dem Kuchen. Ihr knurrender Magen verriet, dass sie seit dem Abendessen mit Herrn Hoch nichts mehr gegessen hatte. Die Erinnerung an ihn ließ sie erstarren.

»Was ist? Schmeckt er dir nicht?«, fragte Marion entsetzt.

»Was? Nein! Ich meine, dein Gugelhupf ist hervorragend, richtig lecker. Mir ist gerade etwas eingefallen, was mir den Magen umdreht.«

Marion setzte sich auf den Sessel gegenüber und sah sie erwartungsvoll an. »Schieß los. Was müssen wir so dringend reden?«

»Hör mir zu, ich erzähle dir eine traurige Geschichte.«

Ein weiteres Mal holte Ana aus und schilderte ihre Erlebnisse, beginnend mit dem Restaurantbesuch am Vorabend. Marion hing gebannt an ihren Lippen. Beim Sturz von Herrn Hoch stieß sie einen schrillen Schrei aus. Ana endete mit der Erklärung, dass sie verdächtigt wurde, Herrn Hoch angerempelt zu haben. Marion schüttelte sich entsetzt.

Stille trat zwischen die Frauen. Ana fühlte sich zu erschöpft, um weiterzureden, und Marion sinnierte vor sich hin.

»Wünschst du dir, dass dir Ronald hilft?«, fragte sie unverhofft.

»Was?«, schreckte Ana auf. »Nein! Vielleicht schon, aber deswegen bin ich nicht hier.« Es war naheliegend, dass ihre Freundin dachte, dass ein Privatdetektiv nützlich wäre. Doch ihren alten Freund hätte sie direkt kontaktiert.

Marion zog die Augenbrauen in die Höhe. »Ich kann dir zuhören und dich trösten. Das mache ich gern! Aber eine aussichtsreichere Unterstützung bietet dir Ronald, ich kann nichts Wesentliches beitragen.«

»Doch. Ich schätze, du kannst.«

Diesmal war das Schweigen im Raum greifbar. Es hing wie eine düstere Wolke über ihren Köpfen.

Ihre Freundin verharrte bewegungslos. Ana sah förmlich ihr Gehirn rattern. Schlagartig spannte sich Marion an. Sie presste Lider und Lippen gleichzeitig zusammen. Dann schnappte sie hörbar nach Luft.

»Bildest du dir ein, dass ich etwas mit der Sache zu tun habe?« Sie betonte jedes Wort und schoss sie ihr entgegen.

Ana schüttelte den Kopf. Bevor sie antworten konnte, zischte Marion los. »Jetzt weiß ich, was du denkst. Mir ist bewusst, dass du mich in Korneuburg beim Demonstrieren gesehen hast. Du vermutest, dass einer von der Gruppe … dass ich … Du bist bescheuert!« Den letzten Satz brüllte sie.

»Kannst du es ausschließen?«

»Ich … Das ist völlig absurd. Das sind friedliebende Menschen, die eine bessere Welt für ihre Kinder schaffen wollen.«

»Nebenbei beschmieren sie das Rathaus?«

»Das war ein Ausrutscher von irgendeinem Blödmann. So sind die wirklich nicht.«

»Und die Verletzung des Bürgermeisters?«

»Das war wer anderer!«

»Wer anderer? Würdest du es mir erzählen?«

»Es gibt nichts zu verraten! Die sind sauber!«

Ana hatte Lust, auf den Tisch zu schlagen oder mit den Füßen aufzustampfen. Ihre Freundin konnte unmöglich so naiv sein. Sie beherrschte sich.

»Ich möchte dir glauben. Aber vielleicht haben sich Extremisten in eure Gruppe eingeschlichen.«

»Nein!«

»Bitte, Marion! Ich brauche deine Hilfe! Ich werde eines Mordes bezichtigt!«

Ihre Freundin sackte zusammen. Hatte sie soeben heftig getobt, kauerte sie jetzt wie ein begossener Pudel vor ihr. »Was willst du von mir?«

»Dass du deine Gruppe beeinflusst und davon überzeugst, sofort alle Aktionen gegen unser KI-Projekt zu beenden.«

»Das kann ich nicht!«

Ana kämpfte mit ihrer Selbstbeherrschung. Am liebsten hätte sie die Freundin zur Einsicht geschüttelt. Sie drängte leise: »Wenn du willst, kannst du es!«

Marion sank stöhnend auf den Stuhl. »Egal, ob ich will oder nicht, ist es unmöglich. Keine Ahnung, wieso du dir einredest, dass ich ihnen etwas vorschreiben kann. Ich bin kein Führungsmitglied, ich bin erst zwei Monate dabei. Die hören nie und nimmer auf einen Neuling.«

Enttäuscht schluckte Ana. Sie hatte es sich so schön ausgemalt, über ihre Freundin Zugang zu den Demonstranten zu finden und sie zum Einlenken zu bewegen. Jetzt erschien ihr die Idee kindisch. Sie setzte sich neben Marion. »Es tut mir leid, ich will nicht mit dir streiten.«

»Ich möchte dir helfen! Aber so funktioniert das nicht. Und ich verstehe nicht, wieso einer von der Gruppe einen Beamten vom Ministerium attackieren sollte. Stampft ihr deshalb die KI ein?«

»Das Ziel ist die Zerstörung. Überleg doch. Der Angriff auf den Bürgermeister und die Schmierereien, die Versuche, unser IT-System zu korrumpieren, der Überfall auf den Beamten. Alles treffsicher zu unserem finalen Abschlusstest. Ist das ein Riesenzufall?«

»Was ist mit eurem IT-System?«, fragte Marion neugierig.

Ana biss sich auf die Lippen. Das waren geheime Geschäftsinformationen, sie war verpflichtet, den Mund auch gegenüber Freunden zu halten. Drang etwas in die Öffentlichkeit, waren die Konsequenzen drastisch.

»Ana?«

Wenn sie Marions Unterstützung wollte, musste sie ihr vertrauen. Konnte sie sich noch auf ihre Freundin verlassen? Wenn Ana sie einweihte, überschritt sie eine Grenze, die ihr teuer zu stehen kommen konnte. »Jemand attackiert das System, um die KI zu zerstören.«

»Und der IT-Angriff soll ebenfalls unsere Gruppe gewesen sein? Ein Technik-Guru? Du verrennst dich total. Du klingst nach Verfolgungswahn.« Marion blickte sie erbost an und schüttelte unwillig den Kopf. Sie wirkte zornig und entnervt.

»Wenn du deine Kameraden nicht dazu bringst, dass sie sich fernhalten, hilf mir anders.«

»Und zwar wie?«

»Du nimmst mich mit und führst mich in die Gruppe ein.«

KAPITEL 18

»Hast du sie noch alle?«, keifte Marion. »Zuerst behauptest du, dass ein Mörder unter den Aktivisten ist, und dann soll ich dich mitschleppen? Was tun wir, wenn dich jemand erkennt?«

Die Idee, die Gruppe auszuspionieren, war Ana eben erst eingeschossen. Sie gefiel ihr. Sie trat als Sympathisantin auf, um herauszufinden, ob sie der Gruppe beitreten wollte. So konnte sie mit den Mitgliedern sprechen und sich umhören.

»Das Risiko ist minimal. Ich habe das Rathaus meistens durch den Hintereingang betreten und nur ein einziges Mal mit einer Demonstrantin geredet. Die mit dem winzigen Baby. In der Zeitung war kein Bild von mir, also wer sollte mich woher kennen?«

»Du warst bei der Pressekonferenz.«

Die fünf vermummten Gestalten hatten sie auf dem Podium gesehen.

»Befürchtest du, die Eindringlinge waren doch von deiner Gruppe?« Ihr wurde bewusst, dass diese Frage ihre erregte Freundin herausforderte.

Marion zischte: »Schau mich nicht so hinterlistig an, ich weiß es wirklich nicht. Ich habe dir gesagt, dass ich nicht zum inneren Kreis gehöre. Mir gegenüber hat niemand zugegeben, dass er im Stadtsaal war. Den Angriff auf den Bürgermeister hat keiner gutgeheißen.«

»Habt ihr debattiert, wer das war?«

»Natürlich. Alle haben verneint und damit haben sie das Thema beendet.«

»Dann lasse ich es darauf ankommen. Ich verkleide mich und ändere die Frisur.«

Marion schaute zweifelnd drein. »Ist dir klar, dass du mit der Aktion deine gesamte Karriere aufs Spiel setzt?«

Das war eine Tatsache. Eine Bereichsleiterin, die gegen ihre Firma demonstrierte, war untragbar. Sollte sie ihr Vorhaben lieber bleiben lassen? Aber eine günstigere Chance, Informationen über die Aktivisten herauszufinden, bekam sie bestimmt nicht.

»Mich erwischt niemand. Raus damit! Wann triffst du sie?«

»Ich weiß nicht …«

»Lass mich nicht im Stich!«

Marion saß mit verschränkten Armen und hängenden Schultern vor ihr. Sie weigerte sich.

»Was würde Ronald zu deinem neuen Hobby sagen?«

»Das musste ja kommen! Du erpresst mich!« Die Stimme ihrer Freundin bebte vor Empörung. Schroff fauchte sie: »In Ordnung. Wenn es schiefgeht, hast du dir die Folgen selbst zuzuschreiben! Hol mich um sieben ab. Und jetzt verzieh dich.« Sie rückte ab.

Anas Magen verkrampfte sich schmerzhaft. Sie war zu weit gegangen. Sie machte einen Schritt auf Marion zu, aber die wehrte ab und wich zurück.

Aufgewühlt verließ Ana die Wohnung. Soeben hatte sie ihre älteste Freundschaft aufs Spiel gesetzt. Am liebsten wäre sie direkt nach Hause gedüst und ins Bett gekrochen.

Doch wie hieß es so schön: Die Pflicht rief. Seufzend machte sie sich auf den Weg in die Kommandozentrale.

Manuela entdeckte sie, sobald sie den Raum betrat. »Bin ich froh, dass du da bist. Wir haben eine spinnende Ampel und finden keinen Techniker.«

»Haben wir ein KI-Problem?«

»Nein!«, schrie David dazwischen. »Bei mir ist alles in Ordnung. Es muss ein Defekt in der Signalanlage sein. Wir schalten auf ›Grün‹ für die abfahrenden Krankentransporte, aber das Licht springt sofort wieder auf ›Rot‹.«

»Habt ihr es Herrn Magister …« Ana schlug sich entsetzt auf den Mund. Für einen Augenblick hatte sie den Unfall vergessen. Solche Themen zu regeln war die Aufgabe des Kundenprojektleiters. Doch der war tot.

David blickte sie finster an. »Unternimm etwas, beeil dich! Die Einsätze sind blockiert, das wird der KI angelastet werden.«

Ana sortierte ihre Gedanken. Mit dieser Art von Stress kam sie zurecht. Sollte sie den Ministerialrat hinzuziehen? Nein, es bot sich eine schnellere Lösung an. Sie raste ins Treppenhaus und nahm immer zwei Stufen gleichzeitig. Ohne anzuklopfen riss sie die Tür auf und sprang vor die ältliche Sekretärin des Bürgermeisters. Diese stieß einen leisen Schrei aus.

»Entschuldigung!«, keuchte Ana. »Tut mir entsetzlich leid. Ich benötige rasche Hilfe. Die Ampelanlage beim Spital ist kaputt, die zeigt für die Transporte ständig Rot.«

Sie hatte noch nicht ausgesprochen, da tippte die Gemeindebedienstete bereits auf ihrem Tischtelefon. Ana blies beruhigt die Luft aus, als sie die kultivierte Stimme der Dame freundliche, aber bestimmte Anweisungen durchgeben hörte. Als sie auflegte, schmunzelte sie Ana an. »Sie brauchen sich nicht aufregen. Das kommt vor, dass diese Ampel Mucken macht. Die Fahrer haben für diesen Fall die Anleitung, das Areal bei der Einfahrt zu verlassen.«

»Vielen Dank und entschuldigen Sie nochmals, dass ich so hereingeplatzt bin.«

»Alles gut, das nenne ich jugendlichen Elan«, lächelte sie die Sekretärin nachsichtig an.

Ana gab ihren Kollegen Entwarnung. David schimpfte leise vor sich hin, während er die Vorfälle im Testprotokoll notierte.

Manuela verdrehte die Augen. »Der Kollege ist heute schlecht drauf. Dabei laufen die Systeme wie am Schnürchen.«

»Woher willst du das wissen? Für dich sind die Meldungen am Bildschirm doch chinesisch«, knurrte er.

Manuela lachte versöhnlich. »Mir genügen die Überwachungskameras. Iss eine Schokobanane, vielleicht verbessert Zucker deine Laune.«

»Freu dich doch! Wir haben soeben Luisa gerettet! Den Liebling der Sanitäter.«

David schaute unbeeindruckt mürrisch drein.

»Ich ziehe mich zum Schreibtisch zurück, damit nicht noch ein ahnungsloser Manager unseren Supertechniker stört.« Ana lächelte David zuckersüß an und verschwand im angrenzenden Raum.

Die nächste Zeit verbrachte sie damit, die Testprotokolle zu lesen. An einigen Stellen schrieb sie Anmerkungen für die Techniker, die Details deutlicher auszuführen und Lücken zu schließen.

Regelmäßig schweiften ihre Gedanken ab. Am Abend würde sie die Aktivisten kennenlernen und herausfinden, ob sie hinter den Cyberattacken oder dem Tod von Magister Hoch steckten.

Marion gegenüber hatte sie sich selbstsicher gegeben. Doch unbeobachtet schlich sich ein aufwühlendes Gefühl ein. Was würden die Aktivisten mit ihr anstellen, falls sie sie als Spionin entlarvten? Sie war ohne abzuwägen ein hohes Wagnis eingegangen. Hoffentlich konnte sie sich auf Marion verlassen. Stand ihre Freundin auf ihrer Seite?

Da flog die Tür auf und prallte ungebremst gegen die Wand. Ana sprang vor Schreck in die Höhe. Vor ihr deutete Manuela mit bleichem Gesicht auf eine Tageszeitung, die sie umklammerte.

Welche Nachrichten brachten Manuela dermaßen aus der Fassung? Sie streckte ihre Hand aus, aber Manuela schenkte ihr keine Beachtung. Sie starrte auf die Zeitung und schüttelte ohne Unterbrechung ihren Kopf. »Der ist komplett gaga.«

Ana schob sich um den Schreibtisch und beugte sich über den Artikel.

»Tödliche KI?« stand da in fetten Lettern geschrieben. Auf dem Bild eine Menschentraube im Schneegestöber vor einem Lkw und einem Rettungswagen. Das Foto fing die niederschmetternde Atmosphäre greifbar ein. Daneben war eine winzige Aufnahme vom Hauptplatz in Korneuburg. Demonstranten mit Spruchbändern waren verschwommen erkennbar.

Entsetzt las Ana den Beitrag. Er berichtete, dass ein Beamter des Ministeriums bei einem Autounfall sein Leben verloren hatte. Er stellte einen Zusammenhang mit seiner Arbeit mit künstlicher Intelligenz her. Es folgte ein Interview mit einem »KI-Spezialisten«, der anonym blieb. Der Experte sprach von verantwortungslosen Versuchen mit KI und behauptete, dass Herr Hoch in rücksichtslose Machenschaften verstrickt gewesen war. Deshalb forderte er alle Sympathisanten auf, sie in Korneuburg zu unterstützen. Das Projekt musste eingestampft werden, bevor es weitere Tote gab. Zuletzt erwähnte der Journalist eine geheimnisvolle Frau, über deren Rolle er demnächst im Detail informieren würde. Der Artikel endete mit der Frage: »Hat die KI den Beamten getötet?«

»Der Idiot meint dich«, stellte Manuela fest.

Der Bericht war Müll. Keine konkreten Fakten, der Berichterstatter fischte im Trüben und der Experte war ein Verschwörungstheoretiker. Aber er rückte ihr KI-Projekt in bedenkliches Licht. Ohne klare Anschuldigungen, aber mit besorgniserregenden Andeutungen.

»Wieso fehlt der Name des Redakteurs unter dem Artikel? Der gehört zur Rechenschaft gezogen«, zischte Manuela.

»Ich weiß, wer das verbrochen hat. Ein sekkanter Reporter belästigt mich seit Tagen für ein Interview. Ich habe eisern abgelehnt und ihn an die Pressestelle verwiesen. Dieser Beitrag ist eine billige Rache an mir.«

»Pat wird ausflippen.«

Dieser Gedanke war Ana ebenfalls eingeschossen und ihr graute vor der Auseinandersetzung. »Ich rufe sie an, bevor sie den Beitrag ohne Vorwarnung liest.«

Das Telefonat mit Pat gestaltete sich mühsam. Ihre CEO kritisierte, dass sich Ana erst jetzt zum Tod von Magister Hoch bei ihr meldete. Sogar der Ministerialrat hatte sie schneller informiert.

Pat unterbrach Ana, als sie ihr den Vorfall zu schildern versuchte. »Wir halten es kurz. Dir ist hoffentlich bewusst, dass du in deiner Position die Firma zu schützen hast. Bring die Angelegenheit mit der Polizei in Ordnung, bevor die Presse Wind davon bekommt.«

Typisch Pat. Sie fürchtete negative Schlagzeilen wie die Pest. Anas Befinden war kein Thema.

Ana murmelte: »Leider ist es dafür zu spät. Ein Journalist namens Krutzler hat einen Artikel veröffentlicht.«

Das Schweigen dehnte sich aus. War Pat überhaupt noch in der Leitung? Ana wartete. Sie tigerte im Zimmer herum. Noch immer keine Reaktion.

»Hat er Namen genannt?«

»Nein, aber …«

»Ich sorge dafür, dass das so bleibt.«

Ana schluckte überrascht.

»Kümmere du dich um den Test. Ich übernehme die Presse. An der Geschäftsleitersitzung nimmst du ab sofort teil.«

Es knackte in der Verbindung, die CEO hatte grußlos aufgelegt. Eine sprachlose Ana stand verwirrt im Raum.

KAPITEL 19

Schlechtes Gewissen plagte Ana, als sie sich im Testcenter verabschiedete. Sie hätte sich lieber ihrer Arbeit und den Mitarbeitern gewidmet. Tim fragte sie umständlich nach Plänen für die Folgewoche und Benji benötigte die Unterschrift auf einem Urlaubsantrag. Beides erledigte sie im Stehen und beherrschte mühsam ihre Ungeduld. »Mein Beileid wegen Sebastian Hoch.«

Benji riss die Augen auf. Ihre Bemerkung traf ihn unerwartet. »Warum sagst du das?«

»Weil du mit ihm befreundet warst. Ihr seid doch Verbindungsbrüder gewesen.«

Benji zog ihr den Urlaubszettel aus der Hand und wandte sich kommentarlos ab.

Ihr Wohnort lag winterlich verträumt da. Eine dicke Schneedecke verhüllte die Häuser und Gärten. In der schmalen Gasse hatte der Räumdienst den Schnee auf einer Seite zu einem Berg aufgehäuft und nur eine enge Durchfahrt frei gelassen. Die weiße Masse bedeckte auch ihre Einfahrt. Ihr betagter Jaguar ruckte und zuckte, bis er endlich auf dem Vorplatz stand. Sie musste Zeit zum Schaufeln finden, sonst steckte sie demnächst fest.

Sie bahnte sich den Weg zur Eingangstür. Wie jeden Abend räumte sie den Postkasten aus. Als sie ihn schloss, hörte sie Motorengeräusche. Neben dem Nachbarhaus hielt ein Auto und drehte die Scheinwerfer ab. Da keine Autotüren klappten, schaute Ana neugierig hin. Der Wagen wartete im Dunkeln, niemand stieg aus. Komisch. In einer Sackgasse mit zwei Wohnhäusern erregte jedes Fahrzeug Aufmerksamkeit. Der hatte sich wohl verirrt. Sie stapfte zwei Schritte in seine Richtung, da strahlten die Lichter auf und der Wagen schob rückwärts davon. Ana zuckte die Schultern und betrat ihr Haus.

Eilig suchte sie Kleidung zusammen, die im Kontrast zu ihrem Businessoutfit stand. Eine Jeans-Latzhose, die ihre besten Tage hinter sich hatte und der Gartenarbeit diente. Darunter stopfte Ana einen wollenen Schipullover mit Rollkragen.

Sie schminkte sich ab. Ihre langen blonden Haare band sie straff nach hinten und setzte eine Brille auf. Die Gläser waren schwach und sie benutzte sie selten.

Zufrieden betrachtete sie sich im Spiegel. Streng und fremd schaute die Frau heraus. Das reichte, um sich unerkannt unter die Demonstranten zu mischen. Darüber zog sie ihre Schijacke an und wickelte einen breiten Schal um.

Für Abendessen oder Schneeschaufeln fehlte die Zeit. Angespannt lauschte sie dem Heulen des Motors, als sie ihr Cabrio aus der Einfahrt quälte. Während der Fahrt rief sie Bert an. Er hatte die Schicht von Manuela übernommen und versicherte ihr, dass die Systeme problemlos liefen. Im Hintergrund hörte sie ihre Kollegin feixen.

»Mach dir keine Sorgen, wir kriegen alles hin. Derzeit sind keine idiotischen Demonstranten in Sicht.«

Marion wartete bereits vor dem Wohnhaus und bestand darauf, ihren Wagen zu benutzen. Sie ignorierte das veränderte Aussehen ihrer Freundin. Das kalte Schweigen schmerzte Ana. Wie konnte sie das vertraute Verhältnis wiederherstellen? Als sie sich sanft nach dem Treffpunkt erkundigte, erhielt sie »Bei der Pestsäule« als Antwort.

Mit gesenktem Haupt folgte sie Marion über den Hauptplatz. Hoffentlich begegnete ihr kein Arbeitskollege. Sie bezweifelte, dass die Verkleidung ausreichte.

»Das ist Gabi.« Marion deutete auf sie, während sie eine hagere Frau mit stechendem Blick ansprach. »Sie arbeitet häufig als Trainerin mit mir und ist auch gegen KI und Umweltverschmutzung.«

Interessante Vorstellung, dachte sich Ana und grüßte die Herumstehenden freundlich. Die meisten nickten ihr zu, die Frau kam näher. »Kerstin«, sagte sie. »Bist du Aktivistin?«

»Bisher nicht«, antwortete Ana. »Ich habe ständig über die Entwicklungen gemeckert. Da hat mich Marion gerügt, ich muss was unternehmen, nicht nur blöd reden. Deshalb bin ich hier.«

»Ihr kennt euch schon lange?«, fragte Kerstin weiter.

»Seit Marion selbstständig ist, arbeiten wir regelmäßig zusammen. Vor allem bei Outdoor-Aktivitäten sind zwei Trainer erforderlich.«

»Wo wohnst du?«

Das fühlte sich allmählich nach Verhör an. Ana behielt ihr Lächeln und antwortete: »In Stockerau und du?«

Die Frau ignorierte ihre Frage und meinte: »Merk dir zwei Sprüche: ›KI tötet unsere Zukunft‹ und ›Stoppt die

Ausbeutung durch Konzerne‹. Wenn sich wer von denen heraustraut, sprechen wir sie an. Die Presse ist anwesend, da provozieren wir sie.«

»Provozieren, wie denn?«, fragte Ana neugierig nach.

»Mit Worten. Damit sie ihr wahres Gesicht zeigen. Die denken nur an ihren Profit, unsere Kinder sind ihnen völlig egal.«

»Aber hoffentlich keine Handgreiflichkeiten! Ich bin Pazifistin.« Ana schaute unschuldig drein.

»Wir lehnen körperliche Gewalt ab. Wirst du angegriffen, darfst du dich verteidigen. So, es geht los. Tempo, Horst.« Die Frau namens Kerstin schnappte ein Transparent und begann es auszuwickeln. Gemeinsam mit einem Bären von Mann hob sie es auf und rückte näher ans Rathaus.

»Komm«, forderte Marion Ana auf und schleppte sie am Oberarm mit. Ana streifte sich den Schal über den Mund und hielt den Kopf gesenkt. Ein Foto in der Presse bedeutete ihr Aus im Job.

Sie stieß ein leises »Shit« aus und blieb stehen.

»Was ist?«, zischte Marion.

»Ich habe die Überwachungskameras vergessen. Bei der Pestsäule hat uns eine erfasst.«

Marion warf ihr einen eisigen Blick zu und zog sie weiter.

Die Gruppe schwenkte die Transparente und schrie die Parolen. Ana schätzte sie auf deutlich über fünfzig, das hieß, die Menge wuchs täglich. Presseleute entdeckte sie keine, doch ein Mann lief ständig herum und fotografierte.

Jedes Mal, wenn er in die Nähe von Ana kam, drehte sie sich unauffällig weg. Frostig war es hier. Durch die Stiefel drang Kälte, sie hätte die Moonboots wählen sollen. Sie begann sich zu langweilen.

Hoffentlich sah sich kein Kollege die Aufnahme der Überwachungskamera von der Pestsäule genauer an. Bei dieser Überlegung kribbelte ihre Haut.

Im Rathaus waren ein paarmal Personen hinter den Fensterscheiben zu erkennen und einmal öffnete sich ein Fenster. Ana hielt den Atem an, aber niemand schrie ihren Namen heraus. Auf der gegenüberliegenden Straßenseite hatten sich Polizisten eingefunden und beobachteten die Demonstranten. Sonst tat sich gar nichts.

Neben Ana bezog ein junger Mann Position. Er brüllte Sprüche und hüpfte dabei in die Luft, sogar wenn die anderen pausierten. Leutselig sprach sie ihn an: »Ich nehme heute das erste Mal teil. Tut sich immer so wenig? Ich habe mir eine Demonstration aufregender vorgestellt.«

Der Bursch stoppte und drehte sich zu ihr. Helle Augen musterten sie. Den Rest des Gesichtes hatte er mit einer Wollmütze und einem Schal bedeckt. Sie schätzte ihn auf knapp über zwanzig. »Früher waren sie nicht so fad. Die haben Muffensausen, das gibt sich demnächst.« Schon sprang er erneut in die Höhe und schrie: »Nieder mit der Bourgeoisie!«

Ana rempelte Marion an und verzog fragend die Miene. Diese zuckte die Schultern.

Ein Mann drängelte sich zwischen ihnen durch. Erschrocken erkannte Ana den Typen, der ständig fotografierte. Rasch drehte sie sich weg, doch er legte ihr seine Hand auf den Arm. »Keine Sorge, ich schieße kein Bild von dir, wenn du fotoscheu bist. Außerdem sieht man von dir ohnehin nur eine Brille und die Nasenspitze.«

Gequält lächelte ihn Ana an. Sie schätzte ihn auf fünfzig Jahre. Er hatte ungekämmte Haare und einen ungepflegten Bart. Er war gleich groß und stand für ihren Geschmack zu dicht bei ihr.

»Bist du neu?« Seine Stimme krächzte und das Gesicht rückte näher.

Ana zwang sich, nicht zurückzuweichen. »Ja, das erste Mal. Und du?«

»Ich gehöre zum Inventar. Wir sehen uns.« Er winkte ihr zu und drängte nach vorne.

»Kennst du den?«, wandte sich Ana an Marion.

»Er heißt Klaus. Er ist fast immer mit von der Partie«, lautete die knappe Auskunft.

Der Typ erinnerte sie an jemanden. Ana schaute ihm nach, konnte ihn aber nicht einordnen.

Trotz der Sprechchöre trat niemand aus dem Rathaus. Ana hätte eine Reaktion des Bürgermeisters überrascht. Mittlerweile waren ihre Füße zu Eiszapfen gefroren. Ihr kam es wie eine Ewigkeit vor, bis ein Raunen durch die Demonstranten ging. »Wir ziehen ab«, erklärte Marion.

»Das war alles?« Ana war enttäuscht. Sie hätte ihre Zeit sinnvoller einsetzen können und wenn sie Pech hatte, war sie nun erkältet.

»Wir treffen uns noch in der Bude, du darfst mitkommen.« Wie distanziert Marion mit ihr sprach. Zwischen ihnen erhob sich eine unsichtbare Wand.

Nach einer Viertelstunde Fußmarsch stellte sich die Bude

als geräumiges Quartier im oberen Stockwerk eines alten Gebäudes heraus. Im Erdgeschoß war ein Geschäft für Pferdezubehör, das um diese Zeit geschlossen war. Die Wohnung war hell, wenig möbliert, aber gemütlich. Überall lagen Sitzpolster herum und die ersten Teilnehmer nahmen Platz.

»Komm helfen.« Marion schob sie über den Gang in eine Küche. Dort hatten Kerstin und zwei weitere Frauen damit begonnen, Liptauer auf Brote zu streichen.

»Wie können wir uns nützlich machen?«, fragte Marion.

»Am besten, ihr tragt das Bier und die Limo hinein, der Tee ist bald fertig.«

Ana stellte sich den unbekannten Frauen als ›Gabi, die Trainerin‹ vor. Beide hießen sie freundlich willkommen und verwickelten sie in eine harmlose Plauderei.

Als sie ins Wohnzimmer gelangte, war der Platz neben Marion besetzt. Suchend sah sie sich um. Da winkte sie jemand herbei. Sie erkannte Klaus und knotzte sich auf einen Polster neben ihm.

»Was führt dich zu uns?«

Das war der Einstieg zum nächsten Verhör. Ana gab kurze Antworten und begann Gegenfragen zu stellen. »Seid ihr immer so handzahm?«

Klaus sah sie scharf an. »Wäre dir lieber, wir stürmen das Rathaus?«

»Nein!«, sagte sie einen Tick zu laut.

Die Frau neben ihr beugte sich herüber. »Ich will das auch nicht, egal, was die anderen sagen. Ich bin die Moni.«

In dem Moment erhob sich Kerstin und begrüßte ihre Mitstreiter. »Uns ist bewusst, dass einige mit dem Fortschritt unzufrieden sind. Das wird sich ändern. Wir haben noch zwei Tage. Für heute wünsche ich euch einen netten Abend. Zum Wohl!«

Ana lief Gänsehaut den Rücken hinunter. »Was meint Kerstin mit zwei Tagen?«

Klaus zuckte mit den Schultern und schob die Unterlippe vor. Er gab sich Mühe, ahnungslos dreinzuschauen.

»Charly, setz dich doch zu uns«, sagte er überraschend.

Neben ihnen stand ein junger Mann und betrachtete sie aus auffallend hellen Augen. Das war der Demonstrant, der am Platz neben ihr brüllend gehüpft war. Er hockte sich neben sie auf den Boden.

»Na, gefällt dir meine Bude?«, grinste er sie an.

»Das ist deine Bleibe?«, fragte Ana verblüfft. Wie konnte er sich so eine große Wohnung leisten? War er älter, als sie annahm?

»Schau nicht so entgeistert. Die Bude hat mein Alter bezahlt. Das war eine der wenigen sinnvollen Handlungen von ihm.« Er wandte sich an Klaus. »Was meinst du, machen wir ihnen Feuer unter dem Hintern?«

Klaus zuckte zusammen und winkte mit einem Seitenblick auf Ana ab.

»Keine Sorge, die Kleine ist in Ordnung. Das merke ich sofort, wenn jemand mit ganzem Herzen dabei ist.« Charly zwinkerte Ana zu. »Das stimmt doch, Gabi?«

KAPITEL 20

»Wie würdest du die Entscheidungsträger davon überzeugen, die KI einzustampfen?«

Ana schluckte. Charly hatte sich dicht zu ihr gebeugt und erwartete gespannt ihre Antwort.

»Äh. Ich weiß nicht recht. Mir fehlt die Erfahrung.«

So leicht ließen sie die Männer nicht davonkommen. Klaus lächelte. »Klar, deshalb interessiert uns deine Sicht. Sie ist frisch und unverdorben. Versetz dich in die Lage der Politiker und Konzerne. Was trifft sie am härtesten?« Aus seinem Tonfall sprach Aggression.

Ana fühlte sich in die Enge getrieben. Waren solche Unterhaltungen mit einem Neuling üblich, oder durchschauten sie die beiden?

»Mach einen Vorschlag, so schwer ist das doch nicht«, setzte Charly nach.

»Vielleicht eine Cyberattacke.«

»Was?« Klaus staunte.

»Kannst du so etwas?«, bohrte Charly nach.

Ana bereute ihre Äußerung augenblicklich. Statt an Informationen zu gelangen, hatte sie ihre Aufmerksamkeit erregt. Sie musste hier weg. Hektisch überlegte sie eine Entschuldigung. Die Männer beobachteten sie intensiv. Gerade als ihr Abhauen als einziger Ausweg erschien, läutete ihr Handy. Sie nestelte es aus der Tasche und schaute auf das Display.

»Sorry, da muss ich rangehen.« Pure Erleichterung sprang aus ihrer Stimme, als sie sich in die Höhe stemmte. Sie spürte die bohrenden Blicke im Rücken. Heilfroh schlüpfte sie durch die Tür und sprach ins Telefon: »Hi, Bert, was gibt es?«

»Hallo Ana, hoffentlich habe ich dich nicht aufgeweckt. Wir haben leider einen Fehler und ich dachte, du möchtest sofort informiert werden.«

»Was ist passiert?«

»Die Mülltrennung hat Schadstoffalarm ausgelöst. Es ist ein Dutzend Spezialisten automatisch herbeigerufen worden. Sie haben alles untersucht, aber keine gefährlichen Substanzen gefunden.«

»Unangenehm, der Einsatz kostet zweifellos einen Haufen Geld. Wenigstens hat die Alarmierung funktioniert. Habt ihr eine Idee, was schiefgelaufen ist?«

»Wolfram hat die Bereitschaft einberufen, bei uns sitzt jetzt das Krisenteam und analysiert. Die KI spuckt alle möglichen Vorschläge aus, warten wir's ab.«

»Danke für die Info. Falls du Unterstützung benötigst, melde dich. Egal um welche Uhrzeit.«

Nachdenklich stopfte Ana das Handy in die Tasche. Die Schadstoffmessung war der Teil der Software, der bisher am wenigsten getestet worden war. Anscheinend hatten sie etwas übersehen. Wie einschneidend der Mangel war, würden die Analysen aufdecken.

Zögerlich schlenderte sie Richtung Wohnzimmer zurück. Ihr fehlte jegliche Lust, erneut von den Männern verhört zu werden. Lieber die Toilette. Sie öffnete die nächstgelegene

Tür. Das war ein Schlafzimmer, zumindest lag eine riesige Matratze auf dem Holzboden. Ana sprangen mehrere Holzkisten ins Auge. Auf einer entzifferte sie »Nicht stürzen«. Ein prüfender Blick bestätigte, dass sie allein auf dem Flur war.

Schnell huschte sie in den Raum und ließ durch einen Spalt etwas Licht hereinfallen. Mit beiden Händen ruckte sie vorsichtig am Deckel. Es knarrte, als er nach oben schwang. Erschreckt erstarrte Ana. Erst als nichts passierte, wagte sie, den Deckel vollständig zu öffnen und hineinzuspähen.

Vor ihr stapelten sich Sprühdosen. Behutsam hob sie eine heraus. Lila. Sie umklammerte einen lilafarbenen Lackspray.

Da erstrahlte mit einem Schlag das Zimmer. Ana quietschte auf und die Dose fiel hinunter. Es klirrte, als sie auf dem Boden aufsprang, dann rollte sie über das Parkett. Bestürzt erfasste Ana im gleißenden Licht, dass Klaus sich vor ihr aufbaute und sie höhnisch angrinste.

»Na, verirrt?«

Ana wich zurück, bis sie mit dem Bein gegen die Kiste stieß. Den Blick hielt sie starr auf den Mann gerichtet. Er stand mit dem Rücken zur Tür und versperrte ihr den Fluchtweg.

»Keine Erklärung parat?«, spottete er.

»Lassen Sie mich aus dem Zimmer«, wisperte Ana.

»Wir waren schon beim Du-Wort und warum flüsterst du? Wir sind unter uns.«

Der Kerl machte sich über sie lustig. War er gefährlich oder konnte sie ihn überreden, sie in Ruhe zu lassen?

»Ich möchte hinaus, gehen Sie aus dem Weg.«

»Du bist sehr unhöflich, Gabi. Oder soll ich dich lieber Ana Rubin nennen?«

Fassungslos schlug Ana ihre Hand auf den Mund.

»Bleib bei deiner IT. Als Detektivin bist du ein hoffnungsloser Fall.«

»Sie lassen mich jetzt durch, oder ich schreie um Hilfe!«

»Superidee! Die KI-Frau lügt und schnüffelt und bittet dann die Aktivisten um Beistand. Lass mich rasch den Fotoapparat einstellen, das wird lustig.«

»Bitte lassen Sie mich gehen.« Ana bemühte sich, ihre Stimme gelassen zu halten, obwohl ihr die Panik den Brustkorb einschnürte.

»Komm runter, Kleine. Wenn du vernünftig bist, passiert dir nichts.« Er trat einen Schritt näher. Ana spannte ihren Körper an. Sollte sie ihre neuerworbenen Kniffe vom Selbstverteidigungskurs ausprobieren?

Er verbeugte sich und verkündete: »Klaus Krutzler, wenn ich mich vorstellen darf. Du erinnerst dich an mich?«

»Sie sind der heisere Journalist?« Ana war vom Donner gerührt.

»Charmant. Wichtiger ist, ich bin deine Lebensversicherung. Du bist auf mich angewiesen.«

»Was heißt das?«

»Hör zu, die Zeit drängt, es wird nicht lange dauern, bis uns drüben jemand vermisst. Du verschwindest ruck, zuck mit einer schlauen Ausrede, wenn dir etwas an deiner Gesundheit liegt. Morgen melde ich mich und wir treffen uns. Diesmal erteilst du mir keine Abfuhr. Absolutes Stillschweigen über die Spraydosen und unser Gespräch, sonst bricht die Hölle aus. Das ist der Deal. Ist das klar?«

Ana brauchte nicht zu überlegen. »Ja, ich hau ab.« Sie tapste zögerlich nach vorne. Klaus Krutzler trat tatsächlich aus dem Weg. Schnell drückte sie sich an ihm vorbei auf den Gang. Sie betrat das Wohnzimmer und schlängelte sich durch die Sitzenden bis zu Marion. »Ist es dir recht, wenn wir nach Hause fahren? Ich fühle mich verkühlt und möchte mich niederlegen.«

Ihre Freundin blickte sie verblüfft an, nickte und erhob sich augenblicklich. »Ich bin ohnehin hundemüde, gehen wir.«

Schweigend trotteten sie durch die kalte Nacht. Im Auto fing diesmal Marion das Gespräch an. »Bist du heute Abend schlauer geworden?«

Ana schluckte. Sie fühlte sich von den Ereignissen überfordert. Die Spraydosen im Schlafzimmer und der Journalist als Aktivist verstörten sie. Der Inhalt der anderen Kisten beschäftigte sie und noch etwas arbeitete im Hinterkopf, sie musste es sich ins Gedächtnis rufen.

»Hat es dir die Sprache verschlagen?«, fragte Marion. Nun klang sie weniger beleidigt.

»Ich … Du … Ich muss erst nachdenken«, stammelte Ana.

»Aha. Sehr aufschlussreich.« Der zynische Unterton war zurück. »Wir beide sind quitt. Kommst du auf die Idee, Ronald ein Sterbenswörtchen zu erzählen, rede ich nie mehr ein Wort mit dir. Kapiert?«

»Marion, ich verrate nichts. Versprochen. Können wir uns wieder vertragen?«

»Mhm. Ich muss erst nachdenken«, ahmte Marion sie nach.

»Wo steckt eigentlich Ronald? Wundert sich dein Verlobter nicht, wenn du ständig allein unterwegs bist?«

»Das geht dich nichts an. Aber schön. Ronald leistet derzeit so viele Überstunden, dass er froh ist, wenn ich ihm keine Vorwürfe mache. Er nimmt an, ich besuche Fortbildungen und Bekannte.«

Den Rest der Fahrt verbrachten sie schweigend. Die Verabschiedung war kühl und sie erwähnten mit keinem Wort, wann sie sich wieder treffen würden. Bedrückt wechselte Ana in ihren Wagen.

KAPITEL 21

Vier Uhr! Stöhnend richtete sich Ana auf. Sie konnte keinen Schlaf finden. Während sie sich von einer Seite auf die andere wälzte, kreisten ihre Gedanken um den vorangegangenen Abend.

Die lila Spraydosen waren der Beweis. Diese Gruppe hatte das Auto des Bürgermeisters ruiniert und das Rathaus verschandelt. Nicht alle waren friedliebende Idealisten. Eventuell die tonangebende Kerstin? Oder der unschuldig wirkende Charly? Schließlich war es seine Wohnung. Sein treuherziges Auftreten stand im Widerspruch zu seinem Gerede.

Unheimlich war ihr der Journalist, obwohl er sie laufen lassen hatte. Welche Rolle spielte Klaus Krutzler bei den KI-Gegnern? Was würde er bei dem Treffen von ihr verlangen? Er hatte überzeugt gewirkt, dass er sie in der Hand hatte. Die Situation konnte sich zu einer Erpressung auswachsen. Wieso behauptete er, dass sie ihn benötigte?

Sie brauchte dringend die Unterstützung eines Profis. Ronald war ein erfahrener Privatdetektiv. Er konnte Charly und Klaus überprüfen und herausfinden, wie gefährlich sie waren.

Siedend heiß erinnerte sie sich an Marions Worte. Ana hatte ihr versprochen, Ronald nichts zu verraten. Wenn sie die Freundin zurückgewinnen wollte, musste sie ihre Zusage einhalten. Also fiel Ronald aus, sie suchte nach Alternativen.

Heinz einzuweihen wäre beruhigend. Er war einfühlsam und kannte sich als Polizist bestimmt gut aus. Doch sie würde ihn in ein Dilemma stürzen und seine Karriere gefährden.

Ihr Herz wurde schwer, als sie sich eingestand, dass sie auf sich allein gestellt war.

An Schlafen war nicht zu denken, deshalb kletterte sie verdrossen aus dem Bett. Augenblicklich meldete sich ihr beleidigter Knöchel und sie versorgte ihn mit Schmerzsalbe. Bald saß sie mit starkem Kaffee vor ihrem Laptop. Sie ließ ihren Gedanken freien Lauf und notierte, was ihr in den Sinn kam. Zwei Seiten waren rasch getippt.

Systematisch begann sie, die Wortfetzen zu gruppieren. Die Vielzahl an ungeklärten Punkten setzte ihr zu. Hingen alle miteinander zusammen? Wo sollte sie starten?

Naheliegend war, dass jemand aus der Gruppe der Aktivisten hinter dem Cyberangriff steckte, um den KI-Einsatz zu sabotieren. Oder jemand nutzte geschickt die KI-Gegner. Dafür bot sich der dubiose Journalist an.

Wiederum überfiel sie das Gefühl, etwas zu übersehen. Seit dem Vorabend fischte sie nach einer vagen Erinnerung.

Geistesabwesend zeichnete sie ein Strichmännchen. In den Krimis suchten die Kommissare vorrangig das Motiv. Die Zerstörung der KI als Beweggrund leuchtete ihr ein. Damit waren die Drohmails und die Cyberangriffe zuordenbar. Aber wozu hatten sie Magister Hoch vor den Lkw gestoßen, seinen Koffer geklaut und Ana die Schuld zugeschoben? Weshalb ausgerechnet ihr?

Jäh blitzte das Gesicht von Frau Doktor Maier vor ihr auf. Die Polizei meinte, dass sie freiwillig ins Wasser gesprungen war. Auch diesem Todesfall fehlte das Motiv. David schuldete ihr die Auskunft, ob Frau Maier am Sonntag gearbeitet hatte. An diesem Punkt wollte Ana ansetzen.

Überrascht stellte sie fest, mehr als zwei Stunden in ihren Gedanken verbracht zu haben. Es war Zeit, sich für die Arbeit fertigzumachen.

Die CEO bestand auf ihre Teilnahme bei der morgendlichen Geschäftsleitungssitzung. Ihre Anweisung war zu befolgen, obwohl Ana lieber ihr Team unterstützt hätte.

Eine Stunde später grüßte sie Elisabeth, die an ihrem Schreibtisch im Vorraum der CEO saß. Die Chefsekretärin stoppte sie mit einer Handbewegung. »Guten Morgen, Ana. Wir haben eine Planänderung, weil die Polizei gekommen ist. Du sollst zu Pat ins Büro kommen, die Sitzung findet im Anschluss statt.«

Ana krampfte es den Magen zusammen, doch sie antwortete freundlich: »Alles klar, Elisabeth.«

War die Polizei wegen des Verdachtes gegen Ana da? Sie straffte die Schultern und holte Luft, als sie Pats Zimmer betrat.

»Guten Morgen!«

Zwei Männer in Zivil saßen mit Pat am Besprechungstisch. Interessiert betrachteten sie Ana.

»Grüß dich, schön, dass du da bist. Das sind Herr Himmel von der Polizei in Wien und Herr Hahn aus Korneuburg«, leitete Pat das Gespräch ein. Die Wangen der CEO glühten. »Das ist Ana Rubin. Sie ist für das KI-Projekt verantwortlich und kennt mein Problem mit den Drohmails. Ana … »

»Schon gut, Frau Alt, besuchen Sie Ihr Meeting. Wir unterhalten uns mit Frau Rubin.«

Die CEO warf Ana einen eindringlichen Blick zu, als sie an ihr vorbeirauschte. War sie aufgebracht oder hatte sie Angst?

Herr Himmel verschwendete keine Zeit. »Lassen Sie uns beginnen. Werden Sie ebenfalls bedroht?«

»Nein.«

»Angenommen, Ihre Firma gibt der Drohung nach. Wie wirkt sich ein Stopp des Projektes auf Sie persönlich aus?«

Ana schnitt eine Grimasse. »Das wäre verheerend für mich. Mein Job wackelt und mein Marktwert fällt.«

»Es ist also in Ihrem Sinne, dass der Täter geschnappt wird?«

»Natürlich! Wieso fragen Sie das?«

»Ein ›Ja‹ genügt.«

»Schön, also ›Ja‹.«

»Gilt das ebenso für Frau Alt?«

Ana riss die Augen auf. Das Gespräch nahm einen unvorhergesehenen Verlauf. »Ihre Position als CEO steht nicht auf dem Spiel. Doch es wäre ein schwerer Schlag, finanziell und für die Reputation der Firma.«

»Deshalb vermuten Sie, dass Frau Alt ebenfalls die Erpresser gefasst sehen möchte?«

»Ja. Andernfalls hätte sie nicht die Polizei eingeschaltet.«

»War es Frau Alts Idee, die Polizei zu involvieren?«

»Äh. Nicht direkt.«

»Sondern?«

»Ich habe sie dabei unterstützt. Als CEO muss sie die Interessen der Firma genau abwägen.«

»Was passiert mit der KI-Software, falls das Projekt gestoppt wird?«

»Das ist vertraglich geregelt. Beide Parteien bekommen die Software im aktuellen Zustand zur weiteren Nutzung.«

»Sie dürfen die bisherige Entwicklung gewinnbringend weiterverkaufen?«

»Unterstellen Sie, dass wir unseren eigenen Test sabotieren, um die Software nochmals zu verkaufen?«, fragte Ana fassungslos.

»Wir unterstellen überhaupt nichts, das sind Routinefragen. Also: ›Ja‹ oder ›Nein‹?«

»Ich bin keine Juristin. Vermutlich ›Ja‹.«

Der Beamte nickte selbstzufrieden. Verdächtigte er allen Ernstes die CEO? Die korrekte Pat, die sich jederzeit positiv in Szene setzte und eine Heidenangst vor negativer Presse hatte?

»Auch wenn Sie von mir nur ›Ja‹ oder ›Nein‹ hören wollen, erlaube ich mir anzumerken, dass Ihre Idee absurd ist. Statt unsere CEO zu verdächtigen, sollten Sie die Aktivisten unter die Lupe nehmen. Immerhin steht außer Zweifel, dass sie in den Stadtsaal eingedrungen sind, ihn beschädigt und den Bürgermeister verletzt haben.«

»Ich habe niemanden verdächtigt. Wir ermitteln in alle Richtungen. Bevor wir über die Aktivisten sprechen, noch ein Punkt. Was sagen Sie dazu, dass jemand die Drohung aus Ihrem Firmennetz verschickt hat?«

»Das ist ausgeschlossen!«, rief Ana ungläubig.

»Es steht eindeutig fest. Das haben unsere IT-Spezialisten ans Licht gebracht. Ein bestimmter Computer ist nicht zuordenbar, aber wir finden den Absender trotz allem.«

»Sie haben unser Netzwerk untersucht? Hat Frau Alt das gestattet?«

»Überrascht Sie das? Jedenfalls wurden wir fündig.«

Deshalb der Verdacht gegen Pat. Doch der richtete sich vermutlich gegen jeden Angestellten der Firma. Die Cyberattacke! Hatte der Eindringling zwar die KI verschont, aber etwas im Netz hinterlassen und die Drohmail platziert? Durfte sie die Polizei über den Cyberangriff informieren, obwohl Pat es verboten hatte?

»Frau Rubin?«

Anas Kopf schoss in die Höhe. »Entschuldigung, ich habe Ihre Frage nicht verstanden.«

»Haben die Aktivisten im Stadtsaal außer dem Bürgermeister jemanden bedroht?«

War das wirklich Routine? Der Polizist ließ ihr keine Zeit, sich zu sammeln, sie war verunsichert. Erschöpft antwortete sie: »Nein.«

»Was war Ihrer Meinung nach das Ziel der Demonstranten?«

»Aus meiner Sicht ging es ihnen um aufsehenerregende Fotos für die Presse.«

»Warum ist dann einer auf den Bürgermeister losgegangen?«

Diese Überlegung hätte sie selbst anstellen sollen. Der Angriff war unerwartet erfolgt und passte nicht zum sonstigen Auftritt der Aktivisten. Ana zog ratlos die Schultern in die Höhe.

Der Beamte platzierte ein Foto vor ihr. »Sehen Sie sich die Aufnahme an. Erkennen Sie jemanden?«

Ana wurde unbehaglich zumute. Sie beugte sich tief über das Bild, um ihr Gesicht zu verbergen, und betrachtete die verhüllten Gestalten im Schneetreiben. »Tut mir leid, mir ist niemand bekannt.«

Herr Himmel legte eine weitere Aufnahme nieder. Ana sah im Augenwinkel, dass der andere Beamte in ein Notizheft schrieb.

Wohin entwickelte sich die Befragung? Wusste die Polizei von ihrer Teilnahme an der Demonstration?

»Die junge Frau mit umgebundenem Baby kenne ich«, sagte Ana. »Sie hat mir ein Flugblatt überreicht. Wir haben ein paar belanglose Worte gewechselt.«

»Hat die Frau ihren Namen genannt?«

»Nein.«

Auf den nächsten Fotos saßen junge Leute auf einer Straße angeklebt. Ana schüttelte x-mal den Kopf. Vielleicht hatte sie Glück.

Der Polizist reichte ihr abermals eine Aufnahme. Unverkennbar Klaus Krutzler mit Fotoapparat.

Was jetzt? Die Polizei anzulügen kam für sie nicht infrage. Aber Krutzler hatte ihr befohlen, den Mund zu halten. Seine Drohung nahm sie ernst. Ana musste unverfänglich klingen.

»Das ist ein Journalist. Er hat an der Pressekonferenz teilgenommen. Er wollte ein Interview und ich habe ihn an die Marketingabteilung verwiesen. Das hat Ihnen Frau Alt wahrscheinlich erzählt.«

Diesmal nickten die Männer zustimmend. Offenbar benahm sich Ana erwartungsgemäß. Die Atmosphäre entspannte sich ein wenig.

»Haben Sie ein Naheverhältnis zu dem Journalisten?«

»Ich? Äh, nein. Wie kommen Sie darauf?« Sie merkte, wie konfus sie sich anhörte. Herr Himmel betrachtete sie eingehend.

»Wann haben Sie ihn kennengelernt?«

»Ich bin ihm auf der Pressekonferenz das erste Mal begegnet.«

»Und Frau Alt? Seit wann ist sie mit ihm bekannt?«

Der Beamte ging ihr mittlerweile auf die Nerven. »Woher soll ich das wissen?«

»Schauen Sie auf das nächste Bild. Kennen Sie die Frauen?«

Ana stockte der Atem. Zwei vermummte Frauengestalten. Obwohl nur Augenpartie und Nase unbedeckt waren, waren sie unverkennbar Kerstin und Marion.

Um ihr Gefühlschaos zu verbergen, neigte sie sich nahe ans Foto. Wie still es im Raum war. Ihr wurde heiß und der Mund trocknete aus. Sie saß in der Falle. Sie murmelte: »Die Frau auf der rechten Seite ist eine Aktivistin. Sie demonstriert in Korneuburg gegen die KI.«

»Schauen Sie schräg hinter der Pestsäule.«

Ana folgte der Anweisung. Sie entdeckte Klaus Krutzler, die Kamera auf Kerstin und Marion gerichtet.

»Der Journalist fotografiert die Demonstrantinnen.« Ana bemühte sich um eine neutrale Feststellung.

»Richtig. Und hier?«

Krutzler, wie er die Kamera auf Pat richtete, als sie aus dem Stadtsaal direkt auf ihn zuging. Hatte er das Erpresserfoto geschossen?

Die nächste Aufnahme landete vor ihr. Die CEO und der Reporter schüttelten einander die Hände.

»Überrascht?«

Ana wurde die Ungeheuerlichkeit bewusst. »Wollen Sie andeuten, dass Pat und der Journalist gemeinsame Sache machen, um das Projekt zu torpedieren? Das ist Schwachsinn, Sie verrennen sich total.«

Ana traf eine impulsive Entscheidung.

KAPITEL 22

»Kennen Sie Gruppeninspektor Berger von der Polizeiinspektion Kärntnertorpassage?«

Verblüfft blickten die Polizisten zu Ana. Sie hatte ihre Aufmerksamkeit.

Ana erzählte vom Überfall auf Magister Hoch und der Befragung auf dem Kommissariat, die mit der Bekanntgabe der anschuldigenden Zeugenaussage geendet hatte.

»Davon hätte uns Frau Alt in Kenntnis setzen müssen. Wieso erfahren wir das erst jetzt?« Zum ersten Mal klang Herr Himmel unsicher. Sein selbstzufriedenes Lächeln war verschwunden.

»Meine Chefin bezweifelt meine Beobachtung und will mich nicht in Schwierigkeiten bringen.«

»Frau Alt glaubt nicht an den Unfall?«

»Sie ist skeptisch, dass ich Zeugin eines Mordes wurde.«

»Wenn Sie als Verdächtige in einem Mordfall geführt werden, müssen wir unser Interview sofort abbrechen.«

»Ich habe nichts Unrechtes getan. Die Zeugenaussage ist falsch. Ob meine Version infrage gestellt wird, müssen Ihre Kollegen sagen. Bei mir hat sich bisher niemand mehr gemeldet.«

»Sie warten hier, ich gehe telefonieren.«

»Einen Moment noch! Wollen Sie nicht erfahren, weshalb ich Ihnen das erzähle?«

Herr Himmel sah sie abschätzend an. Er bildete sich ein Urteil über sie.

»Sie ermitteln in die falsche Richtung. Unsere CEO zu verdächtigen ist Zeitverschwendung. Die Drohmails und der Unfall von Herrn Hoch hängen zusammen und womöglich auch der Sturz von Frau Doktor Maier.«

»Wer ist Frau Doktor Maier? Nein, sagen Sie nichts. Ich spreche zuerst mit der Dienststelle.«

Während Herr Himmel abwesend war, kritzelte der zweite Polizist emsig im Notizbuch. Seinen Namen hatte sie vergessen.

Skepsis nagte an Ana, ob sie schlau gehandelt hatte. Sie wollte die Polizei auf die richtige Spur bringen, doch das konnte nach hinten losgehen. Schlimmstenfalls nahmen die Polizisten sie gleich aufs Revier mit. Landete sie heute noch im Gefängnis? Dann hatte sie ihre Chance vertan, ihre Unschuld zu beweisen. Sie hatte sich bisher nicht einmal einen Anwalt besorgt. Angst kroch in ihr empor. War es vorstellbar, in Österreich angeklagt zu werden, ohne etwas verbrochen zu haben? Und irgendwer lachte sich ins Fäustchen.

Bevor sie in Selbstmitleid ausbrach, kehrte Herr Himmel zurück. »Wir beenden die Befragung, Frau Rubin.«

Ana hielt den Atem an. Legten sie ihr Handschellen an und führten sie vor den Kollegen aus der Firma?

»Unsere Dienststellen stimmen sich ab. Sie erhalten eine Vorladung zu einer weiteren Befragung. Bleiben Sie erreichbar, planen Sie keine Reisen und kontaktieren Sie einen Anwalt, falls Sie noch keinen haben.«

Ana saß minutenlang betäubt in Pats Büro, als die Polizisten längst weg waren.

»Ana, alles in Ordnung bei dir?« Die Chefsekretärin streckte ihren Kopf herein. »Vergiss nicht, ins Geschäftsleitungsmeeting zu wechseln. Dieses läuft übrigens ungewöhnlich.« Auf Anas fragenden Blick ergänzte sie: »Der Großteil der Teilnehmer ist bereits gegangen, einige sind noch da.«

Dann würde die Sitzung bald enden. Ana hatte sowieso andere Sorgen, als das Budget des kommenden Jahres zu diskutieren.

Sie klopfte und trat in den Besprechungsraum. Im Gehen erstarrte sie. Vor ihr stand Pat, hochrot, mit zitternden Lippen. Beim Besprechungstisch saßen ihr Mitarbeiter Benji, ein hämisches Grinsen im Gesicht, und ihr Assistent Tim, der verheult aussah. Strähnen seiner blonden Haare hingen über die Stirn.

»Was ist hier los?« Ana schaute entgeistert von einem zum anderen.

»Nimm Platz.« Pat wies zum Tisch. »Bist du das?«

Auf der riesigen Fläche lag ein Foto.

»Was …«, begann Ana.

»Ja oder nein?«, fauchte Pat.

Unter ihrem bohrenden Blick ergriff Ana das Bild. Was für eine Scheiße. Die Haare unter der Kapuze versteckt, die Brille auf der Nase und den Schal unter das Kinn verschoben, begrüßte Ana die Aktivistin Kerstin vor der Demonstration.

Schweigend betrachtete sie ihre Maskierung. Zu leugnen machte wenig Sinn.

»Also bist du es tatsächlich. Das gibt es doch nicht!«, schrillte Pats Stimme in ihren Ohren. »Drehst du völlig durch?«

Ana riss sich zusammen. »Ich denke, ihr beide verlasst jetzt den Raum.« Auffordernd winkte sie Benji und Tim.

Ihr Assistent sprang auf und stand als Häufchen Elend vor ihr. Als er vorbeischlich, flüsterte er tonlos: »Es tut mir so leid, er hat mich gezwungen.«

Benji verschränkte die Arme und machte keinerlei Anstalten, sich zu erheben.

»Du auch!«, keifte ihn Ana an. Liebend gern hätte sie ihm eine Ohrfeige verpasst.

Demonstrativ schaute er zu Pat. Die CEO machte eine verscheuchende Handbewegung. Benji verzog enttäuscht das Gesicht und trottete schmollend hinaus. Mit einem Krachen flog die Tür zu.

»Wie konntest du mir das antun?« Pat war außer sich. »Ich befördere dich zur Bereichsleiterin, du hast ein immens wichtiges Projekt und als Dank hintergehst du mich mit Anti-KI-Aktivisten! Du fällst mir in den Rücken! Du ...«

Ana hob mehrmals zu einer Entgegnung an, hatte aber gegen den Redeschwall ihrer Chefin keine Chance.

»Hast du ihnen Betriebsgeheimnisse verraten? Unsere Strategie bekannt gegeben? Was für eine Schande!«

»Hör auf!«, kreischte Ana. Sie sprang auf und der Sessel stürzte polternd um.

Die Frauen lauerten sich gegenüber. Eine Bewegung und sie würden übereinander herfallen.

»Ich bin keine Aktivistin und ich habe keine Geheimnisse verraten!«, überschlug sich Anas Stimme.

»Hast du mir die Drohmails geschickt? Die Polizei sagt, die kommen aus unserem Netz!«

»Nein! Ich bin doch nicht geisteskrank!«, stöhnte Ana.

»Wie willst du das sonst erklären?«, brüllte Pat zurück.

»Ich suche den Mörder von Herrn Hoch! Er steckt hinter den Cyberattacken und bedroht dich! Und mir schiebt er die Schuld in die Schuhe.«

Pat erstarrte mit offenem Mund. Sie kniff ihre Augen zu Schlitzen zusammen und auf ihrer Stirn erschien eine tiefe Zornesfalte.

»Du bist verrückt.« Pat verkündete ihr Urteil emotionslos.

»Nein. Bin ich nicht. Irgendwer will mich samt dem Projekt ruinieren. Dem ist jedes Mittel recht. Ich muss schneller sein und ihn erwischen. Sonst ist für mich alles aus und vielleicht noch viel mehr.«

Pat schwankte auf ihre Besucherbank zu und ließ sich in die Polster sinken. Ihr Gesicht war noch gerötet, sie wirkte entkräftet und um zehn Jahre gealtert.

»Was mach ich jetzt nur?«, jammerte sie.

»Mir glauben! Mir vertrauen! Du solltest mich schön langsam so weit kennen.«

»Du kannst doch nicht einfach mit unseren Gegnern demonstrieren. Was denkst du dir dabei?« Pat fasste sich an die Stirn.

»Die KI-Gegner erreichen ihr Ziel, wenn unser Projekt scheitert. Vielleicht haben sie erkannt, dass unsere Systeme gegen ihre Manipulation abgesichert sind und haben deshalb Herrn Hoch angegriffen.«

»Du hoffst, wenn du mit ihnen gegen unsere Interessen herumschreist, gestehen sie dir ihre Verbrechen? Das soll ich dir glauben? So naiv bist du nicht, Ana.«

Sie wollte der CEO weder von Marion erzählen noch über ihren Zusammenstoß mit Klaus Krutzler. Wie brachte sie Pat dazu, keine Konsequenzen zu ziehen?

»Ich erkundige mich im Headquarter, wie ich vorgehen muss. Dein Benehmen unter den Teppich kehren ist keine Option, dafür sorgt Herr Bennet.« Pat saß stirnrunzelnd da. Ana spürte, dass sie verunsichert war.

»Benji ist ein Idiot, der denkt ausschließlich an seine Karriere. Hier steht wesentlich mehr auf dem Spiel.« Ana warf verzweifelt ihren letzten Trumpf ins Gefecht. »Der Polizist Himmel mutmaßt, dass du mit Klaus Krutzler gemeinsame Sache machst, um dich an der Software zu bereichern.«

Pat zeigte sich unbeeindruckt. »Das hat er mir gegenüber angedeutet. Ich kenne etliche Journalisten. Seine haltlose Unterstellung ändert nichts daran, dass ich dich intern anzeige und voraussichtlich vom Dienst freistelle. Du kriegst ein Disziplinarverfahren.«

»Bitte, Pat!«

»Du hättest dich besser darauf konzentriert, die Cyberangriffe abzuwehren und den Test abzuschließen. Stattdessen spielst du Detektiv. Du hast völlig falsche Prioritäten.«

»Wenn Hochs Mörder verschwindet, pickt der Verdacht ewig an mir, dass ich damit zu tun habe. Mit dem Damoklesschwert, dass ich angeklagt werde, kann ich nicht leben.«

»Durch deine Aktion riskierst du das umso mehr. Sobald die Polizei erfährt, dass ich dich freistelle, verlierst du deine Glaubwürdigkeit.«

»Bitte, verschaff mir Zeit! Ich stelle das Projekt fertig und beweise, dass ich unschuldig bin!« Ana flehte ihre Chefin an. Wenn diese sie hinauswarf, war sie am Ende.

Pat musterte sie unergründlich. Kein Zucken, kein Lächeln, nichts. »Wir werden sehen. Jetzt geh bitte.«

Ana stürmte hinaus. Ihre Zeit wurde knapp.

KAPITEL 23

Auf der Autobahn läutete es. Bevor sie die Freisprecheinrichtung betätigte, warf sie einen Blick auf das Display. Eine unterdrückte Nummer.

»Einen wunderschönen Morgen!« Diesmal erkannte sie die krächzende Stimme von Klaus Krutzler.

»Für mich ist bereits Vormittag«, knurrte Ana.

»Wie ich vernehme, bist du bester Laune. Ich möchte dich treffen, um dir etwas zu erklären.«

»Verraten Sie es mir jetzt gleich.«

Klaus Krutzler hustete. »Nicht am Telefon. Es besteht die Möglichkeit, dass ich abgehört werde.«

»Das glauben Sie doch selbst nicht, wer sollte Sie belauschen!«, lachte ihn Ana aus.

»Kannst du auf die Autobahntankstelle bei Korneuburg kommen?«

»Von mir aus. Wenn wir die Station stadtauswärts nehmen, bin ich demnächst dort. Warum auf der Autobahn?«

»Das ist ein sicherer Ort für ein geheimes Date. Verkleiden ist unnötig, ich erkenne dich in jedem Outfit.« Klaus Krutzler legte auf.

Der Journalist hatte zwar als Abschluss einen dummen Witz gerissen, aber es klang unecht. Er war irgendwie schräg drauf. Vielleicht hatte er getrunken. Sie würde es bald erfahren.

Wiederum läutete ihr Handy.

»Haben Sie was vergessen?«, murrte Ana.

»Ich nicht, aber du. Grüß dich, Ana. Ich erwarte seit Mittwoch einen Anruf von dir.«

»Oh. Heinz!«

»Ja, Heinz. Was ist los? Du wendest dich wegen Drohmails gegen deine Chefin an mich und gehst dann auf Tauchstation? Allmählich mache ich mir Sorgen.«

»Das war keine Absicht.« In Anas Kopf schossen die Gedanken durcheinander. Wie wurde sie den Kommissar unauffällig los, ohne dass er Verdacht schöpfte?

»Du klingst merkwürdig. Ist alles in Ordnung?«

Erneut unterdrückte sie den Wunsch, den Kommissar einzuweihen. Wenn sie ihn ins Vertrauen zog, musste er offiziell reagieren.

»Ana! Jetzt sprich mit mir. Was hast du?«

»Ich habe … bloß beruflich viel um die Ohren. Wir haben vor Projektabschluss noch Probleme zu lösen.«

»Bei mir funktionieren deine Ausreden nicht. Hast du vergessen, dass ich Ermittler bin?«

Ana schwieg.

»Okay, du willst nicht mit mir sprechen. Ich stelle mir die Frage, warum. Hast du etwas ausgefressen?«

»Nein!«, platzte Ana unbeabsichtigt laut heraus.

»Sondern?«

Heinz war wieder einmal beharrlich und beobachtete zu gut. Von einem Chefinspektor der Mordkommission war wohl nichts anderes zu erwarten. Außerdem war er ein guter Freund. Er würde an ihr dranbleiben, bis sie sich ihm anvertraute.

»Ich kann jetzt nicht sprechen.« Ana versuchte, Zeit zu gewinnen.

»In Ordnung, du rufst mich an, sobald du dich unterhalten willst. Wenn du dich bis morgen nicht meldest, komme ich zu dir. Sei dir sicher, dass ich dich finde. Bis bald, Ana.«

So hätte dieses Gespräch nicht verlaufen sollen. Heinz hatte erkannt, dass sie ihm etwas verheimlichte. Sie würde später entscheiden, was sie ihm verraten konnte.

Als sie in die Raststation einbog, war der Journalist nicht zu entdecken. Ana beschloss, sich einen Kaffee zu kaufen und eine Viertelstunde auf ihn zu warten. Tauchte er nicht auf, vergaß sie den dubiosen Typen.

Ana stellte den Motor ab und ergriff ihre Handtasche. Da sprang die Beifahrertür auf und Krutzler schlüpfte herein. Er rutschte tief in den Sitz.

»Verschwinden Sie aus meinem Auto, Sie haben mich erschreckt«, beschwerte sich Ana.

»Du wirst es überleben. Wir dürfen nicht gemeinsam gesehen werden.«

»Das ist lächerlich.« Der Journalist benahm sich grotesk. »Haben Sie Alkohol getrunken?«

»Unsinn. Schau, ob die Luft rein ist«, zischte er.

»Schießen Sie los, was Sie von mir wollen.«

»Kontrollier erst, ob wir wirklich unbeobachtet sind.«

Unwillig stieg Ana aus. Neben ihrem Cabrio parkte ein SUV, in dem niemand saß. An den Zapfsäulen tankte ein Lkw mit der Aufschrift einer Molkerei und eine Frau hängte den Zapfhahn in ihren Mini. Keiner nahm Notiz von ihr.

»Da ist niemand, der Sie verfolgt. Können wir uns außerhalb des Autos unterhalten?« Krutzler war ihr unheimlich.

»Setz dich sofort herein. Ich bin nicht dein Feind.«

»Was sind Sie denn? Was wollen Sie von mir?« Seufzend kletterte sie auf den Fahrersitz.

»Ich war ewig als Redakteur bei einer Tageszeitung angestellt. Vor einem halben Jahr wurde ich ihnen zu teuer und sie haben mich durch einen Studenten ersetzt. Deshalb schlage ich mich als freischaffender Journalist durch und biete meine Beiträge den Redaktionen an. Um ordentlich zu verdienen, brauche ich Themen, die auf den ersten Seiten landen. Vor Wochen habe ich über einen Bekannten die Einladung zur Pressekonferenz ›KI für Korneuburg‹ erhalten und mich schlaugemacht. Die Thematik erschien mir lohnend.«

»Kommen Sie endlich auf den Punkt! Mich interessiert Ihre Lebensgeschichte nicht. Was wollen Sie von mir?«, unterbrach Ana.

»Geduld!« Krutzler blieb von ihrem Drängen unbeeindruckt. »Ich habe Kontakt mit den lokalen Aktivisten gesucht und mich mit ihnen angefreundet.«

»Sie wussten von dem geplanten Überfall im Stadtsaal?« Ana funkelte den Journalisten grimmig an. »Sie hätten den Bürgermeister warnen müssen!«

Er lehnte sich zurück. »Wie heißt es so treffend? Keine Steine werfen, wenn du im Glashaus sitzt. Du bist auch kein Unschuldslamm. Darf ich jetzt fortfahren?«

Ana zuckte mit den Schultern. Sie verabscheute die Situation. Ihr blieb keine andere Wahl, als sich zu gedulden.

»Also. Bei der Pressekonferenz wurde ich Zeuge der Störaktion und wusste, dass ich an einer spannenden Story dran war. Du warst das i-Tüpfelchen. Künstliche Intelligenz, eine schöne Frau als Verantwortliche und böse Gegner. Aus dem Stoff fabriziere ich eine Story, mit der ich wieder eine Fixanstellung erhalte. Leider bist du stur wie ein Esel und hast mich ständig abgewimmelt.«

Das reichte. Ana zischte: »Entweder Sie spucken jetzt aus, was Sie wollen, oder Sie verlassen mein Auto.«

»Sonst?« Klaus Krutzler machte eine beschwichtigende Handbewegung. »Ich habe dir doch gesagt, dass ich vom Tod von dem Beamten Magister Hoch weiß. Wenn du gleich auf mich gehört hättest, wärst du nicht im Schlamassel.«

Ana starrte ihn an. »Waren Sie das? Haben Sie Herrn Hoch umgebracht?«

»Blödsinn. Ich schreibe einen Heuler, ich beseitige doch nicht meine Schlüsselfiguren! Ich kann bezeugen, dass nicht du ihn gestoßen hast. Wenn du mir zu meiner Story verhilfst, löse ich dein Problem mit der Polizei.«

Jetzt war die Katze aus dem Sack.

»Das kostet mich meinen Job«, sagte Ana bedächtig.

»Besser, als im Gefängnis zu landen«, gab Krutzler zu bedenken.

»Ich beweise auch ohne Ihre Aussage meine Unschuld.« Sie ärgerte sich, dass sie so zaghaft klang.

»Eine riskante Ansicht. Die Polizei ist zufrieden, wenn sie eine Erfolgsmeldung verkünden kann. Solltest du wider Erwarten den Prozess gewinnen, ist dein Ruf dennoch ruiniert.«

Damit hatte er recht. Einen guten Arbeitgeber zu finden wäre unmöglich und ihre Existenz zerstört.

»Sie müssen der Polizei die Wahrheit sagen«, verlangte sie trotzig. »Sonst machen Sie sich mitschuldig!«

»Vergiss es. Ich bin Journalist und kein Pfadfinder. Eine Superstory samt Fotos von dir gegen meine Aussage, ansonsten leugne ich.«

Was für eine Scheiße. Sie saß in der Zwickmühle. Ohnmacht erfüllte sie, am liebsten hätte sie Krutzler den Hals umgedreht.

»Es nutzt nichts, wenn du mich so anschaust. Du wickelst mich nicht um den Finger. Du hast bis morgen Bedenkzeit. Beeil dich, meine Quelle bei der Polizei behauptet, sie machen den Sack bald zu.«

»Die Polizei will mich verhaften?« Panik erfasste Ana.

»Du bist die einzige Verdächtige.«

»Okay, lassen Sie mich nachdenken. Wieso sollte ich Ihnen vertrauen? Sie bekommen das Interview und dann helfen Sie mir nicht.«

»Deine Menschenkenntnis ist grottenschlecht, du zählst auf die Falschen. Aber ich akzeptiere deine Bedenken. Du kommst heute am Nachmittag einen Sprung zu mir, ich bin zu Hause. Dort zeige ich dir ein Foto, das dich entlastet.«

»Sie haben ein Foto vom Angriff?« Anas Stimme schrillte durch den Wagen.

»Haargenau. Du darfst einen Blick darauf werfen, damit du beruhigt bist. Sobald wir das Interview im Kasten haben, gehört es dir und ich mache eine Zeugenaussage. Reicht das jetzt?« Er legte ihr eine Visitenkarte auf das Armaturenbrett.

»Zeigen Sie mir den Beweis doch sofort! Ist er auf Ihrem Handy?«

»Nein, das ist mir zu gefährlich.«

Ana stöhnte. »Sie haben einen Verfolgungswahn. Aber okay. Ich besuche Sie, schaue mir das Foto an und dann entscheide ich wegen des Interviews.«

»Die Deadline ist morgen. Im Anschluss an die Pressekonferenz führen wir das Gespräch. Für die Aufnahmen begleitet mich ein Spitzenfotograf. Er heißt Jörg und du wirst jedes seiner Bilder lieben.« Krutzler machte Anstalten, das Auto zu verlassen.

»Warten Sie. Die Polizei hat mich zu Ihnen und Pat Alt befragt.«

Augenblicklich verdunkelte sich sein Gesicht. »War das ein Idiot namens Himmel?« Ihr Schweigen deutete er als Zustimmung. »Halt bei dem Typen deinen Mund, er ist ein Blödmann. Vielleicht erzähl ich dir als Bonus seine Geschichte.« Er grinste sie an. »Ich freue mich auf unser Rendezvous am Nachmittag.«

Eine Weile blieb Ana verstört sitzen. Wie bewegte sie diesen Kerl zu einer Zeugenaussage, ohne Firmengeheimnisse preiszugeben? Sie musste ihn für das Entlastungsfoto austricksen.

KAPITEL 24

Gedankenverloren fuhr Ana Richtung Korneuburg. Die Fahrbahn strahlte weiß vom Streusalz. Kurz nach der Ortseinfahrt bremste sie an einem Fußgängerübergang und ließ einen Burschen passieren. Das war doch Charly, der KI-Gegner. Er marschierte mit großen Schritten eilig über den Gehsteig dahin.

Langsam bog Ana ein und folgte ihm in sicherem Abstand. Charly trug einen grünen Rucksack. Ob darin lila Lacksprays steckten? Was machte er in dieser Wohngegend mit Einfamilienhäusern? Seine Wohnung war zu Fuß zwanzig Minuten entfernt. Ihr fiel ein, dass in einer dieser Gassen der Bürgermeister wohnte. Wenn Charly sein Auto ruiniert hatte, wollte er ihm jetzt womöglich Schlimmeres antun.

Ana reduzierte die Distanz zu Charly, sie durfte ihn auf keinen Fall aus den Augen verlieren. Bei einer Gartentür blieb er stehen, schaute sich um und verschwand im Garten.

Hektisch wählte sie den Notruf. »Ana Rubin. Ich bin vor dem Haus des Bürgermeisters von Korneuburg in der Feldgasse. Da bricht in diesem Moment ein Mann ein.«

»Bleiben Sie ruhig, Frau Rubin. Keine eigenmächtigen Handlungen. Warten Sie in sicherer Entfernung, ein Einsatzwagen ist gleich bei Ihnen.«

Ana stellte ihr Cabrio in zweiter Spur ab. Schrittweise näherte sie sich dem Gartenzaun. Leider überragte er sie.

Durch die Latten sah sie Schnee und eine Hausmauer. Wo steckten die Polizisten? Rastlos lief sie auf und ab. Wer weiß, was in dem Haus vor sich ging. Der Bürgermeister war womöglich in Lebensgefahr.

Endlich. Ein Polizeiauto stoppte und Beamte stiegen aus. Den ohne Uniform erkannte sie sofort. Er war ihr Stunden zuvor in Pats Büro gegenübergesessen und hatte die gesamte Zeit geschwiegen. Himmel hieß er, nein, das war Hahn.

»Mit Ihnen habe ich nicht gerechnet. Haben Sie uns gerufen?« Der Polizist musterte sie ungläubig.

»Ja. Ich habe einen Demonstranten wiedererkannt. Ich gehe davon aus, dass er das Auto vom Bürgermeister angesprüht hat. Und vielleicht hat er auch die Farbbombe geschleudert.«

»Sie meinen den Angriff im Stadtsaal? Der Kerl ist dort hinein?« Der Beamte deutete auf das Gartentor. Skeptisch runzelte er die Stirn.

»Ja, wirklich! Vor höchstens zehn Minuten. Er ist noch drinnen.«

»Sie warten hier.« Die Männer zogen Waffen und schlichen in den Garten.

Ana tappte vorwärts, bis sie auf das Grundstück spähen konnte. Der Uniformierte klingelte und trat mit gezogener Pistole einen Schritt zurück. Eine Minute verging, eine zweite. Neuerlich drückte er den Klingelknopf. Diesmal so lange, dass Ana den schrillen Ton im Innenraum hörte.

Da öffnete sich die Tür und der Bürgermeister stand im Rahmen. Überrascht wich er zurück, als er sich bewaffneten Männern gegenüber fand. Der erschreckte Ausdruck verwandelte sich in Verwunderung. Ana hatte den Eindruck, dass er die Beamten erkannte.

Der Uniformierte schien eine Erklärung abzugeben, die Ana nicht verstehen konnte. Ein Wort gab das andere. Auf einmal deutete er in ihre Richtung und die drei Männer starrten sie an.

Der Bürgermeister winkte Ana herbei. Die Polizisten standen unschlüssig da, die Waffen zum Boden gesenkt.

»Frau Rubin! Das ist eine Überraschung. Sie haben einen Einbrecher bei mir gesehen? Bei uns ist niemand!«

»Ich habe den Kerl in Ihren Garten schleichen gesehen, das war keine Einbildung«, beharrte Ana. Verstellte sich der Bürgermeister? Wurde er zur Ahnungslosigkeit gezwungen? Der Aktivist hatte sich nicht in Luft aufgelöst.

»Sollen wir uns nicht doch überzeugen, dass alles in Ordnung ist, Herr Bürgermeister?«, fragte ein Beamter.

»Wenn es Sie beruhigt, dann kommen Sie bitte alle herein.« Einladend öffnete er die Tür.

Die Polizisten verschwanden ins Innere, Ana zögerte.

»Jetzt kommen Sie schon, Frau Rubin. Bei uns beißt keiner«, forderte sie der Bürgermeister auf.

Zaghaft betrat Ana den Flur. Der Hausherr schloss ab und ging ihr vor. Vorbei an einer geräumigen Küche, die blitzblank aufgeräumt war. Auf der Kochinsel stand ein Tablett mit einer Kaffeekanne. Sie betraten das Wohnzimmer und Ana erstarrte.

Auf der Couch lag ein grüner Rucksack. Sie deutete mit ihren Fingern entgeistert auf den Ranzen, als eine Männerstimme brüllte: »Was machst du hier, Gabi?«

Ana fuhr herum und sah sich Auge in Auge mit Charly. Der Blick der hellen Augen stach. Der Bursche strich sich nervös durch die Haare und wich zurück.

»Moment mal, ist das Ihr Einbrecher, Frau Rubin?« Der Bürgermeister trat zwischen sie.

»Ja«, krächzte Ana, der bewusst wurde, das etwas völlig schieflief.

In diesem Augenblick durchschritten die beiden Beamten das Wohnzimmer. »Wir haben die Räume kontrolliert und keinen Eindringling entdeckt, Herr Bürgermeister. Entschuldigen Sie bitte die Störung.« Knapp vor Ana blieben sie stehen. »Wir verabschieden uns. Sollen wir Frau Rubin mit hinausnehmen?«

»Danke an die Herren für Ihre Bemühungen, ich wünsche einen angenehmen Tag. Frau Rubin gibt mir noch die Ehre auf einen Espresso.«

Sobald die Tür zuklappte, wechselte im Raum schlagartig die Stimmung.

»Was geht hier vor?«, fragte der Bürgermeister mit eisiger Stimme. Charly fixierte einen Punkt am Boden und hüllte sich in Schweigen. Ana öffnete den Mund und schloss ihn wieder.

»Das sieht kompliziert aus. Ihr setzt euch, ich bringe Kaffee und dann bekomme ich eine Erklärung.«

Ana rührte verzweifelt in ihrer Kaffeetasse, dabei hatte sie keinen Zucker hineingeleert. Charly saß ihr gegenüber und starrte mit blassem Gesicht ins Nichts.

Der Bürgermeister musterte die beiden. »Wer fängt an? Euch einander vorzustellen ist überflüssig, ihr seid miteinander bekannt. Aber sicherheitshalber: Ana Rubin, verantwortliche Managerin des Korneuburger KI-Projektes. Karl, mein Sohn.«

»Du bist eine von denen«, zischte Charly verächtlich. Er spitzte die Lippen, wie wenn er ausspuckte. Bevor Ana eine Erwiderung einfiel, herrschte der Bürgermeister ihn an: »Was zum Teufel hast du angestellt, Karl?«

Als er keine Reaktion erhielt, schlug er mit der Hand auf den Tisch. »Ich verlange Antworten. Aus dieser Nummer kommt ihr mit Schweigen nicht heraus! Frau Rubin, würden Sie sich bitte äußern, wenn mein Sohn die Sprache verloren hat?«

Ana zuckte zusammen. »Ich denke, Ihr Sohn sollte eine Beichte ablegen. Mir ist das aufrichtig peinlich, ich glaubte wirklich, dass Charly bei Ihnen einbricht. Nach dem Sturm auf den Stadtsaal hatte ich Angst um Sie.«

Der Bürgermeister warf ihr einen prüfenden Blick zu, dann nickte er. »Karl, ich warte. Wir bleiben hier so lange hocken, bis du alles ausgespuckt hast.«

Hass blitzte Ana aus Charlys hellen Augen entgegen. »Ich will, dass die da verschwindet!«

»Frau Rubin bleibt.« Sein Vater hatte die Beherrschung wiedergefunden und strahlte Autorität aus. »Fang endlich an.«

Eine Stunde und Dutzende Zwischenfragen später starrte der Bürgermeister seinen Sohn fassungslos an. »Mir fehlen die Worte. Du bist ein Aktivist gegen KI, Klima, Konzerne und was weiß ich noch alles und hast mein Auto versaut? Deine Wohnung nutzen subversive Elemente, um zu planen, wie sie meinen Gemeindefrieden stören?« Er erwartete keine Antwort.

Ana hörte die Pendeluhr ticken. Sie wäre so gern gegangen, aber noch war nicht alles ausgesprochen. Sie hockte regungslos.

Da brüllte der Bürgermeister auf. »Du warst das! Du hast mir die Farbe ins Gesicht geworfen. Ich hatte so ein komisches Gefühl, dass ich die Gestalt kenne. Aber auf meinen eigenen Sohn wäre ich nie gekommen!« Sein heftiges Schnaufen erfüllte das Zimmer. »Sie haben mir das Video vorgespielt und ich lasse mich von meinem Sohn täuschen!« Hochrot rang er nach Luft.

»Hoffentlich bekommt er keinen Herzinfarkt«, durchfuhr es Ana.

Charly kauerte gekrümmt auf seinem Sessel. Mit einer Hand stützte er seinen Kopf. Von dem selbstsicheren Rebellen war wenig übrig. Eine Zeit lang hing jeder seinen Überlegungen nach.

Ana musste die Frage stellen, sie kaute auf ihrer Lippe herum, ohne den Mut zu finden. Sie räusperte sich.

»Was?«, fuhr der Bürgermeister sie an.

»Ich. Äh. Hätte ...« Wo hatte sie ihre Sprache verloren? »Eine Frage an Charly. Habt ihr etwas mit dem Unfall von Herrn Hoch zu tun?«

Die Zeit schien stillzustehen. Drei Menschen starrten sich an. Die Pendeluhr tickte überlaut.

»Karl, bitte! Sag nicht ...« Sein Vater war am Rande des Zusammenbruchs.

Da heulte Charly auf. »Nein, das war ich nicht. Ich weiß nichts über den Unfall.«

»Ehrlich? Ist das die Wahrheit?« Ana hasste es, wie ihre Stimme piepste.

Sein Vater sprang auf und platzierte sich vor Charly. Er packte sein Kinn und zwang ihn, ihm in die Augen zu schauen. »Kannst du bei deiner verstorbenen Mutter schwören, dass du nichts damit zu tun hast?«

»Ja! Ich schwöre es bei Mama!«, keuchte Charly und dicke Tränen kullerten über seine Wangen. Der Revolutionär schluchzte wie ein kleiner Bub.

Der Bürgermeister sank schwerfällig auf den Sessel und stieß einen lauten Seufzer aus. »Frau Rubin, entschuldigen Sie, dass ich Sie in unser Familiendrama involviert habe. Bitte lassen Sie uns jetzt allein, mein Sohn und ich haben eine Menge zu klären. Ich ersuche Sie, einstweilen Stillschweigen über Ihr Wissen zu wahren. Ich brauche Zeit, um über die richtigen Schritte zu entscheiden.«

Ana nickte ihm zu und huschte eilig aus dem Wohnzimmer. Erleichtert zog sie die Eingangstür hinter sich ins Schloss.

KAPITEL 25

Leichte Flocken wehten Ana ins Gesicht. Die kalte Winterluft wirkte belebend nach der bedrückenden Unterhaltung mit Charly und seinem Vater. Ihr Auto stand noch mitten in der Gasse und darauf glitzerte bereits eine dünne Schneedecke.

Unvermittelt traf Ana die nüchterne Erkenntnis: Sie glaubte Charly. Er hatte Blödsinn angestellt, doch er war kein Mörder. Damit schied er aus dem Kreis der Verdächtigen aus und womöglich seine Aktivistenkumpel mit ihm.

Dabei hatte sie sich ihrem Ziel zum Greifen nahe geglaubt. Hätte Charly Herrn Hoch angerempelt, hätte der Albtraum in dieser Sekunde geendet.

»Du wünschst dir, dass dieser dumme Bub ein Verbrecher ist und das Leben seines Vaters mitzerstört?«, fragte sie sich und schüttelte sich angewidert. Nein, auf gar keinen Fall.

Somit war sie zurück am Anfang ihrer Suche. »Oder doch nicht«, dachte Ana. Wenn der Journalist die Wahrheit sagte und ihr das Foto gab, war sie entlastet. Dann musste sie noch die Cyberangriffe abwehren und das Projekt erfolgreich beenden.

»Verdammt«, rief Ana aus und klopfte vor Verzweiflung auf das Lenkrad. Sie hatte vergessen, Charly auszuquetschen, ob die Gruppe mit den Cyberattacken zu tun hatte. Wie konnte sie nur so dumm sein? Zurückfahren kam nicht infrage. Die Unterhaltung zwischen Vater und Sohn traute sie sich nicht zu stören.

Sie parkte hinter dem Rathaus und schrieb eine SMS. »Bitte fragen Sie Charly, ob er Kenntnis von einer Cyberattacke hat. Ist wichtig.«

Kritisch betrachtete sie die Nachricht. Wenn sie die schickte, erkannte der Bürgermeister, dass ihr Projekt Security-Probleme hatte. Genau das hatte Pat ihnen verboten. Frustriert speicherte sie die Nachricht als Entwurf ab.

Im Testcenter fand sie David und Karsten vertieft vor den Bildschirmen.

»Grüß euch. Haben wir den Fehler in der Müllerkennung aufgeklärt?«, fragte Ana.

»Hi, Ana. Wenn wir Glück haben. Die Techniker haben eine defekte Sonde entdeckt. Wenn sie der Auslöser war, kann die KI nichts dafür. Die Testwiederholung läuft.« Karsten schaute, während er redete, gespannt auf den Schirm.

Hoffnung erfüllte Ana. »Klingt gut. Hat das Security-Labor seine Untersuchungsergebnisse übermittelt?«

»Nein.« David war kurz angebunden. Anscheinend störte sie.

»Dann versuche ich, das Labor zu erreichen.«

»Brauchst du nicht. Ich habe vorhin mit ihnen gesprochen. Sie benötigen noch ein bis zwei Tage, weil sie Probleme mit den Logdateien haben.«

»Zu blöd. Hast du nachgesehen, ob Frau Maier am Sonntag gearbeitet hat?«

Ohne sich zu ihr zu drehen, antwortete er: »Erledige ich, sobald wir das Müllproblem gelöst haben.«

»Tim wartet hinten auf dich. Der sitzt dort schon ewig und hüllt sich in Schweigen, warum. Wir haben uns gewundert, wo du so lange bleibst«, sagte Karsten.

Ana vermied, ihre Erlebnisse mit Charly zur Sprache zu bringen. »Ich habe mich mit dem komischen Journalisten getroffen, der mich seit Tagen verfolgt. Keine Sorge, ich habe nichts ausgeplaudert, er will mir etwas zeigen.«

Beide Männer warfen ihr bestürzte Blicke zu, Karsten sagte: »Du redest mit einem Journalisten? Was will er dir zeigen?«

Ana biss sich auf die Lippen. Sie hätte Krutzler besser unerwähnt gelassen. »Er hat ein Foto, das mich interessiert. Leider hatte er es nicht dabei. Wer weiß, ob es überhaupt existiert. Ich schau jetzt, was Tim von mir will.«

Im Hinterraum traf Ana auf einen verheulten Tim. Mit hängenden Schultern hockte er da. Seine überspannte Selbstsicherheit war verschwunden. Er sah sie aus verschwollenen Augen an. »Ana.«

Sie legte ihre Tasche nieder und hängte den Mantel auf. Gemächlich setzte sie sich hin und musterte ihren Assistenten.

»Erzähl mir deine Version.« Ana wollte nicht den Frust der letzten Tage an ihm auslassen.

»Benji hat mich wegen einer dringlichen Angelegenheit ins obere Stockwerk geholt. Dort hat er ein Fenster geöffnet und mich angewiesen, wo ich hinschauen muss. Auf den zweiten Blick habe ich dich erkannt. Du hattest den Schal unter das Kinn geschoben. Benji hat massenhaft Fotos geschossen. Anschließend hat er mir befohlen, ihn als Zeuge zu Pat zu begleiten, andernfalls meldet er mich ebenfalls intern.«

Ana lag auf der Zunge, dass Tim sie zumindest vorwarnen hätte können. Nur hätte das letztlich auch keinen Unterschied gemacht. Sie seufzte tief.

Der junge Mann verstand das als Rüge und sofort schimmerten Tränen in seinen Augen. »Hat dich Pat hinausgeworfen?«

»Noch nicht, aber das kann noch werden.« Es war sinnlos, die Situation zu beschönigen. »Geh an deine Arbeit.«

»Lässt du mich versetzen?« Sein Gesicht war ein einziges Fragezeichen.

»Willst du das?«

»Bitte nicht!« Tim trat von einem Bein auf das andere. »Ich will mich schon seit Langem entschuldigen.« Er hüstelte. »Dass ich damals gesagt habe, dass dein Job zu unbedeutend ist, als dass ich als Assistent von dir etwas lernen könnte, war dumm. Ich habe mir bei dir in den letzten Monaten mehr angeeignet als bei Mark in einem Jahr. Was heute geschehen ist, tut mir leid und passiert nie mehr. Ich schwöre, ich mach das wieder gut.«

Ana nickte. Was sollte sie auch dazu sagen? Sie öffnete ihren Laptop und hörte das Schließen der Tür nur mehr als Hintergrundgeräusch.

»Yes!«, schallte es plötzlich im Nebenraum. Neugierig streckte sie ihren Kopf aus dem Zimmer.

»Müllproblem gelöst! Schuld war die Sonde!« Karsten strahlte. »Wir haben die Halbzeit des Tests geschafft und alles läuft prima! Das wird ein Riesenerfolg.« Der Vertriebsleiter überschlug sich vor Freude.

Ana lächelte ihn an. Er hatte keine Ahnung, dass sie auf einem Pulverfass saß. Wie viel Zeit blieb ihr, bis Pat sie freistellte oder die Polizei sie abholte?

Geistesabwesend zog sie sich zurück und starrte an die Wand. Sie zermarterte ihr Gehirn, um einen Plan aus der Misere zu schmieden. Sie würde sich das Foto bei Klaus Krutzler sorgfältig ansehen. Wenn es als Beweis taugte, musste sie damit aus der Wohnung verschwinden. Vielleicht konnte sie ihn überrumpeln, indem sie auf ihren Mantel und ihre Schuhe verzichtete und ohne sie losstürmte.

Schallendes Lachen riss sie aus ihren Überlegungen und sie gesellte sich zu den Kollegen. Manuela und Wolfram trafen gerade – schon Stunden vor ihrer Schicht – ein und grinsten ihr gut gelaunt entgegen. Tim hatte es sich hinter Karsten und David gemütlich gemacht und prostete ihr mit einer Colaflasche zu. Ihr Assistent hatte seine Zuversicht schnell zurückgewonnen.

»Noch sechsundzwanzig Stunden, dann ist es vollbracht«, verkündete Wolfram.

»Der Test läuft wie geschmiert. Den einen Tag schaffen wir mit links und dann feiern wir«, bekräftigte Manuela.

»Hoffentlich machen uns die KI-Gegner keinen Strich durch die Rechnung«, zauderte Ana. »Ich befürchte, sie planen eine allerletzte Aktion.«

Manuela sah sie stirnrunzelnd an. »Woher willst du das wissen? Draußen haben wir keinen einzigen Demonstranten gesichtet. Ich bin der Meinung, denen wurde langweilig und sie haben das Kapitel abgeschlossen.«

Ana erinnerte sich an Kerstins aggressive Worte. Sie hatte noch eine Überraschung im Köcher.

»Sollen sie ruhig kommen, wir wehren uns. Denen verpassen wir eine Abreibung.« Tim ruderte aufgekratzt mit den Armen.

Manuela tippte sich unauffällig an die Stirn.

Im Testraum herrschte munteres Treiben. Heute waren mehr Mitarbeiter anwesend. Die meiste Zeit über herrschte höchste Konzentration, aber dumme Witze lockerten die Anspannung zwischendurch. Ana liebte diese Momente, wo jeder Einzelne sein Bestes gab und das Team zur Höchstform auflief.

»Ich habe Nusskuchen mitgebracht! Liegt hinten auf dem Tisch, greift zu!« Manuela erhielt kräftigen Applaus für ihre wohlschmeckende Tat.

»Ihr seid klasse«, murmelte Ana. Da tauchte aus dem Nichts Benji vor ihr auf. Einen Kopf größer als sie starrte er auf sie hinunter. »Was machst du hier?«, fragte sie ihn mit eisiger Stimme.

Sie spürte Manuela zusammenzucken und näher trippeln.

»Bist du nicht freigestellt?«, antwortete Benji fassungslos. Im Raum wurde es schlagartig leise. Sicherlich spitzten alle die Ohren.

»Nein. Weder verhaftet noch freigestellt. Ich ersuche dich, das Testcenter zu verlassen und fernzubleiben. Du kannst von zu Hause arbeiten.«

Benjis Gesicht verfärbte sich dunkelrot und er schnaubte wütend auf. Er biss die Zähne aufeinander, dass sie knirschten. »Damit kommst du nicht durch!«, keifte er sie an. »Außerdem habe ich heute mit Luc die Nachtschicht.«

»Deine Schicht übernehme ich. Jetzt geh bitte.«

Benji schob sich dicht an Ana heran. Sie überwand ihren Instinkt, zurückzuweichen. Sie presste ihre Lippen zusammen und passte auf, dass sich ihre Miene keine Spur verzog.

»Das wirst du mir büßen«, zischte er. Ana verharrte bewegungslos, bis er seine Sachen zusammenpackte und den Testraum verließ.

Ohne ein Wort der Erklärung stürmte sie nach hinten, knapp gefolgt von Manuela. Tim versperrte den Weg mit aufgerissenen Augen und offenem Mund. Ana lief um ihn herum und verschwand hinter der Tür. Erschöpft lehnte sie sich an die Wand. Es war unklug, sich Benji offen zum Feind zu machen. Er hatte Beziehungen, die er geschickt zu nutzen wusste. Ab sofort würde er alle Mittel einsetzen, um sie zu demontieren. Er hatte Fotos von ihr als Demonstrantin.

»Hast du soeben Benji gekündigt?« Manuela stand entgeistert vor ihr.

»Noch nicht, ich habe ihn nur aus der Kommandozentrale entfernt.«

»Schade«, murmelte Manuela und bemühte sich, unschuldig dreinzusehen. »Dabei ist er hoch motiviert. Er ist vor dreißig Minuten erschienen, obwohl seine Schicht erst in der Nacht beginnt. Dann hat er so getan, als ob ohne ihn nichts läuft. Er hat sich in die Mitte platziert und uns alle paar Minuten wohlwollende Worte gespendet.«

Dieser Fiesling hatte sich bereits als Chef gefühlt. Ana verbannte den Zorn auf ihn aus ihren Gedanken. Stattdessen sagte sie: »Tust du mir einen Gefallen?«

»Aber immer«, lächelte Manuela sie an. »Was brauchst du?«

»Versprich mir, dass du bis zum Testende nirgendwo allein bist. Bleib bei den Kollegen und lass dich am Abend von deinem Mann abholen.«

Manuelas Grinsen wandelte sich in Besorgnis. Eindringlich musterte sie Ana. »Hängt deine Befürchtung mit Benji zusammen? Wieso hat er angenommen, dass du vom Dienst freigestellt bist?«

»Ich würde es dir gern erzählen, aber es ist gefahrloser für dich, wenn du nichts weißt. Es wird zu internen Untersuchungen kommen.«

Manuela zischte erschreckt auf. »Du steckst in ernsthaften Schwierigkeiten?«

Ana nickte. »Bitte halte dich dran, in Gesellschaft zu bleiben. Ich rechne fix damit, dass etwas geschieht.«

»Ich hoffe, deine Befürchtungen sind übertrieben. Die wenigen Stunden überstehen wir. Bist du sicher, dass du die Nachtschicht schaffst? Musst du nicht irgendwann einmal schlafen?«

»Ich raste mich aus, sobald der Test abgeschlossen ist.« In Gedanken fügte sie hinzu: »Hoffentlich nicht in einer Zelle.«

KAPITEL 26

Die nächste Stunde schlich quälend dahin. Mehrmals griff Ana zum Telefon, um mit Marion zu reden. Wie sehnlich wünschte sie sich, die Missstimmung aus der Welt zu schaffen. Ihre Freundin fehlte ihr. Doch jedes Mal tauchte das Foto mit Kerstin und Marion vor ihrem inneren Auge auf. Wenn sie der Polizei reinen Wein einschenken musste, würde ihr Marion nie verzeihen. Niedergeschlagen steckte sie das Handy weg.

Um auf andere Gedanken zu kommen, ging sie zu David. »Hat Frau Maier am Sonntag gearbeitet?«

»Sorry, ich wurde abgelenkt und habe vergessen, es dir zu erzählen. Frau Maier hat sich um achtzehn Uhr eingeloggt und nach dreiundzwanzig Uhr ausgeloggt.«

Ana erstarrte. Die Beamtin war trotz des Wochenendes bis in die späte Nacht tätig gewesen. Danach war sie im Donaukanal ertrunken.

David sagte: »Ich frage mich, was eine Beamtin so spät gewerkt hat. Nebenbei bemerkt hast du ebenfalls übereifrige Mitarbeiter.«

Verwundert sah sie David an, was wollte er ihr sagen?

»Wolfram war bis neunzehn Uhr eingeloggt und Luc bis nach zweiundzwanzig Uhr.«

»Homeworking oder in der Firma?«

»Alle waren in der Firma, die haben wohl Party gemacht.«

Ana zwang sich zu einem Lächeln. »Ich sollte mal die Überstunden kontrollieren, wenn alle von der Arbeitswut besessen sind.«

»Da redet die Richtige!«, sagte Karsten unüberhörbar und etliche im Raum lachten.

»Okay, dann eben keine Maßregelung, sondern eine Belohnung für euren Einsatz. Ihr leistet Spitzenarbeit. Ich bestelle für alle Pizzas, notiert eure Wünsche. Antialkoholische Getränke sind inkludiert.«

Gejohle und Applaus dankten ihr. Sie hatte unglaubliches Glück mit diesem fantastischen Team.

Während sie auf die Pizzalieferung warteten, legte Ana ihre Liste der Verdächtigen vor sich hin. Auf der Seite der KI-Gegner strich sie Charly durch. Kerstin und Klaus kringelte sie ein. Auf einem leeren Blatt Papier schrieb sie ihre Gedanken neu auf. Dieses Mal unter der Annahme, dass nicht die KI, sondern Ana das Ziel war.

Immer wieder kam ihr Benji in den Sinn. Wie hasserfüllt er sie angestarrt hatte. Er hatte sie nie als seine Vorgesetzte akzeptiert. Konnte er so neiderfüllt sein, dass er bis zum Äußersten ging? Im Grunde hielt sie ihn für zu oberflächlich für derartig durchtriebene Pläne. Sie war auf der Suche nach einem intelligenten und planerisch begabten Täter. Traute sie ihm das zu?

Wer waren die klügsten Köpfe im Team? Sie notierte: »Manuela, Karsten, Luc, David, Bert, Wolfram, Tim«. Tim strich sie mit einem Ruck durch. Er war intelligent, aber zu impulsiv, um an so viele Details zu denken, ohne sich zu verraten. Mit zwei Strichen schied sie Manuela aus. Ihre

Kollegin war ihr zur Freundin geworden, dieser Wahnsinn hatte nichts mit ihr zu tun.

Wolfram und Luc hatten den Sonntagabend im Büro verbracht. Hatten sie Frau Maier getroffen und es war etwas vorgefallen?

Misstraute sie wirklich ihren engsten Kollegen, mit denen sie so viel erlebt und erreicht hatte? Die Antwort war ein promptes »Nein«. Sie kannte jeden von ihnen jahrelang, keiner war zu so einer Tat fähig. Das stimmte nicht ganz. Luc kannte sie erst seit einem halben Jahr. Doch was sollte der Franzose gegen Ana haben? Er war einer der führenden Köpfe zu KI im Konzern. Sie war dankbar, dass die Konzernleitung ihr eine Koryphäe zur Seite gestellt hatte. Sobald sein Einsatz in Österreich beendet war, würde er zum nächsten Projekt irgendwo anders auf der Welt aufbrechen.

Hatte er ein Motiv? Sie wusste wenig über sein Privatleben. Kaum mehr, als dass er über ungewöhnlich viel Geld verfügte. Gab es da einen Zusammenhang?

Ana verspürte ein Ziehen in der Magengrube. Bald übernahm sie mit Luc die Schicht und verbrachte mit ihm allein die Nacht in dem verlassenen Rathaus. Einen zusätzlichen Kollegen zu ersuchen, mit ihnen hierzubleiben, war keine Option. Am nächsten Tag würde die halbe Firma tuscheln, dass sie Luc misstraute. Ohne den geringsten Beweis.

Ihr kam niemand in den Sinn, den sie über Luc aushorchen konnte. Das Headquarter anzurufen, schloss sie aus. Das hätte ungeahnte Konsequenzen. Ohne Hoffnung begann sie, seinen Namen im Internet zu suchen. Mit steigender Bewunderung stellte sie fest, dass er kein Unbekannter war. Auf Fotos strahlte er bei Preisverleihungen. Der Großteil der Artikel war auf Englisch und stammte aus den USA. Auch in Paris war er kürzlich ausgezeichnet worden. Alle Beiträge waren aus der jüngeren Vergangenheit.

Luc war dreiundvierzig Jahre alt. Außer dass er in Frankreich aufgewachsen war, trieb sie keine persönlichen Informationen auf. In den sozialen Netzwerken war er unauffindbar. Entweder er mied die Plattformen oder verwendete ein Pseudonym.

Unruhig rutschte Ana am Sessel herum. Die Schultern schmerzten und die Verspannungen am Hals begannen Kopfschmerzen auszulösen. Verdächtigte sie allen Ernstes einen angesehenen Kollegen der Sabotage?

»Ana, die Pizzas sind da!«, hörte sie Bert rufen.

Sie gab vor, sich an der Unterhaltung zu beteiligen, und würgte Pizzastücke hinunter, während die Kollegen entspannt plauderten. Manuela erwähnte die attraktive Dame aus dem Jazzklub, die Luc zum Tanzen aufgefordert hatte. Die anderen stiegen in die Scherze ein, aber keiner wusste, ob er sich mit der Frau traf.

»Wieso fährt Luc ständig mit einem Taxi herum? Hat er keinen Führerschein?«, fragte Wolfram neugierig.

»Es gibt auch Öffis in Wien.«

»Das fragt ihn selbst, mich hat er angeschnauzt.«

Ana fühlte ihr inneres Vibrieren und sie befürchtete, dass jemand ihre Hand zittern sah. Hasste einer der Mitarbeiter sie und verdrückte gerade vergnügt Pizza mit ihr?

»Was meinst du dazu, Ana?«, hörte sie Wolfram.

Ana zwang sich, ihn anzugrinsen und auffällig schwer hinunterzuschlucken. »Entschuldige, ich war auf meine Pizza konzentriert, was hast du gesagt?«

»Ich habe gefragt, ob du wirklich damit rechnest, dass die Demonstranten morgen auftauchen. An unserem letzten Testtag, wenn die Pressefritzen vor Ort sind.«

»Puh«, antwortete Ana. »Ich schließe keine Wette ab.«

»Wenn sie es wagen aufzukreuzen, erleben sie ein blaues Wunder!« Tim gab sich kämpferisch. Vielleicht liebäugelte er mit einer Heldentat, um ihre Gunst zurückzuerlangen.

»Das erledigen wir gemeinsam. Mich kotzen diese Witzfiguren maßlos an«, unterstützte ihn Bert.

»Hast du Angst um deine Prämie?«, zog ihn Manuela auf.

»Es wäre fair, uns Polizeischutz zu geben. Aber das passt den Herrn Politikern nicht ins Konzept.« Wolfram schüttelte ärgerlich den Kopf.

»Hast du Frau Maier am Sonntagabend getroffen? Du warst doch in der Firma?«

Wolfram starrte Ana überrascht über den schlagartigen Themenwechsel an. »Mhm. Lass mich kurz überlegen. Mhm, du hast recht. Sie ist an meinem Schreibtisch vorbeigegangen und hat gegrüßt. Später habe ich sie nicht mehr gesehen. Nur Luc, mit dem habe ich einen Kaffee getrunken, bevor ich heimgefahren bin. Wieso fragst du?«

»Mich beschäftigt ihr Tod, das ist so widersprüchlich. Erst arbeitet sie die halbe Nacht und dann springt sie ins Wasser? Findet ihr das nicht merkwürdig?«

Bedrückte Stille legte sich über das Team. Manuela sagte leise: »Wir kannten sie doch kaum. Wer weiß, welche privaten Probleme sie hatte. Du kannst in niemanden hineinschauen.«

Die ausgelassene Stimmung war Nachdenklichkeit gewichen. Die ersten Kollegen verabschiedeten sich. Kurze Zeit später war Ana mit Manuela und Wolfram allein im Testraum.

Endlich konnte sie sich in ihre Kammer zurückziehen. Muffig roch es hier. So unpersönlich und abweisend stellte sie sich eine Gefängniszelle vor. Sie saß bewegungslos und hörte ihrem klopfenden Herzen zu. Sie war zur Überzeugung gelangt, dass der Tod von Frau Maier kein unglücklicher Zufall war. Wie brachte sie die Polizei zu gründlichen Ermittlungen? Wie würde sie ihre Mutmaßungen aufnehmen? Ihr Glauben schenken oder sie auslachen? Sie endgültig verdächtigen? Von Krutzler wusste sie, dass sie kurz vor ihrer Festnahme stand.

Als sie die quälenden Überlegungen nicht mehr ertrug, rang sie sich zu einem Entschluss durch. Es läutete mehrmals. »Heinz Müller. Ich kann derzeit Ihren Anruf nicht entgegennehmen. Bitte hinterlassen Sie eine Nachricht.«

»Heinz, ich bin es, Ana. Ruf mich an. Du hattest recht, dass ich Probleme habe. Bitte treffen wir uns morgen, ich brauche deine Hilfe.« Ana legte auf. Sie hatte den Schritt gesetzt, hoffentlich bereute sie ihn nicht.

Es war an der Zeit, Klaus Krutzler zu besuchen und ihm das entlastende Foto abzujagen, falls es existierte.

»Ich raste mich jetzt aus und bin zur Ablöse rechtzeitig zurück«, verkündete sie Manuela und Wolfram.

»Schlaf gut. Bei uns ist alles ruhig. Die KI tickt wie ein Schweizer Uhrwerk, da kann nichts mehr passieren«, versicherte ihr Wolfram.

»Nicht verschreien!« Manuela und Ana riefen es gleichzeitig und brachen in Gelächter aus.

»Ihr seid unmöglich. Wir arbeiten mit der neuesten Technologie an innovativen Lösungen und ihr seid abergläubig wie im Mittelalter«, spottete Wolfram.

»Max holt mich ab.« Manuela warf Ana einen bedeutsamen Blick zu. »Du brauchst auch Begleitung.«

Ana ignorierte den Hinweis und ging hinaus.

KAPITEL 27

Ana machte sich mit gemischten Gefühlen auf den Weg zu Klaus Krutzler. Die Straßen waren bestens geräumt. Nervös malte sie sich unterschiedliche Szenarien aus. Einmal riss sie dem Journalisten ein Foto aus der Hand und lief davon. Ein andermal schlich sie sich barfuß aus der Wohnung, während er ihr einen Kaffee zubereitete. Am wenigsten gefiel ihr die Variante, bei der Krutzler sie ertappte. Vielleicht konnte sie mit ihm verhandeln.

Das Navigationssystem leitete sie zu einem zweistöckigen Wohnhaus neben einer Straßenbahnhaltestelle. Die Abstellplätze waren schmutzigen Schneehaufen gewichen. Sie bog in die Seitengasse und zwickte ihr Auto zwischen einen Baum und ein Motorrad.

Beim Wohnhaus stellte Ana fest, dass es keine Gegensprechanlage gab. Das Haustor war unverschlossen und quietschte durchdringend. Ein roter Knopf leuchtete in der Dunkelheit und als sie darauf drückte, erhellten Deckenleuchten ein muffeliges Stiegenhaus. Auf der schief hängenden Anzeigetafel las sie den Namen Krutzler, er wohnte im obersten Stockwerk. Da sie keinen Aufzug entdeckte, kletterte sie die Stiegen hinauf. In der ersten Etage roch es nach scharfen Gewürzen und orientalische Klänge begleiteten sie nach oben. Der Sound vermischte sich mit aktueller Popmusik, die aus dem Obergeschoß dröhnte.

Auf Krutzlers Türrahmen klebte ein handgeschriebener Zettel: »Laut klopfen, Klingel kaputt«. Ana grinste über das Provisorium. Bei der Lautstärke der Musik brauchte sie einen Hammer. Kräftig schlug sie mit der Faust gegen die Wohnungstür. Diese sprang auf.

Der Reporter war unvorsichtig. Er öffnete ihr, ohne sich zu versichern, dass sie es tatsächlich war. Kopfschüttelnd betrat sie einen unbeleuchteten Vorraum. Hier schallte der Song so dröhnend, dass der Parkettboden vibrierte. Aus dem Nebenraum strahlte Licht.

»Herr Krutzler?«, fragte sie. Doch er hörte sie wegen des Lärms nicht. Sie entschied, den Mantel und die Schuhe anzubehalten, und ging weiter.

In der grell erleuchteten Wohnküche blieb sie erschrocken stehen. Küchenkästen und Laden klafften offen, auf den Fliesen lagen Töpfe, Teller und Geschirrtücher. Auf dem Esstisch und am Boden daneben türmten sich Zettel und Ordner. Das Wandregal war bis auf eine Stereoanlage leer. Neben dem Fenster kreischten riesige Lautsprecher, der Geräuschpegel war nahezu unerträglich.

»Herr Krutzler? Ist alles in Ordnung?«, brüllte Ana. Ihre Stimme verhallte im Krach.

Der schwere Vorhang neben der Stereobox begann zu schwanken. Anas Arme schnellten abwehrend in die Höhe. Regungslos fixierte sie den schwingenden Stoff. Die Bewegung wurde heftiger und auf einmal ruckte es und eine graue Kugel landete vor ihren Füßen. Sie machte einen Satz zurück. Eine riesengroße Katze fauchte Ana mit hocherhobenem Schwanz an.

»Pst! Ich tu dir nichts. Was ist denn mit deinem Herrchen?«, flüsterte Ana. Bei dem Lärm brauchte sie nicht leise zu sein, dennoch schlich sie auf Zehenspitzen zum daneben liegenden Zimmer. Die Tür stand einen Spalt offen und Ana drückte zögerlich auf die Schnalle.

Ihr Blick fiel auf ein Bett, dessen Laken unordentlich verdreht dalagen. Darauf häuften sich Bücher, Fotos und eine Kamera. Ana hielt den Atem an, als sie hinter die Tür spähte. Vor einem Einbauschrank lagen Berge von Hemden und Hosen auf dem Teppichboden verstreut. Von dem Journalisten fehlte jede Spur.

Es sah nach einem Einbruch aus. Wo war Krutzler, der auf sie warten wollte? Es wäre wohl klug, seine Behausung zu verlassen, bevor sie jemand hier überraschte.

Zögernd schlich sie zum Bett und spähte auf die Fotos. Angewidert erkannte sie auf einem Pat im blauen Mantel. Krutzler war hinter ihnen her. Hektisch wühlte sie in dem Stapel. Sie sah Aufnahmen von Kollegen und von sich und erstarrte, als sie ihr verschneites Haus entdeckte. Sie schob das Bild in ihre Manteltasche. Nirgends war ein Foto, das Ana beim Unfall von Herrn Hoch entlastete.

Sie machte kehrt und hastete durch das Wohnzimmer zurück. Im Vorraum stoppte sie und beschloss, das letzte Zimmer zu kontrollieren. Das musste das Badezimmer sein. Sie riss die Tür auf und schrie.

Klaus Krutzler kauerte an der Badewanne. Der Kopf hing seitlich hinunter und die Haare verdeckten sein Gesicht. In seinem Bauch steckte ein Messer. Der schwarze Griff erinnerte sie an ihr Küchenmesser. Sein T-Shirt war blutgetränkt und unter den Beinen hatte sich eine Blutlache gebildet. Die Jeans glänzte dunkel von der aufgesaugten Flüssigkeit.

Ein süßlicher Geruch hüllte sie ein. Angewidert hielt sich Ana die Nase zu. Neben Krutzlers Hand lag ein Handy.

»Nein! Bitte nicht!«, jammerte Ana und drückte sich gegen die kalte Fliesenwand. In den Ohren hämmerte die Musik.

Sie wollte hier weg, so schnell wie möglich. Doch sie musste zuerst Krutzler helfen, falls er noch lebte. »Das Messer darf ich nicht herausziehen«, fiel ihr ein. Was für ein sinnloser Gedanke, sie hätte nie im Leben den Mut dazu gehabt.

Sie hörte Klappern und warf hektisch einen Blick hinter sich. Da war niemand. Es waren ihre Zähne, die unkontrolliert aufeinanderschlugen. Bloß nicht ohnmächtig werden. Sie konzentrierte sich und zerrte das Telefon aus ihrer Tasche. Ihr wurde heiß. Die Nummer! Sie würden den Anruf rückverfolgen. Das Schicksal holte sie ein, sie konnte nicht einfach davonlaufen.

Atemlos tippte sie den Notruf. Da stach ihr das Handy vom Fliesenboden ins Auge und sie unterbrach die Verbindung. Falls sie kaltblütig genug war, entsperrte sie es mit Krutzlers Fingerprint. Mit den Fingerspitzen fasste sie das fremde Gerät und klappte es auf. Verdutzt bemerkte sie, dass es nicht gesichert war.

»Prager Straße siebenundfünfzig, Tür acht. Hier liegt ein schwer verletzter Mann mit einer Stichwunde. Schnell!« Ana beendete das Gespräch. Ihr entkam das Telefon und sein Display zersprang, als es hart aufschlug.

Aufgelöst rannte sie aus dem Bad und stieß mit dem Fuß gegen etwas Weiches. Sie kreischte hysterisch auf und wäre um ein Haar gestürzt. Die Katze flüchtete mit einem Riesensprung. Ana stürmte aus der Wohnung und die Tür flog krachend ins Schloss.

Sie atmete erleichtert auf, weil am Gang die Lautstärke der Musik erträglich war. In ihren Ohren hämmerte ihr Herzschlag.

Sollte sie auf die Einsatzkräfte warten? Sie war als Bürgerin dazu verpflichtet. War der Mörder noch in der Nähe? Bleiben war sinnlos, sie konnte nichts für Krutzler tun. Beobachtet hatte sie auch nichts. Die Polizei würde sie einvernehmen und von Herrn Hoch erfahren. Nie im Leben glaubten sie Anas Geschichte.

Ana kämpfte gegen ihre Panik an und versuchte, logisch abzuwägen. Was fanden die Polizisten bei Krutzler vor? Eine durchsuchte Wohnung und einen erstochenen Journalisten.

Hatte er offene Rechnungen oder hatte der Einbrecher dasselbe Beweisfoto gesucht wie Ana? Wer wusste außer Krutzler und ihr davon?

Falls die Polizei das Beweisfoto entdeckte, entlastete es sie für den Unfall. Gleichzeitig lieferte es ein absolut glaubwürdiges Motiv, dass sie Krutzler angegriffen hatte, weil er sie erpresste.

Ana sprang blitzartig die Stufen hinunter. Sie ignorierte ihren stechenden Knöchel. Sie hatte Glück und begegnete keinem Hausbewohner. Die Eingangstür drückte sie mit der Schulter auf und stolperte ins Freie. Ohne sich umzublicken, hetzte sie zu ihrem Auto. Sie sperrte sich ein und brach in Tränen aus.

Sie brauchte Hilfe. Der einzige Mensch auf dieser Erde, der ihr helfen konnte, war Heinz Müller. Wenn er eingriff, würde alles gut werden. Nach dem dritten Klingeln sprang die Sprachbox an. Er schaltete sein privates Telefon im Einsatz ab. »Heinz! Bitte melde dich!«

Erschöpft ließ sie das Handy sinken. Ihre Lage war aussichtslos, auch Heinz konnte keine Wunder wirken.

Herannahende Sirenen weckten Ana aus ihrer Schockstarre. Sie sollte umkehren und sich stellen. Wenn der Rechtsstaat funktionierte, würde sich ihre Unschuld am Ende herausstellen.

Und wenn nicht? Ana startete das Auto und fuhr unauffällig weg.

KAPITEL 28

Sie hatte die Türschnallen und das Handy angegriffen. Die Spurensicherung entdeckte früher oder später ihre Fingerabdrücke. Ob sie wohl in irgendeiner Datei für einen Abgleich gespeichert waren?

Ana konnte keinen klaren Gedanken fassen, das Entsetzen wirbelte alles durcheinander. Immer wieder sah sie Krutzler mit dem Messer im Bauch auf den nackten Fliesen.

Der Mann hatte sich möglicherweise als Reporter Feinde gemacht. Oder der Überfall hing mit Ana zusammen. Sie schauderte. Jemand wollte ihr Entlastungsfoto vernichten und es war ihm vermutlich gelungen. Sinn ergab das, wenn derjenige der Mörder von Magister Hoch war. Damit hatte er ihren Hoffnungsfaden durchschnitten, ihre Unschuld zu beweisen.

Hatte derjenige auch beim Tod von Frau Maier nachgeholfen? War dieser jemand unter ihren Kollegen? Wolfram und Luc hatten die Beamtin am Sonntagabend in der Firma getroffen. Der undurchschaubare Luc. Reiste ohne Familie und Freunde durch die Welt und hinterließ keine Spuren in den sozialen Netzwerken.

An der Ampel wurde Ana klar, dass ihre Überlegungen sie in Lucs Wohngegend geleitet hatten. Sie kannte keine genaue Adresse, doch die Schilderungen von Luc waren ihr in Erinnerung geblieben. Das Miethaus war wenige Gehminuten vom Angelibad entfernt. Es lag auf der Arbeiterstrandbadstraße auf der Seite der Alten Donau und war grün. Das war zu finden.

Sie durchfuhr die ruhigen Gassen. Ein Mann spazierte mit seinem Dackel über die Fahrbahn, sonst begegnete sie niemandem. Die Straßenlaternen standen in großen Abständen und leuchteten die Straße schummrig aus. Den letzten Kilometer tuckerte sie annähernd im Schritttempo. Sie hatte Glück, weil sie ein einziges passendes Gebäude entdeckte. Es war klein mit einem Dachgiebel und hatte blassgrüne Schindeln statt eines Verputzes. Hinter beiden straßenseitigen Fenstern im Erdgeschoss brannte Licht. Luc war zu Hause. Eine dicke Schneedecke verhüllte das Dach. Das alte Einfamilienhaus strahlte Behaglichkeit aus.

Sie parkte schräg gegenüber mit freiem Blick auf den Eingang. Und was jetzt? Was wollte sie hier? Sich überzeugen, dass Luc in Ordnung war und sie ihm vertrauen konnte. Fand sie das heraus, indem sie seine Unterkunft beobachtete? Oder ihn fragte, wieso er Geld hatte?

Unschlüssig fuhr sie bis zur nächsten Kreuzung und bog rechts ab. Diesen Weg hatten die Schneeräumgeräte ausgelassen und der Matsch wurde jeden Meter tiefer. Sie schaffte es bis zur Rückseite des Gebäudes.

Ana erinnerte sich, dass sie sich auf dem Parkplatz befand, der an die Liegewiese der Alten Donau angrenzte. Im Sommer überlaufen, jetzt einsam und dunkel. Ein Böschungsstreifen trennte das grüne Haus von der Parkfläche. Auch auf dieser Seite schützte eine Hecke das Grundstück vor neugierigen Blicken. Eine Gartentür ermöglichte den Bewohnern, direkt zum Wasser durchzugehen.

In ihrer Kindheit war Ana in der Gegend baden gegangen. Damals lagen hier vorwiegend Schrebergärten. Mittlerweile war das Grätzel von der Baubranche entdeckt worden und die Grundstückspreise waren in die Höhe geschnellt. Luc hatte eine begehrte Wohngegend ausgewählt.

Diese Erkenntnis führte nirgendwohin. Sie brauchte eine Begründung für einen Überraschungsbesuch. Unkonzentriert wendete sie das Cabrio. Plötzlich knirschte es unüberhörbar und der Wagen blieb mit einem Ruck stehen.

Das durfte doch nicht wahr sein! Hatte sie etwas gerammt? Angestrengt blinzelte sie durch die Windschutzscheibe. Die Scheinwerfer beleuchteten eine schneebedeckte Fläche.

Fluchend kletterte sie hinaus und stapfte zur Motorhaube. Erleichtert erkannte sie, dass sie nirgends angestoßen, sondern mit den Rädern über eine Schneewechte gerollt war. Schnell schlüpfte sie zurück in den warmen Innenraum. Sie legte den Retourgang ein und trat aufs Gaspedal. Das Auto ruckte und starb ab.

Nein! Hier festzustecken war ein Albtraum! Nochmals der gleiche Versuch, dasselbe Ergebnis. Es fehlte nur noch, dass Luc ihr Missgeschick aus einem Fenster beobachtete und ihr zu Hilfe kam.

Ruhig bleiben, wenig Gas geben. Angestrengt dachte sie über die richtigen Maßnahmen nach. Wegschaufeln. Hatte sie eine Schaufel im Kofferraum? Nein, die lehnte in ihrem Carport. Sie schnappte sich ihren Mantel und zog Handschuhe an. Zitternd vor Kälte machte sie sich an die Arbeit und schob mit den Händen Schnee von den Rädern.

Als sie sich wieder hinter das Lenkrad zwängte, war sie schweißgebadet. Wenn die Schneesäuberung nichts nutzte, benötigte sie den Pannendienst. Sein gelbes Blinklicht konnte Luc ins Freie locken, falls er neugierig war. Das war zu peinlich.

Diesmal drehte sie die Vorderräder gerade und ließ die Kupplung schleifen. Der Motor heulte auf, als die Reifen durchdrehten, aber ihr Cabrio bewegte sich. Ana hielt den Atem an, während sie sich zentimeterweise durch den Schnee wühlte. Als sie Minuten später auf die geräumte Straße einbog, stand ein Taxi vor dem grünen Haus. Luc öffnete die hintere Tür, wodurch sein Gesicht erkennbar war. An ihn schmiegte sich eine Frau, deren Haar bis über die Schulter fiel.

Ana duckte sich über ihr Lenkrad und keifte mit sich, während sie vorbeifuhr. Sie benahm sich wie ein Idiot. Die einzige Erkenntnis ihres Ausflugs war, dass Luc eine Freundin hatte.

Beim Anblick der Frau fiel ihr Kerstin ein. Die forsche Aktivistin hatte in der Bude von Charly von »noch zwei Tage Zeit« geredet. Das klang nach einem Plan. Ein Tag war um. Womöglich sabotierten die Aktivisten ihren Test, während Ana im Schnee gespielt hatte. Sie beschleunigte.

Bei ihrer Ankunft beim Rathaus erblickte sie ein Taxi, aus dem Luc ausstieg. Irgendwo auf der Strecke hatte es sie überholt, ohne dass sie es gemerkt hatte. Ana wartete in der Nebengasse, bis der Wagen verschwand.

Zweifel nagten an ihr. Ihr graute vor der Nachtschicht. Wenn sie sich jetzt im Kommissariat stellte, war der Nervenkitzel vorbei. Eine ehrliche Aussage und die Hoffnung, dass die Wahrheit gewann. Energisch schüttelte sie den Kopf. »Du versaust mir mein Leben nicht. Ich erwische dich.«

Sie suchte sich einen Abstellplatz und trottete zwischen den geschlossenen Weihnachtsständen in Richtung Rathaus. Vor ihr huschte eine Ratte und Ana verlangsamte schaudernd ihren Schritt. In der Busstation stand ein unbeleuchtetes Fahrzeug. Trotz Anstrengung konnte sie nicht erkennen, ob Insassen drinnen waren. Vielleicht war das ein ziviler Streifenwagen, der auf dem Rathausplatz nach dem Rechten sah.

»Da ist sie«, rief Manuela, als Ana den Testraum betrat. »Wir haben soeben über dich gesprochen. Ich habe mir Sorgen gemacht, weil du allein in der Nacht herumläufst.«

Wolfram und Luc grüßten. Luc schaute verändert aus. Er war frisch rasiert. Musterte er sie genauer als üblich?

Ana warf einen verstohlenen Blick auf ihre Kleidung und Hände. Alles war unauffällig, sie entdeckte kein Blut. »Mir geht es gut, ich musste auf andere Gedanken kommen.«

»Ich bin froh, wenn ich diesen Keller nicht mehr sehe. Räume ohne Fenster sind mir ein Gräuel«, pflichtete Wolfram ihr bei. »Da lob ich mir unseren Ausblick auf den Stephansdom in der Firma.«

»Außerdem stinkt es hier nach totem Hund.« Manuela übertrieb, aber für Ana fühlte sich der Raum gleich noch grausiger an.

»Ich habe den beiden angeboten, dass wir den Schichtwechsel machen, sobald du da bist. Natürlich nur, wenn du einverstanden bist.« Luc schaute sie fragend an.

»Klar, es ist sinnlos, zu viert herumzusitzen«, antwortete Ana. Bevorzugt hätte sie, die ganze Schicht zu viert zu verbringen, so graute ihr vor dieser Nacht.

»Okay, ich gebe meinem Mann Bescheid, dass er mich holen soll«, verkündete Manuela.

Eine Viertelstunde später kauerte Ana neben Luc am Monitor. Ihr Handy hielt sie in der Hand. Sie hatte die Nummer des Notrufs eingetippt. Ein geräuschloser Fingerdruck und sie alarmierte Hilfe.

»Hat das Labor endlich Ergebnisse geschickt?«, fragte Luc.

»Nein, noch immer nicht. Angeblich kommen sie morgen. Es ist mir ein Rätsel, was so lange dauert.« Ana wunderte sich erneut. Am Vormittag würde sie sich beschweren.

»Ich durchforste jetzt die Protokolle auf Auffälligkeiten«, kündigte Luc an. In Sekundenschnelle öffneten sich Dateien, Texte erschienen und verschwanden am Bildschirm. Er werkte blitzschnell. Ana verzichtete darauf, seine Befehle verstehen zu wollen. Das Klicken der Tastatur, über die seine Finger huschten, war das einzige Geräusch.

Ana fröstelte und verschränkte die Arme. Sie stimmte sich auf eine endlose Nacht ein.

»Das hast du ausgezeichnet gemacht.« Lucs Stimme war unbewegt.

Sprach er ironisch? »Was meinst du?«, fragte ihn Ana.

»Deine Entscheidung, die Zugriffsberechtigungen zu reduzieren, erweist sich als vorteilhaft. Im System ist alles in Ordnung.«

»Danke, dass du das sagst. Es war nicht die populärste Maßnahme des Jahres.« Ana schnitt eine Grimasse. »Ich setze mich an den Nebentisch und bereite einen Statusbericht für Pat vor.«

Luc hatte keine Ohren für sie, er war bereits in seine Dateien vertieft. Ana bemerkte, dass er auch seine Haare gewaschen und ordentlich gekämmt hatte.

Die Zeit schleppte sich dahin. Ana erstellte eine Präsentation, die sie in der Geschäftsleitungssitzung am Montag vortragen wollte. Falls sie dann noch Teil des Führungsteams war.

Alle paar Minuten kontrollierte sie das Telefon. Es war geladen und hatte Empfang. Der Notruf war griffbereit. Wenn nur ihr dumpfes Angstgefühl verschwinden würde. Immer heftiger stieg es den Hals hoch und verhinderte eine ruhige Atmung. Noch zehn Stunden Schicht, noch achtzehn Stunden Test. Eine halbe Ewigkeit.

KAPITEL 29

Ein Poltern über ihnen ließ Ana zusammenfahren. Luc legte den Zeigefinger an seine Lippen. Unhörbar schlich er zum Ausgang und öffnete vorsichtig die Tür. Sie knarrte leise.

Auf dem Gang war es finster. Minutenlang horchten sie in die Stille. Luc schüttelte den Kopf und schloss sanft die Tür.

»Was war das?«, flüsterte er.

»Vielleicht hat jemand ein geöffnetes Fenster vergessen und das ist zugefallen«, mutmaßte Ana.

»Bei dieser Kälte?« Luc rührte sich nicht von der Stelle, er überlegte. »Vermutlich ist es harmlos, aber wir schauen sicherheitshalber nach.«

»Nein! Es ist sicherer, wenn wir hierbleiben!« Ana graute davor, in dem alten Gebäude herumzuirren.

»Wenn jemand ins Rathaus einbricht, sind wir hier genauso gefährdet.«

»Wir haben doch ein zusätzliches Schloss!«

»Das hält zehn Sekunden auf. Warten, bis uns jemand überfällt, ist nicht mein Ding. Ich kläre, was das für ein Geräusch war. Du versteckst dich und falls dich jemand bedroht, ruf die Polizei und brüll los. Ich komme sofort zu dir.« Er deutete ihr, sich still zu verhalten und huschte davon.

Vorher hatte sie sich vor Luc gefürchtet, doch jetzt war es ohne ihn wesentlich unheimlicher. Ana ärgerte sich, dass er darauf bestanden hatte, sie allein zu lassen. Sie sah auf die Uhr. Nach eins. Noch fünfzehn Stunden bis zum Testende. Sollte sie sich eine Waffe suchen? Angestrengt lauschte sie. Nichts störte das leise Surren der Computer rings um sie. Nach gefühlten Stunden kontrollierte sie die Uhrzeit. Es waren sieben Minuten vergangen. Wo blieb Luc? Was, wenn er nicht zurückkam?

Zaudernd zog sie an der Schnalle. Dass diese verdammte Tür immer quietschte! Sie spähte in den Gang. Der Lichtschein aus dem Testraum endete bei den Stiegen, dahinter breitete sich Schwärze aus. Mit voller Kraft horchte sie. Klapperte es entfernt oder spielten ihre Nerven verrückt?

Über ihrem Kopf knarrte es. Ana ließ vor Schreck die Türklinke aus und das Schloss schnappte mit hörbarem Klicken zu. Ihr brach der Schweiß aus. Es war jemand im Haus. In den Ohren pochte ihr Herzschlag. Nach einer Ewigkeit wagte sie es, die Tür erneut aufzuziehen. Sie ächzte und Ana lief eine Gänsehaut den Rücken hinunter.

Vielleicht war Luc bei seinem Rundgang irgendwo angestoßen und hatte das Poltern verursacht. Wo marschierte er so lange herum? Irgendetwas war faul. Sollte sie die Computer unbewacht lassen und nachschauen? Womöglich brauchte er ihre Unterstützung.

Lautlos tappte Ana zum Schreibtisch zurück und ergriff ihr Handy. Sie schaltete den Ton ab und die Taschenlampe an. Aus ihrer Handtasche nahm sie den Pfefferspray, den sie meistens bei sich trug. Die Dose vermittelte ein bisschen Sicherheit. Würde sie jetzt ihrem Widersacher begegnen?

Sachte schlich sie ins Stiegenhaus. Das Schloss klickte. Behutsam stieg sie die Stufen nach oben. Sie streckte das Telefon nahe zum Boden, um den Lichtkegel zu verkleinern.

Im ersten Stock hielt sie inne und horchte. Gedämpfte Laute schienen von weit hinten im Flur zu kommen. Sie bildete sich ein, Stimmen zu hören. Konzentriert stellte sie sich das Gebäude bei Tag vor. Auf beiden Seiten waren Amtszimmer, am Ende lag der Repräsentationsraum des Stadtoberhaupts. Stammten die Geräusche von dort? Wo zum Teufel steckte Luc?

Langsam tapste sie in den schummrigen Gang. Auf einmal durchfuhr sie ein entsetzlicher Gedanke. Was, wenn Luc nicht auf der Suche nach dem Eindringling war, sondern ihm half?

Ana beschloss, die Polizei zu holen. Das hätte sie sofort unternehmen sollen, statt herumzuirren.

In diesem Augenblick brüllte eine Männerstimme auf und es krachte und klirrte. Jemand schimpfte, dann zischte es. Bevor sie die Flucht ergreifen konnte, tauchte ein schwacher Lichtschein auf und Ana sah Schatten auf sich zufliegen.

»Scheiße, da ist noch jemand, wir sind eingekreist!«, schrillte eine Frauenstimme. Die Gestalten rasten auf sie zu. Ana drückte sich gegen die Wand und schützte ihr Gesicht mit den Armen. Weit entfernt im Gebäude stöhnte jemand laut auf.

Sie wurde an der Hüfte gestreift und hörte Schuhe trampeln. Einen Spalt öffnete sie die Augen und erkannte, dass Menschen davonjagten. Sekunden später sprangen sie die Treppen hinunter. Immer gedämpfter hallten die Schritte, bis Ana nichts mehr vernahm.

Wo war Luc? Sie schlich auf die Saaltür zu, ihr Tritt wurde zögerlicher, bis sie stoppte. Sie würde endlich Hilfe herbeirufen.

»Warte!«, rief jemand neben ihr. Ana schoss vor Schreck in die Höhe, das Telefon und der Pfefferspray polterten auf den Boden.

»Keinen Alarm auslösen, es ist nichts passiert.« Ana erkannte Lucs Stimme.

»Ach du meine Güte, hast du mich erschreckt.« Sie schämte sich, dass sie wie ein kleines Mädchen klang.

»Tut mir leid. Lass uns überlegen, bevor wir einen Großeinsatz verursachen. Auf die negativen Schlagzeilen verzichten wir besser. Die zerstören uns morgen die positiven Marketingmeldungen. Meinst du nicht auch?«

Ana dachte nach. Diesmal nahmen die Polizisten sie bestimmt aufs Kommissariat mit. Wenn sie ihre Fingerabdrücke verglichen, kam das mit Klaus Krutzler ans Tageslicht. »Aber …«

»Das waren diese Anti-KI-Aktivisten. Sie haben nichts Schlimmes angerichtet. Sie haben ein Transparent über die Fassade spannen wollen, was ihnen nur teilweise geglückt ist. Dabei ist ein Glas zerbrochen. Wenn wir uns gegen Polizei entscheiden, hol ich das Transparent herein und räume so zusammen, dass niemand das Eindringen bemerkt.« Luc sah sie an, er wartete auf ihre Entscheidung.

»Was machst du mit der kaputten Fensterscheibe?«

»Ich entriegle das Fenster. Vielleicht hat der Wind den Schaden verursacht.«

Half ihr Luc oder verstrickte er sie tiefer in eine ausweglose Situation?

»Ich informiere den Bürgermeister!«

»Jetzt? Weißt du, wie spät es ist?«

Ana zögerte. »Okay, einverstanden. Du bringst das Zimmer in Ordnung. Ich schreibe ihm einstweilen, dann kann er in der Früh entscheiden, was er unternimmt.« Sie griff zum Lichtschalter.

»Nicht!«, fuhr Luc sie an.

»Wieso denn?«

»Wenn im Rathaus in der Nacht die Lichter angehen, taucht in zehn Minuten ein Einsatzkommando auf.«

»Stimmt, ich schaffe es im Finstern hinunter«, würgte Ana heraus.

Vorsichtig schlich sie mit dem Handy als Lichtquelle die Stiege hinab. Als sie den Testraum betrat, entfuhr ihr ein gellender Schrei.

Vor ihr lag ein Mann in schwarzen Jeans und einem blauen Sakko auf dem Bauch und seine Stirn berührte den Fußboden. Auf den zweiten Blick erkannte sie ihn. Das war Tim, ihr Assistent. Er bewegte sich nicht. War er ebenfalls ermordet worden?

»Hilfe! Luc! Schnell!« Ihre Stimme überschlug sich. Sie hockte sich nieder und überwand sich, Tim an den Hals zu fassen. Die Haut fühlte sich warm an. Hatte er Puls? Sie war sich nicht sicher.

Da krachte es und Luc stürmte herein. »Merde! Wer ist das?«

»Tim!«

»Was ist mit ihm?«

»Keine Ahnung, er ist da gelegen.« Ihr wurde bewusst, dass sie womöglich nicht allein waren.

Luc kniete sich zu dem regungslosen Tim. »Er lebt. Drehen wir ihn um, damit er Sauerstoff bekommt.«

Wie zur Bestätigung zuckte Tim und stieß ein Ächzen aus.

»Tim! Tim, wach auf! Was hast du?« Gemeinsam rollten sie ihn auf den Rücken. Auf seiner Stirn prangte ein roter Striemen, der anschwoll. Abgesehen davon war keine Verletzung erkennbar.

»Er scheint auf den Kopf gefallen zu sein. Vielleicht hat er eine Gehirnerschütterung«, mutmaßte Luc.

Da schlug Tim die Augen auf und stöhnte.

»Aufwachen! Ich bin es, Ana!«

»Ich bin munter.« Er klang schwach.

»Gott sei Dank, du lebst. Hast du Schmerzen?«

Sogleich kam Bewegung in Tim. Mit Ächzen fasste er auf den Boden und drückte sich in die Höhe. Kaum saß er vor ihnen, drehte er die Mundwinkel nach oben. »Meine Mutter sagt immer: ›Unkraut vergeht nicht.‹ Sie scheint recht zu behalten.«

»Was treibst du mitten in der Nacht im Rathaus? Was ist geschehen? Hast du jemanden erkannt?«

»Welche deiner Fragen soll er als Erstes beantworten? Lass ihn zu sich kommen.« Luc schüttelte missbilligend die Locken.

»Ja«, zischte Ana ungeduldig. »Schau du nach, ob sich jemand in den hinteren Räumen versteckt.«

Luc zog die Augenbrauen in die Höhe und rannte sofort los. Von einem Tisch schnappte er eine leere Colaflasche.

Ana wandte sich an Tim. »Brauchst du einen Arzt?«

»Nein, echt nicht. Mir brummt bloß der Schädel.« Er klopfte am Sakkoärmel herum. Wenn ihm die Kleidung wichtig war, fühlte er sich tatsächlich besser.

»Ich helfe dir auf einen Stuhl und hole dir Wasser.«

»Hast du nichts Stärkeres?« Tim grinste sie frech an.

Erleichtert lächelte sie. »Blödmann. Doch nicht in der Arbeit.«

Luc kehrte zurück. »Alles in Ordnung, da ist niemand. Tim, erzähl uns, was du hier verloren hast.«

Als sie versorgt saßen, fing Tim zögerlich an. »Ich habe dir versprochen, dass ich es wiedergutmache. Nie im Leben wollte ich dich in so ein Schlamassel bringen.«

»Um was geht es?« Luc runzelte die Stirn.

»Das ist egal, ich habe was Blödes angestellt, was aber nichts mit heute Abend zu tun hat.«

Lucs Miene verzog sich grantig. »Stör ich? Wollt ihr allein sprechen?«

»Nein. Er hat sich von Benji ausnutzen lassen.« Ana zögerte und sagte leise: »Ich muss dir etwas gestehen, aber zuerst soll Tim berichten.«

KAPITEL 30

Tim erholte sich zusehends. Seine normale Gesichtsfarbe kehrte zurück und seine Bewegungen waren lebhaft. Bis auf den roten Striemen auf der Stirn war ihm nichts anzumerken.

»Ich habe untertags die Räumlichkeiten erkundet und im ersten Geschoss ein Zimmer entdeckt, das leer und unversperrt ist.« Er schilderte mit überschwänglichen Handbewegungen. »Statt heimzugehen, habe ich dort gewartet und gelauscht.«

»Wofür das alles?« Luc schüttelte verständnislos den Kopf.

»Ich bin nicht blöd, ich habe mitgekriegt, dass sich seit Tagen seltsame Dinge ereignen. Dauernd tuschelt jemand und Ana befürchtet, dass die KI-Gegner angreifen.«

»Erklär uns, was passiert ist«, drängte Ana ungeduldig.

»Mir war stinklangweilig, ohne Licht und ohne Sitzgelegenheit. Wenn mich die Müdigkeit gepackt hat, habe ich Dehnungsübungen gemacht. Plötzlich habe ich Lärm gehört. Gerade als ich losschleichen wollte, ist Luc vorbeigehuscht. Ich habe beschlossen, versteckt zu bleiben und dich zu beschützen.«

»Na großartig. Ana, du hast einen Ritter.« Luc verfiel in seine zynischen Sprüche.

»Lass ihn in Ruhe. Tim, was war dann?«

»Irgendwann hat eine Tür geknirscht und du bist die Stiegen hinauf.« Tim fasste sich an die Stirn und ächzte leise. »Als ich dir folgen wollte, hat unsere Tür nochmals gequietscht.«

Tim genoss seine Rolle. Bedeutungsvoll streckte er einen Finger in die Höhe. »Ich wusste, dass nur Luc und du anwesend sind. Folglich brach jemand bei uns ein, genau wie du vorhergesagt hast.«

»Und?«, fragte Ana.

»Ich bin hinunter und hineingesprungen.«

»Einfach so?« Ana blies entsetzt die Luft aus. »Du hättest nach Unterstützung rufen können.«

»Ich bin mutig, stimmt's?« Nach kurzem Zögern fügte er hinzu: »Ich habe nicht nachgedacht.«

Als Luc und Ana ihn wortlos anblickten, sprach er weiter. »Ich habe niemanden bemerkt. Aus dem Nichts habe ich einen Rempler bekommen und bin nach vorne gefallen. Ich habe laut aufgebrüllt, damit ihr mich hört. Ab da war alles schwarz. Als Nächstes hast du auf mich eingeredet.« Tim blinzelte Ana hoffnungsvoll an und streifte eine Haarsträhne zurück. Er erwartete Lob.

»Der hätte dich erledigen können. Ein Wunder, dass er dir nichts angetan hat.«

»Du hast nicht gesehen, wer dich gestoßen hat, edler Ritter?«, spottete Luc.

Tim ignorierte sein Lästern. »Leider nein.« Er zog bedauernd die Schultern hoch. »Habt ihr wen erkannt?«

»Es war eine Frau dabei, ich habe sie fluchen gehört. Wo hast du die ganze Zeit gesteckt?«, fragte Ana.

»Es waren zwei Männer und eine Frau. Ich war im Sekretariat und habe ihre Gespräche belauscht. Blöderweise haben sie mich bemerkt, als ich hineingeschlichen bin.«

»Wir haben wieder nichts in der Hand.« Ana schnaubte frustriert.

»Doch. Sie haben sich mit Namen angesprochen. Kerstin, Horst, Tom.«

»Großartig! Jetzt haben wir sie!« Tim jubelte vor Begeisterung.

»Na ja, das sind bloß drei Vornamen«, winkte Luc bescheiden ab.

»Die reichen. Ich kenne Kerstin und wahrscheinlich auch die Männer«, sagte Ana.

In Lucs Gesicht wechselten Überraschung und Misstrauen einander ab.

»Du kennst diese Typen und verschweigst es? Was hast du mit ihnen zu tun? Sind es Freunde von dir?« Er betonte jedes Wort. »Ich fasse es nicht.« Abwehrend hob er die Hände. »Ich denke, ich alarmiere doch die Polizei.«

»Nein!«, schrien Ana und Tim gleichzeitig.

»Halt dich heraus«, zischte Ana ihren Assistenten an. Sie beschwor Luc. »Ich bin keine Verräterin. Ich habe mich unter die Demonstranten gemischt, um ihre Pläne auszukundschaften.«

»Benji hat sie erwischt und an Pat gemeldet.« Ihr Assistent war ein Plappermaul.

»Deshalb hast du ihn rausgeworfen! Im Team laufen Wetten, was er ausgefressen hat.« Luc grinste. »Wieso interessierst du dich für die Demonstranten? Das ergibt alles wenig Sinn.«

Sie atmete tief ein. »Weil ich den Mörder von Magister Hoch finden muss, bevor sie mich verhaften.«

»Verhaften? Was hast du verbrochen?«

Ana schüttelte zerknirscht den Kopf.

»Wie geht diese Geschichte weiter?«, bohrte Luc.

»Ich nenne dem Bürgermeister die Namen der Aktivisten, soll er entscheiden, ob er rechtliche Schritte einleitet.«

»Ich meine deine Mördersuche! Ist es einer von deinen Bekannten?« Seine dunklen Augen funkelten.

Ana schnappte nach Luft. Sie räusperte sich. Sie öffnete die Lippen und schloss sie wieder. Die Männer starrten sie an. Sie gab sich einen Ruck.

»Ich befürchte, es ist einer vom Projektteam.« Die Ungeheuerlichkeit der Anschuldigung dröhnte in ihren Ohren. Ana schlug sich auf den Mund.

»Einer von uns? Du verdächtigst einen Angestellten der Firma? Seid ihr alle irre?« Lucs Stimme brach.

Ana zuckte zusammen. Sie flüsterte: »Ich habe keinen Beweis, ich hätte das nicht sagen dürfen.«

Luc drückte seine Hände aufs Kinn und musterte sie wortlos. Gleich würde er sie anbrüllen. »Vermutlich hast du recht«, brummte er.

»Echt?« Sie war verblüfft, sie hatte mit heftiger Abwehr gerechnet.

»Ich frage mich schon die ganze Zeit, wieso die Aktivisten beim Weglaufen in den Testraum eindringen und Tim niederschlagen. Sie rennen in Panik, sie befürchten, dass wir sie verfolgen oder die Polizei gerufen haben. In dieser Situation nimmt jeder den kürzesten

Fluchtweg und macht keinen Umweg.« Lucs Meinung stand fest.

»Ich habe jemanden aufstöhnen gehört, bevor die KI-Gegner unten angelangt sind. Wenn das Tim war, muss noch jemand im Haus gewesen sein.«

»Wie sind die Demonstranten überhaupt ins Rathaus gelangt? Die Eingänge werden abends verriegelt, man braucht einen Schlüssel und für unsere Räume eine codierte Karte.«

»Haben wir die Tür versehentlich unverschlossen gelassen?«, sinnierte Ana.

»Nein, ich habe sie kontrolliert, als Manuela und Wolfram sich verabschiedet haben.«

»Vielleicht haben sich die Aktivisten auch verkrochen und die Nacht abgewartet«, warf Tim ein.

»Möglich«, sagte Luc abwesend. »Oder jemand hat sie hereingelassen.«

»Jemand schleust Randalierer ein, um uns abzulenken, während er die KI zerstört.«

»Ich war das nicht!«, rief Tim dazwischen.

Ana ignorierte ihn. »Wie hätte er das angestellt, wenn ihn Tim nicht überrascht hätte? Die Computer zerschmettert?«

Luc überlegte, zwei Finger an die Stirn gepresst. »Bringt nichts. Wie ich dir unlängst erklärt habe, umgeht er vor Ort die äußere Schutzschicht. Er brauchte die Zugangsberechtigung.«

»Wir haben sie beide auf unseren Laptops. Er wollte an unsere Geräte.«

»Wen verdächtigst du?« Luc beobachtete sie intensiv. Ana schüttelte den Kopf.

»Sag, wer es ist!« Er knallte die Fäuste auf die Schenkel. »Entweder du misstraust mir oder du vertuschst etwas. Soll ich die Polizei informieren?« Luc zog sein Telefon aus der Tasche.

Anas Puls beschleunigte sich. »Bitte keine Polizei.«

»Warum?«

Sie blieb die Antwort schuldig. In ihren Augen sprach zu viel gegen sie. Die Polizei würde jede Information gegen sie verwenden. Statt einen Mörder zu suchen, würden sie Ana in eine Zelle mit Verbrechern stecken.

Luc drehte das Handy mehrmals und schob es unverhofft in die Hosentasche. Ana konnte sich keinen Reim darauf machen, was in ihm vorging.

»Der Angreifer braucht einen neuen Plan«, überlegte Tim. »Nochmals versucht er nicht den gleichen Trick.«

»Um die KI zu zerstören, bleiben nur wenige Stunden. Sobald GEKI in die Produktionsumgebung übersiedelt, ist es nahezu unmöglich. Dort ist es sicher wie Fort Knox. Was hast du vor?« Luc forderte Antworten.

Wieder war Tim schneller als sie. »Wir holen ihn uns, den lassen wir nicht entkommen. Stellen wir ihm eine Falle!« Ihr Assistent steigerte sich hinein.

Luc tippte an die Stirn. »Das ist kein Spiel, Tim. Da ist jemand zum Äußersten bereit. Du hast nicht immer so immenses Glück wie vorhin.«

»Ich bin kein Kind!«, knurrte Tim ihn an. »Verschon mich mit deinen Weisheiten und schlag was Gescheites vor.«

Ana fiel das Messer ein, das im Bauch von Klaus Krutzler gesteckt war. Sie berührte Tim am Arm. »Luc hat recht. Versprich mir, keine weiteren Heldentaten zu unternehmen.«

»Wenn ihr zwei mich nicht auf der Stelle als vollwertig akzeptiert, kriege ich einen Schreikrampf.« Tim sah so empört aus, dass Ana um ein Haar gelacht hätte.

Luc zuckte die Schultern. »Ich bin KI-Spezialist, kein Kindergärtner. Ich lasse euch allein und räume oben das Zimmer zusammen.«

»Du bist ein Feigling!« Tim brüllte ihn an.

Luc wandte sein Gesicht ab, als er an ihnen vorbeimarschierte.

Ana hockte unschlüssig da. Sie fühlte sich müde und leer. Sie warf einen Blick auf ihr Handy. Es war knapp nach drei Uhr und sie hatte zwei Sprachnachrichten von Heinz Müller. »Ich bin so kaputt, dass ich keinen klaren Gedanken fassen kann.«

»Fahr nach Hause und erhol dich. Ich mache deine Schicht mit Luc fertig. Ich bin sowieso zu wütend, um zu schlafen.«

»Schaffst du das wirklich bis in die Früh?« Ana blickte ihren Assistenten forschend an.

»Mein Kopf ist ziemlich okay, das halte ich durch. In weniger als fünf Stunden lösen uns David und Karsten ab. Dann unternehmen wir gemeinsam etwas, um den Angreifer zu fangen! David ist nicht so lahmarschig wie Luc.«

Dieser gesellte sich soeben zu ihnen. »Bis auf die zerbrochene Scheibe ist oben alles unauffällig. Bis Montag wird niemand etwas merken.« Tims Bemerkung ignorierte er.

»Danke. Tim ist so lieb und verbringt an meiner Stelle die restliche Schicht bei dir. Ich brauche Schlaf. Ihr schlagt euch bitte nicht gegenseitig die Köpfe ein.«

»Wie wäre es mit dem Notbett? Dafür steht es bereit. Schon gut, das war ein Scherz.« Luc begleitete sie zum Ausgang. »Ich vergewissere mich, dass abgesperrt ist. Soll ich dich zu deinem Auto bringen?«

»Nicht nötig, es parkt gleich da drüben. Bitte sei vorsichtig und behalte Tim im Auge, damit er keinen Blödsinn ausheckt.«

»Glaubst du ihm seine Story? Oder muss ich mich vor ihm in Acht nehmen?«

Ana verdrehte die Augen. »Ich kann mir beim besten Willen nicht vorstellen, dass er schauspielert.«

»Geh schlafen, ich passe auf unsere Babys auf.«

Ana lächelte, als sie in die kalte Nacht hinaustrat. Letztes Mal war die KI noch sein Baby gewesen, heute hatten sie bereits zwei gemeinsame.

Ein Blick auf die gegenüberliegende Fahrbahn bestätigte ihren Verdacht. Der Wagen, den sie am Abend in der Bushaltestelle beobachtet hatte, war weg. Jemand hatte dort gewartet und zum richtigen Zeitpunkt zugeschlagen.

»Pech gehabt. Du hast das gleiche Problem wie ich«, flüsterte Ana. »Dir geht die Zeit aus.« Sie glaubte, seine Anwesenheit zu spüren. »Ich kriege dich.«

KAPITEL 31

Ana schauderte in der Finsternis. Die letzten Meter rannte sie zum Auto und verriegelte blitzartig hinter sich. Um sich abzulenken, hörte sie die Sprachnachrichten von Heinz ab. Er klang besorgt und ersuchte um ihren Anruf, egal zu welcher Uhrzeit.

Der Gedanke, ihn herbeizurufen, war verlockend. Solange er bei ihr war, stieß ihr nichts zu. Er hielt die bösen Buben in Schach und vielleicht schnappte er sogar den Täter. Doch sie war so schrecklich erschöpft. Noch einmal die ganze Geschichte durchzukauen, schaffte sie erst nach ein paar Stunden Erholung.

Als sie in ihre Einfahrt bog, stöhnte sie über die Schneedecke. Bitte keinen Niederschlag bis am Morgen, sonst steckte sie fest. Ana beeilte sich in die Wärme und kroch erledigt ins Bett.

Einmal wachte sie auf und fror. Hoffentlich war die Heizung nicht ausgefallen. Viel zu müde, um nachzusehen, kuschelte sie sich unter die Tuchent und schlief auf der Stelle ein.

Ein Poltern schreckte Ana auf. Sie hörte schwere Schuhe auf der Holzstiege. Jemand trampelte hastig herauf. Entsetzt rollte sie sich auf der Matratze ein und hielt den Atem an. Gleich würde es passieren. Er war schneller gewesen und brachte es zu Ende.

Ein greller Lichtschein blendete sie. Dann schockte sie ein gellendes Schreien, bis sie begriff, dass sie selbst aus Leibeskräften kreischte.

»Ana, ich bin es! Bleib, wo du bist!«

Der Lichtstrahl verschwand und die Tritte stürmten Richtung Badezimmer. Unfähig, sich zu bewegen, kauerte Ana in der Dunkelheit und fürchtete, dass der Einbrecher zurückkam. Langsam drangen die Worte in ihr Bewusstsein. Er hatte ihren Namen genannt. Bevor sie den Sinn erfasste, baute er sich erneut vor ihr auf.

»Ich kontrolliere noch den Keller, aber er ist anscheinend weg.«

Diesmal erkannte Ana die Stimme. »Du bist das, Heinz«, krächzte sie erleichtert. Sie war unendlich glücklich, den Kommissar zu sehen. Heinz drehte um und verschwand. Sie hörte die Kellertür und danach Geräusche aus dem Untergeschoß.

»Alles in Ordnung, Ana, du kannst herunterkommen.«

Benommen stieg Ana aus dem Bett. Im Schlafzimmer war es eiskalt. Schaudernd zog sie sich den Schlafmantel über und schlupfte in ihre Pantoffeln. Licht flammte im Treppenhaus auf. Wie in einem Traum bewegte sie sich behutsam hinunter. Im Vorraum lehnte Heinz Müller und steckte seine Waffe weg.

Ana entschlüpfte ein Wimmern und sie kauerte sich auf die unterste Stufe. »Heinz, wieso … ?«

Mit zwei Schritten war er bei ihr und half ihr in die Höhe. Die Beine knickten ein und sie fühlte, wie er sie sanft zurücksetzte. Mit einem Ächzen nahm er neben ihr Platz.

»Als ich aufgewacht bin und du dich noch immer nicht gemeldet hast, bin ich vor Sorge umgekommen. Ans Handy gehst du auch nicht. Deswegen bin ich hergefahren. Ich war erleichtert, als ich dein Auto entdeckt habe, aber dann stand die Haustüre sperrangelweit offen.«

Endlich lichteten sich die Nebel. Heinz war aufgekreuzt, weil sie vor Übermüdung das Telefonat verschoben hatte. Das Haus stand offen? »Deshalb ist es hier so bitterkalt.«

Ana erinnerte sich an ihr Heimkommen. »Ich habe die Alarmanlage nicht eingeschaltet. Doch das Schloss habe ich zugesperrt.«

»Es ist aufgebrochen. Du benötigst ein neues. Diesmal ein stabileres.«

»Ich dachte, das ist ein Sicherheitsschloss! Mir war nicht bewusst, dass es so leicht zu knacken ist.« Sie legte ihre Arme wärmend um ihren Oberkörper.

»Frierst du? Soll ich dir einen Tee zubereiten? Du musst mir erzählen, was hier vor sich geht.«

»Ich glaube, ich brauche etwas Stärkeres. In der Bar steht Whisky. Wärst du so nett?«

»Es ist sechs Uhr morgens, Ana! Du bekommst Tee oder Kaffee.«

Langsam krabbelte sie auf und begutachtete den Vorraum. »Wurde etwas gestohlen?«

»Neben dem Schreibtisch liegt Papier am Boden. Darüber hinaus ist mir nichts aufgefallen. Weißt du was: Ich mache Tee und du kontrollierst, ob etwas fehlt.«

Ihre Handtasche mit Autoschlüssel lag auf der Kommode im Vorzimmer, sogar die Geldbörse war unversehrt. Unsicher betrat Ana die Küche, danach das Wohnzimmer und zuletzt ihr Büro. Schlagartig durchzuckte sie ein Gedanke. Wo war ihr Laptop? Hektisch drehte sie sich im Kreis. Sie erinnerte sich, wie schlapp sie bei ihrer Rückkehr gewesen war. Mit fahrigen Fingern schnappte sie den Autoschlüssel.

»Halt! Wo willst du hin? Du hast deinen Schlafmantel an!«

Heinz stand mit dem Wasserkocher fassungslos vor ihr.

»Ich habe meinen Computer im Auto vergessen. Hoffentlich!« Ana kreischte vor Panik.

»Langsam, ich mache das. Gib mir den Schlüssel, ich habe Schuhe an.«

Ihre Nerven vibrierten und Ana krallte sich an der Kommode fest, bis die Tür aufging und Heinz ihr vergnügt die Laptoptasche entgegenhielt.

»Du meine Güte, habe ich ein Schwein.« Sie war überglücklich vor Erleichterung.

Heinz schüttelte den Kopf. »Schön, dass du dich freust. Und jetzt will ich alles haargenau wissen.« Er fasste sie an der Hand und führte sie zur Couch. »Du kannst die Tasche abstellen, sie läuft nicht weg.«

Ein Lächeln huschte Ana über das Gesicht. Sie war am Weg der Besserung, Heinz war bei ihr. Er griff in die Bar und schenkte zwei Gläser ein. »Es gibt immer eine Ausnahme. Die drei Tropfen vertragen wir, das hilft den Nerven.« Er reichte ihr ein Glas, bei dem der Boden kaum mit Flüssigkeit bedeckt war. Sie roch den herben Duft von Malt Whiskey. Rauchig rann er durch die Kehle. »Ah, tut das gut!«

Heinz deutete ein Zuprosten an und nickte zustimmend. »Feine Sache, sogar am Morgen. Erzähl endlich.«

Ana sah ihm in die Augen. Sie spürte sein Mitgefühl und unterdrückte mühsam ihre Tränen. Auf keinen Fall schlüpfte sie in die Rolle eines Opfers. Sie hatte ihrem Gegner geschworen, ihn zu besiegen.

»Musst du aktiv werden, wenn ich dir eine Straftat beschreibe?«

»Du hast also tatsächlich etwas angestellt.« Wie ernst er sie betrachtete. »Vermutlich muss ich das. Erst recht ersuche ich dich, mir reinen Wein einzuschenken. Vertrau mir, ich helfe dir, so gut wie möglich aus der Sache herauszukommen.«

»Ich habe kein Verbrechen begangen!« Es war ihr wichtig, dass Heinz ihr Glauben schenkte. »Das denken aber alle und aus diesem Grund bin ich weggelaufen.«

»Wovor bist du weggelaufen?«

»Kannst du deine Amtshandlungen bis siebzehn Uhr verzögern? Dann ist zumindest mein Projekt fertig und die Pressekonferenz vorbei.«

»Vergiss deinen Job und fang von vorne an.«

Ana beschloss, ihm von Frau Doktor Maier und Herrn Magister Hoch und den Cyberattacken zu erzählen. Abhängig von seiner Reaktion konnte sie dann noch stoppen.

Angestrengt bemühte sie sich, chronologisch zu schildern. Doch ständig fiel ihr etwas ein und der Kommissar unterbrach sie mehrmals, weil er den roten Faden verlor. Abschließend gestand sie ihre Teilnahme an der Demonstration und den Abend mit den Aktivisten. Sogar die Spraydose erwähnte sie. Nun sah sie ihn gespannt an. Wie reagierte Heinz?

»Ist das alles?« Der erfahrene Kommissar merkte, dass das Übelste erst bevorstand.

Ana schüttelte den Kopf und murmelte: »Ich habe den toten Journalisten gefunden.«

»Ich verstehe nicht, welchen Journalisten? Wo?« Zum ersten Mal klang Heinz aufgeregt.

»Ich brauche eine Pause. Dann erzähl ich dir den Rest.«

»Okay.« Heinz presste die Lippen zusammen. »Warum bist du nicht früher zu mir gekommen? Ich dachte, wir sind Freunde.«

Seine Aussage traf Ana. Sofort fühlte sie sich schuldig. »Das war kein Misstrauen. Ehrlich nicht. Ich hätte so gern mit dir geredet, aber du bist Polizist. Ich wollte dich nicht in ein unmögliches Dilemma bringen.«

Bedächtig nickte er, während er ihr intensiv in die Augen sah. »Stimmt schon. Aber das nächste Mal überlässt du die Entscheidung mir, wie ich damit umgehe.«

Ana fasste sich ein Herz. »Ich vertraue dir alles an. Wenn du als Polizist handeln musst, ist das okay für mich. Ich verlasse mich darauf, dass du die Wahrheit ans Licht bringst.«

»Bisher sehe ich keinen Grund, dass du dich vor dem Gesetz fürchten müsstest. Ein Zeuge beschuldigt dich. Das ist nicht dramatisch. Wir hören so viele unsinnige Zeugenaussagen, wir nehmen nicht jedes Geschwafel für bare Münze.«

»Aber der Journalist wusste, dass sie mich demnächst verhaften. Er hat das von seiner Quelle bei der Polizei erfahren.«

»Wie heißt dieser Journalist?«

Ana stockte. Wenn sie ihm Krutzler nannte, gab es kein Zurück.

»Schenk mir fünf Minuten Erholung. Ich kontrolliere fertig, ob der Einbrecher etwas gestohlen hat.«

Bevor Heinz sie zurückhalten konnte, huschte sie in die Küche und zog Laden auf und zu. Wie erwartet war alles unberührt. Gespannt lief sie ins Büro und sammelte die Blätter vom Boden auf. Es handelte sich um Geschäftskuverts, die in ein Kastenfach gehörten.

Automatisch griff sie zur Kastentür und hielt schlagartig inne. Kuverts sprangen nicht von allein aus einem geschlossenen Möbelstück. Da hatte sich jemand daran zu schaffen gemacht. Kurz zuckte die Idee durch ihren Kopf, den Kommissar hereinzurufen. Doch sie riss mit einem Ruck den Schrank auf. Entsetzt schlug sie sich auf den Mund und unterdrückte den Aufschrei.

KAPITEL 32

Ana vergaß ihre Umgebung und starrte in den Kasten. Es ergab keinen Sinn. Vor ihr lag der Aktenkoffer von Magister Hoch. Sie hatte ihn nie in der Hand gehabt, wie war der hierhergelangt?

War es möglich? Ihr Brustkorb zog sich zusammen und schnürte ihr die Luft ab. Der Mörder war bei ihr eingebrochen, um den Koffer zu deponieren. Wenn die Polizei ihn bei ihr fand, diente er als Beweis, dass sie Hoch auf die Straße gestoßen hatte. Da konnte ihr nicht einmal Heinz helfen. Der Aktenkoffer verschwamm vor ihren Augen. Sie ballte ihre Finger zu Fäusten und trieb sich die Fingernägel ins Fleisch. Ihr Trick, um sich zu konzentrieren, wirkte auch jetzt.

Sie musste den Koffer loswerden, ohne dass Heinz es merkte. Ana suchte nach einem Ausweg. Wie konnte sie ihn ablenken?

Ana hörte ein Geräusch hinter sich und sprang herum. Da war nichts. »Ich komme sofort zu dir, Heinz.«

»Ist alles in Ordnung bei dir? Du kontrollierst schon lange.«

»Alles bestens.« Ana atmete durch und ging mit festem Schritt ins Wohnzimmer. Sie blieb knapp vor Heinz stehen. »Ich möchte dich bitten, dass du jetzt gehst.«

»Ana!«

»Bitte respektiere meinen Wunsch. Vertrau mir, es ist für uns beide besser so.«

»Ich denke, dass du dich in etwas verrennst. Lass mich helfen!«

»Heinz, bitte!«

Er nickte zögerlich. Er ließ sie keine Sekunde aus den Augen. »Ich komme deiner Aufforderung nach, auch wenn ich es für falsch halte.«

Wie enttäuscht er dreinsah. Ana fühlte sich elend vor schlechtem Gewissen. Nach ihrem Streit mit Marion war das die zweite Freundschaft, die sie zerstörte. Heinz schritt bis zur Eingangstür, dort drehte er sich um.

»Was auch immer es ist, Ana, ich unterstütze dich. Sobald du mir vertraust, ruf mich an. Ich bin nicht nachtragend.«

»Danke«, flüsterte sie. Vermutlich hörte er es nicht mehr.

Kaum schlug die Tür hinter dem Kommissar zu, rannte Ana in den Keller und holte ihren Trolley. Ihr fielen die Fingerabdrücke ein und sie schnappte sich Taschentücher. Sie legte den Aktenkoffer von Magister Hoch in den Trolley und breitete Kleidungsstücke darüber.

»Manuela, darf ich heute bei euch übernachten?«

»Äh, guten Morgen, Ana. Weißt du, wie spät es ist?« Ihre Kollegin gähnte ins Telefon.

»Tut mir leid! Entschuldige, dass ich dich geweckt habe. Bei mir ist eingebrochen worden und das Schloss ist defekt. So schnell erhalte ich keinen Ersatz am Wochenende.«

»Jetzt bin ich putzmunter. Haben sie etwas gestohlen?«, fragte Manuela besorgt.

»Nein. Zumindest nichts, was mir auf den ersten Blick fehlt.«

»Natürlich schläfst du bei uns im Gästezimmer. Ruf an, bevor du kommst, damit wer daheim ist.«

»Darf ich meine Kleidung sofort vorbeibringen? Vielleicht benutze ich am Abend ein Taxi statt meinem Auto.«

»Ah so! Dein Plan ist, nach der Pressekonferenz ausgiebig zu feiern. Das kannst du doch gleich sagen. Klar, bring deine Klamotten.«

»Danke, du bist ein Schatz! Bis bald.«

Ein Blick aus dem Fenster zeigte Ana, dass die Gasse noch verlassen dalag. Die Zeit drängte, jede Minute zählte.

Hastig erledigte sie ihre Morgentoilette. Das Geschirr blieb stehen und die Bettlaken blieben zerwühlt. Ununterbrochen horchte sie, ob sich ein Fahrzeug näherte. Sie sicherte das Haus mit der Alarmanlage und klappte die beschädigte Tür zu.

Mit dem Trolley im Kofferraum ruckelte sie mit vibrierenden Nerven aus dem Carport. Bitte jetzt nicht stecken bleiben. Noch ein paar Hundert Meter, dann war sie verschwunden. Erst als sie den Ort verließ, beruhigte sich der Puls. Sie fuhr auf die Autobahn stadtauswärts auf und bei der nächsten Abfahrt hinunter. Pausenlos beobachtete sie im Rückspiegel die anderen Autos. Sie entdeckte keinen Verfolger. Dennoch machte sie einen kilometerlangen Umweg, bis sie endlich vor dem Haus von Manuela und ihrem Mann landete. Wenige Minuten später brach sie ohne Trolley auf.

An diesem Tag war praktisch, dass ihre Arbeitskollegin vor ein paar Jahren nach Korneuburg übersiedelt war.

Punkt acht rannte Ana keuchend ins Testcenter. Erleichtert erkannte sie, dass Luc und Tim soeben an David und Karsten übergaben. Es war nichts Ungewöhnliches zu bemerken.

Tim streckte den Daumen hoch. »Acht Stunden noch, dann ist es vollbracht.« Er sah abgekämpft, aber stolz aus. Auf seiner Stirn leuchtete ein roter Streifen. »Bist du fit?«

Ana nickte. »Danke, dass ich schlafen durfte, jetzt funktioniere ich wieder.«

»Tratscht ihr, oder stellen wir die Übergabe fertig?« David war erneut schlecht gelaunt. Kein Wunder, sie waren mittlerweile alle überarbeitet. Der Schlafmangel forderte seinen Tribut.

»Reg dich ab, ich gehe nach hinten.« Ana zog sich in das Kämmerchen zurück. Wenig später tauchten Luc und Tim auf.

»Was unternehmen wir jetzt? Erzählen wir David von dem Überfall?« Tim sah sie erwartungsvoll an.

»Ihr seht beide hundemüde aus. Geht eine Runde pennen. Ich passe gemeinsam mit den Kollegen auf, zu dritt kann uns nichts passieren.« Ana hoffte, er würde den Vorschlag akzeptieren.

»Du holst mich, sobald du einen Plan hast.« Tim gähnte. »Du hast recht, ich hau mich drei Stunden aufs Ohr. Dann bis gleich.« Er schwankte hinaus.

»Das ist gut.« Luc nickte ihr zufrieden zu.

»Was genau ist gut?«

»Dass du ihn heimschickst. Er ist impulsiv. Falls etwas vorfällt, bringt er sich und andere in Gefahr.«

»Habe ich das gemacht?« Ana setzte ihre Unschuldsmiene auf.

»Brauchst du noch etwas? Sonst zische ich ab. Ich bin groggy.«

Ana schüttelte den Kopf. »Erhol dich. Warte …« Sie legte ihm die Hand auf den Arm. »Ich muss dir noch etwas sagen. Ich war gestern …« Sie brach ab. Das war zu peinlich.

»Du warst bei meinem Haus und hast dich nicht hineingetraut, weil Sonja bei mir war. Ist nicht weiter schlimm. Das nächste Mal ruf vorher an, bevor du hereinplatzt.«

»Sch… Du hast mich also wirklich gesehen, ich war mir unsicher. Deine Flamme heißt Sonja?«

»Mhm.« Luc lächelte. Er sah auf einmal verträumt drein.

»Oha, dich hat es erwischt! Das ist schön. Ist aber auch blöd.«

»Wie meinst du das?«

»Heute endet das Projekt. In ein paar Wochen sitzt du bei einer neuen Herausforderung in irgendeinem fernen Land. Keine ideale Voraussetzung für eine junge Liebe.«

»Wir werden sehen.« Sein Ton war abweisend. Anas Bemerkung war ihm sichtlich zu persönlich. »Ich bin erreichbar, falls ihr etwas braucht. Ansonsten treffen wir uns bei der Pressekonferenz.« Weg war er.

Es war Samstag. Außer David und Karsten waren keine Mitarbeiter anwesend. Etliche würden sich kurz vor dem offiziellen Testende einfinden, um den Abschluss zu feiern. Hoffentlich hatten sie Anlass zu jubeln. Ana schüttelte sich. Sie wollte ihre unguten Ahnungen abstreifen.

In den Mails fand sich erneut keine Nachricht vom Security-Labor. Das war lächerlich. Was dachten die sich, wie lange sie Zeit hatten? Ana suchte die Telefonnummer heraus. Der Anruf landete sofort in einer Sprachbox. Auch in den USA war Samstag. In akuten Gefährdungssituationen durfte sie sich an eine Notfallnummer wenden. Frustriert legte sie auf, sie hätte sich am Vortag beschweren sollen, so musste sie den Montag abwarten.

Eventuell war die Mail im Spamordner gelandet. Mit wenig Hoffnung kontrollierte sie ihn. Wie erwartet war da kein Absender aus den USA. Weil sie schon dabei war, schaute sie zusätzlich im elektronischen Papierkorb nach. Dort häuften sich die Nachrichten, weil Ana beim Einrichten der Management-Mailbox darauf bestanden hatte, dass er nicht geleert werden konnte. Auf diese Weise hatte sie verhindern wollen, dass wichtige Informationen versehentlich verschwanden.

Überrascht starrte sie die Mail an. Freitag. Die Nachricht war von gestern Mittag. Sie klickte sie an und las aufmerksam. Der Experte erläuterte, dass die Attacke vom Testserver über einen physischen Zutritt gestartet worden war, und schlug eine Vorortuntersuchung vor. Die Security-Spezialisten sahen einen dringenden Handlungsbedarf für eine firmeninterne Untersuchung. Sie vermuteten eine Straftat.

Auch wenn Ana es geahnt hatte, diese Mitteilung traf sie hart. Das war die Bestätigung, dass einer ihrer Kollegen hinter dem Cyberangriff steckte.

Ana sprang auf, um David und Karsten zu informieren. Sie hielt in der Bewegung inne und setzte sich wieder nieder. Besser, niemand erfuhr das Ergebnis, dann konnte der Täter nicht vorgewarnt werden.

KAPITEL 33

Ana überprüfte den Kalender. Die Nachricht vom Security-Labor war am Freitag zwölf Minuten nach zwölf eingelangt. Die Teammitglieder der Firma hatten auf die Management-Mailbox Zugriff, der Kunde nicht. Der Täter hatte auf die Mail gelauert und sie kurzerhand in den Papierkorb verschoben.

Noch immer nannte sie ihn »den Täter«. Dabei kam ihr laufend Benji in den Sinn. Er hatte am ehesten ein Motiv. Er verkraftete nicht, dass andere in ihrer Karriere an ihm vorbeizogen, wo er sich selbst für den genialsten Menschen der Erde hielt.

Er hatte in der Vergangenheit Ellenbogentechnik bewiesen und genoss sichtlich, Pat gegen Ana aufzuhetzen. Sie traute ihm ohne zu zögern zu, sie bei der Polizei anzuzeigen. Die Wahrheit war für ihn dehnbar. Aber die Vorstellung, dass er Hoch vor einen Lkw stürzte und Krutzler ein Messer in den Bauch rammte, bestürzte sie. Zu körperlicher Gewalt hätte sie ihn nie für fähig gehalten. Höchstens brüllen und mit den Füßen aufstampfen. Sie brauchte einen stichhaltigen Beweis, bevor sie ihn beschuldigte. Ein falsches Wort und er würde eine gigantische Schlammschlacht starten.

Sonst kam nur ein Täter aus ihrem Kernteam infrage. Alles in ihr weigerte sich, die langjährigen Kollegen mit Gräueltaten in Zusammenhang zu bringen, und mit Luc hatte sie sich am Vortag sicher gefühlt. Er hatte keine Gelegenheit genutzt, ihr etwas anzutun, im Gegenteil. Also zurück zu Benji. Sie durfte das Offensichtliche nicht länger ignorieren.

Ana fand im Internet ein Foto von ihm. Wie passend, er posierte darauf stolz grinsend auf dem Golfplatz. Der Drucker stand unangenehmerweise im Testraum. Sie wählte »Print« und lief hinüber. Vor dem Gerät bremste sie ab. Ein Lämpchen blinkte, sonst tat sich nichts. Ungeduldig trat sie von einem Bein auf das andere.

»Spinnt er wieder?«, rief ihr Karsten zu. »Soll ich dir helfen?«

Ana presste hektisch die Knöpfe. Noch immer nichts.

Ihr Kollege erhob sich und kam ihr entgegen. Ana schaltete den Strom aus.

»Das war wenig schlau, jetzt musst du den Druck nochmals beauftragen«, meinte Karsten.

»Wie ungeschickt von mir«, sagte Ana. »Lass es gut sein, so dringend ist das Drucken nicht.«

Karsten sah sie verwundert an, sagte aber nichts.

»Haltet ihr einstweilen ohne mich die Stellung? Ich habe noch eine Erledigung.« Ana hoffte, Karsten abzulenken.

Da stellte sich David zu ihnen. »Keine Sorge, wir passen auf. Es sind nur mehr sieben Stunden. Ich denke, wir haben es überstanden, die Angriffe sind vorbei.«

»Bleibt vorsichtig, ich befürchte das Gegenteil.«

»Hat deine Befürchtung einen bestimmten Hintergrund?« David sah sie neugierig an.

»Setzt euch bitte zu den Monitoren, es macht mich nervös, wenn sie unbeobachtet sind.«

»Bin schon unterwegs. Übrigens bin ich nicht sicher, ob ich am Abend den Technikern beim Abbau helfen kann, ich habe einen privaten Termin.«

»Das ist kein Problem. Danke für deinen Einsatz in den letzten Tagen, du hast übermäßig gerackert. Luc kommt später vorbei, der unterstützt die Spezialisten, wenn sie ihn benötigen.«

»Luc, aha. Luc ist bestimmt wieder bei der Pressekonferenz eingeladen im Gegensatz zu mir.«

Ana verdrehte die Augen und ließ ihn stehen. Für kindische Eifersüchteleien fehlte ihr die Geduld.

War ihr Besuch ein Alleingang? Heinz wäre sauer, aber er erfuhr es nicht. Schlechtes Gewissen überfiel Ana auf dem Weg zu Charlys Wohnung. Der Gedanke an den Kommissar stimmte sie traurig. Er hatte so betroffen dreingeschaut, als sie ihn wie einen dummen Buben fortgeschickt hatte. Ob er ihr verzeihen würde, wenn sie ihre Unschuld belegen konnte?

Sie durfte nicht aufhören, die Wahrheit ans Licht zu zerren. Sie war nahe dran, doch die Stunden verrannen. Was war Benjis nächster Schritt? Sie versetzte sich in seine Lage. Ins Testcenter durfte er nicht mehr. Wenn er in der Nacht erfolglos versucht hatte, an ihren Laptop zu gelangen, und dann den Aktenkoffer in ihren Schrank gebracht hatte, war er zu extremem Risiko bereit. War sein Ausweg, die Polizei in ihr Haus zu leiten und im Chaos ihrer Verhaftung die Software unbemerkt anzugreifen? Hatte er Verbündete? Sie musste seinen Plan durchkreuzen und ihn überrumpeln. Die Zeit drängte.

An diesem Tag war das Geschäft für Reitzubehör geöffnet, wie Ana auf einem kleinen Schild las. Die Tür zum Wohnhaus war versperrt und sie suchte vergeblich nach einer Klingel. Blöd, dass sie keine Telefonnummer von Charly hatte.

»Nach dem Burschen brauchen Sie hier nicht mehr Ausschau halten«, hörte Ana überraschend die Stimme einer Frau.

Hinter ihr war eine zierliche Mittvierzigerin aus dem Laden getreten. Sie trug über Jeans und Pullover eine zarte Weste und umarmte sich in der Kälte.

»Der ist gestern ausgezogen. Mir ist das recht, er hat in der Nacht häufig Besuch bekommen. Ich hatte gewisse Bedenken.«

»Guten Tag«, grüßte Ana freundlich. »Wissen Sie vielleicht, wohin er umgesiedelt ist?«

»Sein Vater hat ihm geholfen. Ist ja der Herr Bürgermeister. Mehr weiß ich nicht.« Sie nickte Ana zu und verschwand in ihrem Laden.

Ob der Bürgermeister seinen Sohn heimgeholt hatte, um ihn unter Kontrolle zu halten? Wie würde er reagieren, wenn sie unangekündigt bei ihm aufkreuzte? Bis zur Pressekonferenz am Nachmittag wollte sie sich nicht gedulden, zu viel konnte bis dahin geschehen.

Ihr fielen die Kisten in Charlys Schlafzimmer ein. Sie hätte zu gern deren Inhalt herausgefunden.

Fünf Minuten später stand sie vor dem Haus des Bürgermeisters und blickte sich zögernd um. Polizisten erspähte sie keine. Da sie auf dem Zaun keine Glocke entdeckte, öffnete sie die Gartentür und stapfte über den freigeschaufelten Gartenweg. Sie fühlte sich wie ein Einbrecher, der jeden Moment ertappt wurde.

Die Klingel schrillte im Inneren.

»Noch ein Überraschungsbesuch! Frau Rubin, treten Sie ein.« Ein spürbar gut gelaunter Bürgermeister winkte Ana herein.

»Äh. Guten Morgen, Herr Bürgermeister. Ich möchte kurz mit ihrem Sohn sprechen.«

»Karl schläft noch. Kommen Sie weiter, die Kälte dringt ins Haus.«

Als Ana einen Schritt in den Vorraum setzte, bildete sich sofort eine Wasserlacke um ihre Schuhe. Betreten sah sie auf den Fliesenboden.

»Seien Sie so nett, die Stiefel auszuziehen. Neben Ihnen hängen Gästepantoffeln. Sie finden sich zurecht, ich erwarte Sie im Wohnzimmer.«

Der Bürgermeister wirkte entspannt. Das interpretierte sie als positives Zeichen in Bezug auf Charly. Wenn Vater und Sohn Frieden geschlossen hatten, war er für Fragen zugänglicher.

Der Vorzimmerspiegel bestätigte ihr, dass sie korrekt aussah, trotz ihrer minimalistischen Morgentoilette. Sie hörte Gemurmel aus dem Wohnraum, als sie sich näherte.

Ana erblickte den Gast des Bürgermeisters und erstarrte im Schritt. Er schaute zu ihr und sie erkannte Hass in seinen Gesichtszügen.

»Setzen Sie sich zu uns, Frau Rubin, und trinken Sie eine Tasse Kaffee. Ich gebe Karl Bescheid, aber der braucht eine Weile, bis er salonfähig ist.« Der Bürgermeister rückte ihr galant einen Stuhl zurecht. Kaum hatte Ana Platz genommen, verschwand er aus dem Wohnzimmer.

»Was machst du hier?« Ihre Stimme klang eisig, als sie sich an Benji wandte.

»Irgendein Problem damit, dass ich einen Kunden besuche?« Benji lächelte sie geringschätzig an. Er zog seine Augenbrauen in die Höhe. »Auf der Pressekonferenz treffen wir uns übrigens ebenfalls, falls du teilnimmst.« Er zwinkerte sie an. »Kann leicht sein, dass es sich Pat anders überlegt.«

Ana ballte ihre Hände zu Fäusten. Die Nägel schnitten schmerzhaft in die Haut. Nur so behielt sie die Beherrschung. »Wieso machst du das?«, flüsterte sie.

»Sprich ruhig laut, ich habe keine Geheimnisse. Du fragst mich nach einem Grund? Du boykottierst mich, also nehme ich meine Karriere selbst in die Hand.«

»Dafür gehst du über Leichen?«

»Du bist heute aber theatralisch. Zitterst du wegen der Arbeitslosigkeit? Du findest schon irgendwo einen Job. Es gibt freie Stellen im IT-Markt, irgendwer erbarmt sich deiner.«

Ana war sprachlos über so viel Frechheit. Sie hatte Benji überraschen wollen, doch er war ihr zuvorgekommen. »Ich habe die Mail vom Security-Labor gelesen«, setzte sie zu einem verzweifelten Versuch an.

»Schön für dich. Mich interessiert deren Inhalt erst, wenn ich den Bereich offiziell als Chef übernehme. Dann schaffe ich Ordnung in dem Laden.«

»Karl beeilt sich. Sie haben noch keinen Kaffee eingeschenkt.« Der Bürgermeister trat an den Tisch und goss ihr aus der Kanne ein.

Herber Duft breitete sich aus. Ana empfand ihn als tröstlich. Sie nippte an ihrer Tasse und genoss den bitteren Geschmack auf dem Gaumen. Dabei ließ sie Benji keine Sekunde aus den Augen.

»Natürlich ist Ihr Kollege auf der Pressekonferenz willkommen. Dafür hätte er sich nicht herbemühen müssen, das hätten wir telefonisch regeln können. Das Projekt sieht nach einem eindrucksvollen Erfolg aus, das werden wir ausgiebig feiern.« Das Stadtoberhaupt plauderte vergnügt vor sich hin.

»Beunruhigen Sie die KI-Gegner wegen der Veranstaltung?« Anas Stimme klang rau.

»Diesmal haben wir ein Großaufgebot an Polizei herbestellt. Sie halten sich weiterhin im Hintergrund. Kommen die Demonstranten auf dumme Gedanken, greifen die Beamten hart durch.«

Es war an der Zeit, ihn von den nächtlichen Besuchern in seinem Amtshaus zu informieren.

»Tag.« Charly stand mit zerzausten Haaren im Türrahmen und betrachtete die Anwesenden.

KAPITEL 34

Ana nutzte die Gelegenheit und sprang auf. »Guten Morgen, Charly. Entschuldige, dass du wegen mir früher aufstehen musst. Ich habe noch eine Frage an dich.«

Energisch schritt sie ihm entgegen. Sie musste verhindern, dass dieses Gespräch in Anwesenheit von Benji stattfand. Auch Charly vermied unnötige Zeugen. »Setzen wir uns in die Küche, dort reden wir ungestört, Ga… äh, … Frau Rubin.«

»Gern.« Ana lief ihm voraus.

Kaum war Charly bei ihr, flüsterte sie: »Kennst du den Kerl im Wohnzimmer? War er bei der Gruppe?«

»Der?«, antwortete der junge Mann gedehnt. »Der sieht wie ein Schnösel von Politiker aus, der engagiert sich doch in keiner Aktivistengruppe.«

»Nicht als aktives Mitglied, sondern als … Sponsor. Schau ihn dir nochmals genau an.« Ana streckte ihm das Handy hin, auf dem sie das Foto von Benji vorbereitet hatte.

»Ich kenne den Typen nicht. Was willst du eigentlich von mir?« Charly wirkte ehrlich verdutzt.

»Hat euch jemand Geld versprochen, wenn ihr in Korneuburg demonstriert?«

»Um das Geld geht es dir also.« Charly schob die Unterlippe vor.

»Bitte! Ich muss wissen, ob das alles auf eurem Mist gewachsen ist oder ob jemand nachgeholfen hat.«

Der Bursche schaute unglücklich drein und kaute auf seiner Lippe. Er wollte sichtlich niemanden verraten.

Ana gab nicht auf. Beharrlichkeit war ihre Stärke. »Gestern Nacht waren zwei Männer und eine Frau mit einem Transparent im Rathaus. Wie sind die hineingekommen?«

Als Charly weiterhin schwieg, platzte sie heraus: »Du musst deine Freunde nicht verpfeifen. Mir geht es nur darum, wer euch unterstützt hat. Wurde die Gruppe hineingelassen? Von dem Mann im Nebenraum?«

»Ja und nein.«

»Was heißt das? Gib mir eine verständliche Antwort.«

»Ja, jemand hat uns Geld gespendet. Das ist nicht ungesetzlich. Nein, es war nicht der Schnösel im Wohnzimmer.«

Sie war auf der richtigen Fährte. Die Demonstranten hatten sich von jemandem manipulieren lassen. Doch Charly bestritt, dass Benji der Auftraggeber war.

Frustriert sackte sie auf dem Stuhl zusammen. Sie war erneut in einer Sackgasse gelandet.

»Du bist dir ganz sicher, dass es nicht der Mann ist?«

»Hundertprozentig. Angesprochen wurde eine Frau in unserer Gruppe, wer, verrate ich dir auf keinen Fall. Doch ich habe den Spender einmal aus der Ferne gesehen. Der war kleiner und schmächtiger als der Gast meines Vaters. Den habe ich wirklich noch nie zu Gesicht bekommen.«

Ihre Enttäuschung war grenzenlos. Es hatte doch alles perfekt gepasst.

»Hast du Informationen zu der Person, die euch Geld geschenkt hat? Name oder Beruf?«

»Warum ist dir das so wichtig? Was hast du vor?« Charly hatte sichtlich genug von ihren Fragen und wurde angriffslustig.

»Euch verurteile ich nicht. Ihr habt Visionen und kämpft für sie. Solange ihr euch legal verhaltet, kann ich das verstehen. Ich suche einen Menschen, der so skrupellos ist, dass er einen anderen vor einen Lkw stößt.«

»Ich habe dir bereits letztes Mal gesagt, dass ich nichts über den Unfall weiß. Wir haben Spenden dafür erhalten, Wirbel zu machen, damit die Presse negativ über das KI-Projekt berichtet. Das war in unserem Sinn.«

»Habt ihr auch Cyberangriffe versucht?«

»Ich studiere Architektur, nicht Informatik! Wie könnte ich denn einen Cyberangriff starten?«

»Besitzt jemand anders in der Gruppe das Know-how?«

»Du willst uns schon wieder ans Bein pinkeln. Mir reicht es, ich sage nichts mehr.« Charly erhob sich. »War es das?«

»Bitte, eine letzte Frage!«

Charly verschränkte die Arme und legte den Kopf schief. Immerhin blieb er bei ihr.

»Wie sind die Demonstranten ins Rathaus gelangt?«

»Wer behauptet, dass das wir waren?«

»Charly, bitte! Es geht um Leben und Tod. Angenommen, ihr wollt in der Nacht ins Rathaus, wie stellt ihr das an? Habt ihr Schlüssel?«

Sein Gesicht erheiterte sich. Er grinste sie höhnisch an. »Nö, Schlüssel haben wir keine. Die brauchte niemand. Ein Gangfenster war nur mit Kaugummi verschlossen. So kinderleicht ist es. Ich denke, ich war mehr als kooperativ.

Bitte das bei meinem Vater lobend erwähnen. Die Fragestunde ist hiermit beendet.«

Charly schlenderte aus der Küche und ließ sie allein sitzen.

Ana fühlte sich hin- und hergerissen. Sie war auf der richtigen Spur, doch Benji war leider der falsche Verdächtige. Sie musste sich die Zeit nehmen und ihre Unterlagen neuerlich in Ruhe durcharbeiten. Sie hatte etwas übersehen.

Das Handy surrte mit einer SMS. Da Ana ohnehin keine Eile verspürte, Benji nochmals zu begegnen, öffnete sie die Nachricht von Karsten. »Komm. Rasch. Vorsicht.« Das klang bedrohlich.

Ana eilte ins Wohnzimmer und entschuldigte sich, dass sie unverzüglich zum Test zurückkehren musste. Der Bürgermeister musterte sie besorgt und begleitete sie hinaus. Benji beobachtete sie interessiert, enthielt sich aber eines Kommentars.

Auf der Fahrt grübelte sie, welches Problem Karsten hatte, bei dem Ana vorsichtig sein musste. Ihr kam keine sinnvolle Idee.

Während sie zum Rathaus lief, fiel ihr Blick auf die Kaffeekonditorei vis-à-vis. Schnell änderte sie ihren Kurs. Glücklicherweise war sie die einzige Kundin beim Verkaufspult. Kurz darauf setzte sie ihren Weg mit einem Paket Cremeschnitten und Punschkrapfen fort.

Vor der Eingangstüre stockte ihr Schritt. Hatte Karsten gemeint, sie musste beim Hineingehen aufpassen? Von innen waren keine Laute zu hören. Ana nahm ihren Mut zusammen und drückte die Schnalle hinunter.

Karsten und David lümmelten vor dem Schirm und drehten die Köpfe zu ihr. So weit wirkte alles normal.

»Grüß euch. Ich habe uns eine frische Ladung Nervennahrung mitgebracht, ich hoffe, ihr habt Gusto.«

»Danke, Chefin.« David lachte sie an. »Es ist aber wirklich überflüssig, dass du deinen Samstag hier verplemperst. Wir kommen tadellos allein zurecht.«

»Ich bleibe nicht lange. Ich muss mich für die Pressekonferenz vorbereiten und in Schale werfen. Vorher lassen wir es uns schmecken. Ich hole Teller.« Sie ging im Raum nach hinten. Wieso folgte Karsten ihr nicht, wenn er ihr etwas anvertrauen wollte? Der Vertriebsleiter verharrte wie angenagelt auf seinem Sessel.

Irritiert legte sie die Mehlspeisen auf Papierteller und trug sie zu den Männern. Karsten blinzelte und rollte abwechselnd mit den Augen. Was bedeutete das?

Versuchte er ihr mitzuteilen, dass David ihn bedrohte? Das war doch Schwachsinn. Der saß friedlich vor dem Schirm und biss genüsslich in einen Punschkrapfen. Karsten rollte ständig mit seinen Augen.

Sie stellte ihren Teller vor dem Monitor nieder und entdeckte etwas Ungewöhnliches. Die zwei Kollegen arbeiteten gemeinsam auf einem Laptop.

»Übernimmst du für mich, Ana? Ich bin schnell für kleine Jungs«, sagte Karsten und lief hinaus. Sollte sie ihm nachgehen? Das war zu auffällig. Sie bewachte David am Computer, solange sie nicht herausfand, was los war. Also nahm sie Karstens Platz ein und starrte auf den Schirm.

»Alles in Ordnung?«, fragte sie David.

»Was sollte nicht in Ordnung sein?«, knurrte er.

»Entschuldige, dass ich den Status unseres Tests wissen möchte, er ist schließlich nicht unbedeutend«, fuhr sie ihn an.

»Sorry, ich habe das nicht böse gemeint. Ich bin grantig, weil meine Maschine den Geist aufgegeben hat.«

Ana täuschte vor, eben erst zu bemerken, dass ein Laptop auf dem Tisch fehlte. »Wo ist sie denn? Hast du an einem Samstag einen Servicetechniker erreicht? Kannst du zaubern?«

David schüttelte unwillig den Kopf und deutete nach hinten. »Dort im Eck liegt die Kiste, ich habe sie weggeräumt. Am Wochenende organisiere nicht einmal ich einen Servicetechniker.«

»Das ist wirklich ärgerlich. Ohne Computer fühlt man sich fast nackt«, scherzte Ana.

»Wer ist nackt?«, fragte Karsten, der in diesem Moment wieder zu ihnen trat.

Ana stöhnte auf. »Männer! Iss lieber einen Punschkrapfen, der beruhigt. Ich gebe dir deinen Sitzplatz zurück.«

KAPITEL 35

Ana lehnte sich neben den Kollegen an die Wand und zermarterte sich das Hirn, was los war. Im Grunde war die Unterhaltung mit David und Karsten das übliche Geplänkel. Doch die Stimmung wirkte unnatürlich. Karsten sah sie eindringlich an, während er seinen Platz einnahm. Erneut verdrehte er die Augen und blinzelte.

»Na, dann lasse ich euch ungestört werken«, verkündete Ana mit munterer Stimme und zog sich zurück. In der Kammer lief sie unruhig auf und ab. Karsten folgte ihr nicht, um sie aufzuklären. Er traute sich anscheinend nicht vom Monitor weg. Befürchtete er, dass David etwas anstellte? Was hatte sich zwischen ihnen ereignet?

Ihr kam eine Idee, wie sie David überprüfen konnte. Schaudernd verwarf sie den Gedanken sofort. Das war kriminell, was sie da überlegte. Sie grübelte weiter. Minuten später war noch keine Erleuchtung eingetreten. Sollte sie doch?

Sie beschloss, Karsten eine allerletzte Chance zur Klärung der Situation zu geben, und gesellte sich zu den Kollegen.

»Läuft alles?«, fragte sie unschuldig.

»Ja.« David war einsilbig.

Ana schaute Karsten auffordernd an. Ein kurzer Blick, ein Augenrollen und schon starrte er wieder auf den Bildschirm.

»Wie ich sehe, störe ich euch. Ich drucke meine Präsentation aus und mache mich auf den Heimweg. Ich bin telefonisch erreichbar.«

»Ja.« Mehr bekam sie aus David derzeit nicht heraus. Karsten saß mit unglücklichem Gesichtsausdruck versteinert vor dem Monitor.

Ana wählte ein umfangreiches Dokument und schickte es an den Drucker. Ein Lämpchen blinkte und das Deckblatt erschien. Ein Blick zu ihren Kollegen zeigte Ana, dass sie ignoriert wurde. Auf Zehenspitzen schlich sie zur Laptoptasche von David.

Noch nahmen die Kollegen keine Notiz von ihr. Das Gerät surrte, während es ein Blatt nach dem anderen ausspuckte. Ana bückte sich und zog den Verschluss der Tasche auf. Blitzartig packte sie den Laptop, zerrte den Reißverschluss zu und schlenderte bedächtig in die Kammer. In Windeseile schob sie die Maschine zu ihrem Computer in die Tasche. Der Zippverschluss klemmte. Ein Ruck und noch einer, dann war auch das geschafft.

Sie zwang sich, gemächlich zum Drucker zurückzukehren. Mit klopfendem Herzen sah sie jedem erscheinenden Blatt zu. Jetzt wünschte sie sich, eine weniger umfangreiche Datei ausgesucht zu haben.

Allmählich musste die letzte Seite dran sein. Sie klammerte sich ans Gerät, um nicht vor Ungeduld zu zappeln. Karsten murmelte David etwas zu. Ana konnte keine Antwort ausmachen. Da hörte das Lämpchen zu blinken auf. Die Schlussseite war gedruckt und Ana verschwand mit der Präsentation.

Plötzlich wurde ihr bewusst, dass sie für den Papierberg keinen Platz in ihrer Tasche fand. In der Hand tragen provozierte Fragen. Sie sperrte die Lade des Schreibtisches auf, schleuderte das Papier hinein und verschloss das Fach.

Ana wünschte den Kollegen erfolgreiche Stunden und verabschiedete sich harmlos lächelnd. Sie spürte Schweißtropfen den Rücken hinunterlaufen. Ihr Lächeln gefror zu einer Maske, die sie bis zu ihrem Cabrio aufrechterhielt. Erschöpft sank sie in den Sitz, die schwere Laptoptasche legte sie auf den Beifahrersitz.

»Shit, shit, shit! Was habe ich gemacht!« Aufgewühlt schlug sie mit der Hand aufs Lenkrad. »Ich bin so blöd.« Sie hatte sich in eine brisante Situation manövriert.

Ein kleines Gesicht tauchte auf der Beifahrerseite im Fenster auf und zeigte ihr die Zunge. Der Bub lachte und quietschte vor Vergnügen. Seine Mutter zog ihn am Ärmel weiter und er schlenkerte herum, während er Ana angrinste.

Der lustige Kerl weckte Ana aus ihrer Schockstarre. Vielleicht klappte die Aktion und sie fand endlich einen Beweis. Sie verdrängte die nagenden Bedenken und begab sich in Richtung Alte Donau. Ana beschloss, sich nicht anzumelden und Luc zu überraschen. So hinderte sie ihn daran, sie abzuwimmeln.

Diesmal parkte sie vor seinem Haus. Sie drückte energisch auf die Glocke. Ungeduldig wippte sie. Als sich nichts tat, drückte sie den Finger permanent auf die Klingel. Im Obergeschoss bewegte sich ein Vorhang. Luc blickte hinunter. Eine Minute später zog er die Haustüre auf und schrie heraus: »Jetzt ist es wirklich schlecht, Ana!«

»Ich brauche deine Hilfe, Luc!«, brüllte sie zurück. Panik kroch hoch, dass er ihr die Türe vor der Nase zuschlagen würde.

Luc warf einen Blick über die Schulter, dann ging er ihr zögerlich über den zusammengetrampelten Schnee entgegen. Er trug Jeans, ein kurzärmeliges Leibchen und Schlapfen ohne Socken. Am Fenster schaukelte der Vorhang, sie wurden beobachtet.

»Ich habe Besuch, ruf mich später an.« Luc klang nicht unfreundlich, er lächelte gequält.

»Tut mir leid, dass ich dich störe. Ich habe was Dummes angestellt und jetzt weiß ich ohne dich nicht weiter.«

Luc blinzelte zwar erneut zur Haustüre, aber er blieb am Zaun stehen und sah sie fragend an.

Ana streckte ihm den Laptop hin. »Der ist von David. Bitte untersuch ihn auf Hinweise, ob er die Cyberattacken gestartet hat.«

Erstaunen breitete sich auf Lucs Gesicht aus. »Ernsthaft? Du verdächtigst David?«

»Er benimmt sich merkwürdig. Aber das zu erklären kostet zu viel Zeit. Kannst du die Maschine checken?«

Ein neuerlicher Blick zum Eingang. »Reicht es am Abend?«

»Nein! David weiß nicht, dass ich seinen Computer geklaut habe, ich muss ihn so rasch wie möglich zurückbringen.«

»Jetzt geht es echt nicht, Ana.« Als er merkte, wie sie vor Enttäuschung zusammenschrumpfte, knurrte er: »Okay, ich bemühe mich. So eine Kontrolle dauert aber.«

»Danke! Ruf mich an, sobald du etwas weißt.«

»Sein Passwort hast du nicht zufällig?«

Ana schüttelte betreten den Kopf. »Schaffst du es trotzdem?«

»Schon, aber …«

»Das ist ein Notfall und ich übernehme die volle Verantwortung. Wenn es Schwierigkeiten gibt, kannst du dich auf mich verlassen.« Sie schaute ihn beschwörend an. Hoffentlich ließ er sich überzeugen.

Luc schnappte den Laptop und stakste zurück in die Wärme. »Ich melde mich.«

Der Vorhang im Obergeschoß fiel auf seinen Platz zurück.

Verloren stand Ana auf der einsamen Straße. Vermutlich hatte sie sich heute nicht nur ihren Job, sondern auch die weitere Laufbahn ruiniert. Womöglich kam sie sogar mit dem Gesetz in Konflikt. Eine Zukunft mit Vorstrafe mochte sie sich nicht ausmalen.

Sie beruhigte sich. Es war eine mögliche Spur, die sie verfolgte. Wenn sie damit den Angreifer und Mörder aufdeckte, war ihr Vorgehen gerechtfertigt. Sofort erinnerte ihr schlechtes Gewissen sie daran, dass sie bereits mehrere Menschen zu Unrecht beschuldigt hatte.

Im Moment blieb ihr nichts anderes übrig, als zu funktionieren. Sie drehte die Lautstärke des Handys auf die höchste Stufe, um auf keinen Fall Lucs Anruf zu versäumen.

Zu Hause angekommen, besah sie sich ihr Türschloss. Ohne einen Hinweis von Heinz hätte sie die Kratzer übersehen. Der Riegel klemmte, die Alarmanlage musste einstweilen genügen. Wenn das alles ausgestanden war, war Zeit für den Schlosser.

Sie zwang sich unter die Dusche und genoss, dass das warme Wasser ihre Verspannungen löste. Um Normalität bemüht zog sie ihre liebste Businesskleidung an. Eine schwarze Hose und eine blaugemusterte Bluse mit passendem Blazer. Sie schminkte sich stärker als üblich. Sie hatte den Wunsch, ihr Gefühlschaos hinter einer korrekten Maske zu verbergen.

Alle paar Minuten kontrollierte sie ihr Handy. Es war eingeschaltet, die Batterie war halb geladen und die Lautstärke voll aufgedreht. Sie hatte keinen Anruf überhört.

Unruhig setzte sie sich mit einer Tasse Kaffee zum Tisch. Im nächsten Moment sprang sie wieder auf und zog sich den Anorak und Stiefel an. Mit einer Zigarette in der Hand stapfte sie auf die Terrasse. Tiere hatten im tiefen Schnee Spuren gezeichnet.

Dieses Warten war unerträglich. Ob Luc sich gerade mit dem Laptop beschäftigte? Oder lenkte ihn sein Besuch vollständig ab? Ana lächelte gequält. Das war ohne Frage eine Besucherin. Vermutlich die Dame aus dem Jazzklub.

KAPITEL 36

Ana griff zur nächsten Zigarette, schaute sie an und schob sie entschlossen in die Packung zurück. Sie war Gelegenheitsraucherin und dabei blieb es. Gegen Stress half ihr Sport. Schade, dass Winter war. Bei einer Radtour reagierte sie sich am schnellsten ab und bekam den Kopf frei.

Sollte sie im Schnee herumstapfen? Ein Spaziergang wäre angenehmer, als zu Hause wie auf Nadeln zu sitzen. Sie verwarf den Einfall, weil sie in der Nähe ihres Autos warten wollte, um bei einem Anruf sofort zu Luc loszubrausen.

Ihre Finger waren steif vor Kälte. Lustlos wechselte sie zurück ins Wohnzimmer.

Was geschah, wenn David merkte, dass sein Computer weg war? Würde er Karsten beschuldigen oder sogar die Polizei verständigen? Der Vertriebschef war ein guter Schauspieler, vielleicht konnte er ihn hinhalten. Wie lange brauchte Luc denn noch?

Eine zusätzliche Sorge schlich sich ein. Falls David der Täter war, befand sich Karsten in Gefahr. Am Wochenende kam ihm im Amtshaus keiner zu Hilfe. Sie griff zum Telefon. »Wolfram? Ana hier, entschuldige die Störung. Ich habe ein wichtiges Anliegen.«

Nach dem Telefonat fühlte sie sich ein wenig erleichtert. Wolfram hatte ihr ohne Fragen zu stellen zugesagt, sofort ins Testcenter zu fahren. Er würde so tun, als ob er zufällig in der Gegend wäre und den Kollegen Gesellschaft leisten wollte. Er hatte versprochen, den Abbau der Geräte zu überwachen und bis zur letzten Minute zu bleiben.

Wolfram machte sich bestimmt Gedanken, was Anas Problem war. Hoffentlich hielt er den Mund und verplauderte sich nicht gegenüber David.

Nur noch drei Stunden bis zur Pressekonferenz. Sie wanderte durchs Haus, da sie das Sitzen nicht mehr ertrug.

Da bimmelte ihr Telefon los. Vor Schreck machte sie einen Satz und fegte die Tasse auf den Boden. Sie hatte das Handy ohrenbetäubend laut gestellt. Hoffnungsvoll beugte sie sich über das Display. »Nein!«, rief sie enttäuscht aus. Sie hatte sich so sehr gewünscht, dass Luc sich meldete.

»Hi, Karsten, was gibts?«

»Nicht aufregen, Ana.«

Sofort sprang ihr Puls in die Höhe. »Was ist passiert?«, fragte sie atemlos.

»Wir hatten einen unerwünschten Besucher.«

»Bei euch?«

»Nein, im System. Es ist wer eingestiegen.«

Eiseskälte befiel Ana. Statt einer Klärung hatten sie einen weiteren Cyberangriff.

»Und? Sag endlich, was geschehen ist!«

»Du kannst dich fürs Erste beruhigen. Wir hatten Riesenglück. Der Wolfram ist zufällig im richtigen Augenblick zu uns gekommen. Gerade als er bei der Tür hereinspaziert ist, hat David aufgebrüllt, dass er einen Zugriff sieht. Die beiden haben sich sofort dahintergeklemmt und den Eindringling gemeinsam hinausgeschmissen. Das hat nur wenige Sekunden gedauert. Sie überprüfen zurzeit das gesamte System, sind aber überzeugt, dass nichts zerstört wurde.«

»Am Montag fliegen wir die Cyberspezialisten vom Labor ein. Sie müssen herausfinden, was bei uns los ist.«

»Das erachte ich für sinnvoll, auch wenn kein Schaden angerichtet wurde. Wir haben es wieder überstanden.«

Karstens beschwichtigende Worte wirkten. Erleichtert seufzte Ana auf. Noch einmal Glück gehabt. Ach, du Schande. Damit war bewiesen, dass sie sich wieder geirrt hatte. David konnte nicht der Täter sein.

»Kannst du reden?«, fragte Ana.

»Mhm. Ich stehe im Raum ganz hinten. Dich hört niemand und ich spreche leise und wenig.«

»Dir ist klar, dass ich David verdächtigt habe, die Cyberangriffe durchgeführt zu haben?«

»Ja. Ich auch.«

»Hast du deshalb die SMS geschickt?«

»Die kaputte Maschine. Ich dachte an Fake.«

»Kann er es gewesen sein?«

»Ausgeschlossen. Du warst doch Zeuge, dass ich ihn keinen Augenblick allein gelassen habe.«

»Du hättest erkannt, wenn er entsprechende Befehle gestartet hätte?«

»Eindeutig, ja. Auch wenn ich nicht viel von der Technik verstehe, es ist absolut unmöglich, dass er mich ausgetrickst hat.«

»Ach, du meine Güte. Was habe ich bloß angestellt?« Ana stöhnte entsetzt.

»Was hast du gemacht?«

»Ich habe Davids Laptop mitgehen lassen. Aus seiner Tasche geklaut. Er ist bei Luc, der ihn untersucht.«

»Das ist ätzend. Bring die Maschine her, ich lenke David ab und du steckst sie zurück. Momentan beschäftigen sich er und Wolfram intensiv mit dem System, die kriegen nichts mit.«

»Ich versuche es.« Ana legte auf. Sie verlor keine Sekunde und rumpelte wenig später abgehetzt aus dem Carport. Luc reagierte nicht auf ihren Anruf. Immer wieder sprang die Sprachbox an, bis sie an seiner Adresse anlangte.

Ihr Klingeln am Gartentor blieb unbeantwortet. Unschlüssig starrte sie zu den Fenstern. Am helllichten Tag war ein Einbruchsversuch Wahnsinn. Es war auch fraglich, ob sie den Laptop rasch in dem fremden Gebäude fand. Nach zehn Minuten Läuten gab sie auf. Luc hatte das Haus verlassen.

Entmutigt machte sich Ana auf den Weg. Sie hatte alles auf eine Karte gesetzt und verloren.

Niedergeschlagen schleppte sie sich zur Kommandozentrale. Ein Grüppchen von KI-Gegnern demonstrierte vor dem Haupteingang. Sie wurden von der Anzahl herumstehender Polizisten übertroffen.

David und Wolfram diskutierten miteinander, wobei sie auf den Bildschirm deuteten. Anas Gruß beantworteten sie mit einer knappen Handbewegung. Karsten eilte ihr entgegen und sah sie gespannt an. Sie schüttelte müde den Kopf. Er riss überrascht die Augen auf und formte mit den Lippen einen Satz, den sie nicht verstand.

Ana trat zu David und fragte mit belegter Stimme: »Kann ich euch kurz stören?« Als er unwillig abwinkte, verließ sie der letzte Anflug von Mut. Am liebsten hätte sie zu heulen begonnen. »Kein Problem, reden wir später.« Sie zog sich zwei Schritte zurück, stoppte dann abrupt. Aufschieben brachte nichts, der Laptop marschierte nicht durch Zauberhand bei der Tür herein.

Entschlossen drehte sie sich zu den beiden und räusperte sich. Da schoss ihr eine Idee ein. Bevor sie darüber nachdenken und sie verwerfen konnte, platzte sie heraus: »David, wir würden uns sehr freuen, wenn du an der Pressekonferenz teilnimmst.«

Sie spürte, dass die drei Männer sie anstarrten, konzentrierte sich aber ausschließlich auf David. Dieser hatte den Kopf gehoben und den Mund aufgemacht. Seine Miene wechselte mehrmals binnen Sekunden. Was ging in ihm vor: Freude, Ärger, Verwirrung?

»Auf einmal? So simpel?« David legte den Kopf schief. »Wo kommt der unverhoffte Sinneswandel her?«

»Du weißt genau, wie überaus du geschätzt wirst. Sogar Pat hat dir das bestätigt.« Ana suchte verzweifelt nach Worten. »Das einzige Hindernis war dein Status als Freelancer. Aber nachdem du uns soeben vor der Cyberattacke gerettet hast, ignorieren wir diese Tatsache. Du bist ein Supertechniker und musst auf die Bühne der Pressekonferenz. Du kommst doch?«

Als David eine Zusage nicht einmal andeutete, lockte sie: »Du kannst auf den Smoking verzichten, Supertechniker dürfen in Jeans und T-Shirt erscheinen. In einer knappen Stunde geht es los. Sobald ihr so weit seid, gehen wir drei hinauf.«

Als ob ihr das in diesem Moment einfiel, sagte sie zu Wolfram: »Dich ersuche ich, die letzten Minuten des Monitorings zu übernehmen und nachher die Techniker beim Einpacken zu überwachen.«

Wolframs Gesicht sprach Bände. Anas Verhalten irritierte ihn, aber er antwortete: »Aye, aye, Madame. Anweisung wird ausgeführt.« Er verriet mit keinem Wort, dass sie ihn darum bereits bei ihrem Anruf gebeten hatte.

»Fein, dann ist das abgemacht.« Sie lachte David freudestrahlend an. »Ich erledige ein paar Telefonate und danach hol ich euch ab.«

Sie vermied, Karsten anzusehen. Ana brauchte nur Augenblicke, um den Bürgermeister ans Telefon zu bekommen. Charmant akzeptierte er ohne Einwände, dass sie noch einen Mitarbeiter zur Pressekonferenz mitbrachte und übernahm die Anpassung der Sitzordnung.

Luc blieb unerreichbar. Wo steckte der Kerl? Ihm musste doch klar sein, dass Ana ohne Davids Computer am Ende war.

»Karsten, schau bitte kurz zu mir, ich benötige deine Einschätzung.«

Der Vertriebsleiter schien auf die Aufforderung gewartet zu haben, er sprang blitzschnell auf und war bei ihr. Kaum hatte er die Tür zugedrückt, sagte er: »Was hast du vor? Was ist mit dem Laptop von David?«

»Ich kann Luc nicht erreichen. Vielleicht schwänzt er sogar die Pressekonferenz. Weiß der Teufel, was den reitet. Bitte gib Wolfram den Auftrag, ihn aufzutreiben, während wir bei der Veranstaltung sind, das ist meine letzte Chance.

Wenn er ihn aufstöbert, soll er mir eine SMS schicken.« Ermattet sank Ana auf den Stuhl. »Ich packe das alles nicht mehr. Das habe ich mir selbst eingebrockt. Wie konnte ich nur annehmen, dass David hinter allem steckt?«

»Mach dir keine Vorwürfe, ich habe das Gleiche vermutet. Die Aktion mit dem kaputten Laptop habe ich ihm nicht abgenommen, da war hundertprozentig etwas faul. Er wollte unbedingt an meine Maschine.«

»Er kann es nicht gewesen sein, wenn du auf ihn aufgepasst hast. Der wahre Täter hockt irgendwo und lacht mich aus.« Ana seufzte. »Immerhin schließen wir das KI-Projekt erfolgreich ab. Das ist für uns ein toller Triumph. Die Lorbeeren staubt ab Montag leider wer anderer ab. Mein Lohn wird ein Disziplinarverfahren und eine Anzeige wegen Mordes.«

Karsten trat auf sie zu. Kurz glaubte Ana, dass er sie in den Arm nehmen würde. Doch er legte ihr nur seine Hand auf ihre. »Nicht schwarzmalen, es klärt sich hoffentlich alles rechtzeitig auf.«

Als im Nebenraum Gelächter ertönte, zog er die Hand rasch weg. »Anscheinend sind die ersten Kollegen zum Feiern eingetroffen.«

KAPITEL 37

Im Testraum herrschte ausgelassene Stimmung. Ein Teil der Mannschaft hatte sich eingefunden und schob sich dicht gedrängt zwischen den Geräten. Auf dem Tisch standen Gläser und Prosecco bereit.

»Ich habe verschlafen! Hast du schon etwas unternommen?« Tim drängte sich an Ana, die zurücktrat.

»Ich beobachte.«

»Was kann ich tun?« Tim sah sie enttäuscht an.

»Schau, dass hier alle ihren Job machen und keine fremden Leute die Kommandozentrale betreten, während ich an der Pressekonferenz teilnehme.«

»Kann ich nicht doch mitkommen?«

Ana fiel jetzt erst auf, dass sich der junge Mann gestylt hatte und in einem eleganten Anzug auf ihre Antwort lauerte. Sein Blick erinnerte sie an einen Hund, der um sein Leckerli bettelte.

»Tut mir leid, heute geht es wirklich nicht, der Platz ist begrenzt.« Anas Augen suchten David, er lümmelte beim Monitor.

»Noch fünfundvierzig Minuten! Der Countdown läuft …« Der Rest ging in lautem Gegröle unter.

Da betrat der Bürgermeister die Kommandozentrale. Angesichts der lockeren Atmosphäre lachte er und klatschte. Daraufhin brach ein Riesenapplaus aus.

»Liebe Freunde!«, brüllte das Stadtoberhaupt. Der Lärm ebbte ab. »Ich möchte mich bei Ihnen allen auf das Herzlichste bedanken. Sie haben großartige Arbeit geleistet!«

Sofort trampelten einige mit den Füßen und andere applaudierten. Ana sah, dass sich David erhob und einen gellenden Pfiff ausstieß.

Der Bürgermeister bat nochmals um Ruhe. »Ich bin tief beeindruckt, wie problemlos Sie den Test hingekriegt haben. Kaum zu glauben, wie reibungslos alles ablief.«

Der Monitor zog Anas Blick an. Wenn der sprechen könnte, würde er einen Lachkrampf kriegen. Rasch wandte sie sich ab und schaute zu Karsten. Ihre Blicke trafen sich. Der Vertriebsleiter beugte sich zu Wolfram und tuschelte mit ihm.

»Frau Rubin hat mir erklärt, dass Sie vor dem Feiern die Geräte abbauen müssen. Ich erlaube mir daher, Sie ab neunzehn Uhr in den Rathauskeller zu einem Umtrunk einzuladen. Ich würde mich freuen, wenn Sie alle erscheinen. Bringen Sie weitere Kollegen mit, alle werden bestens versorgt. Leider muss ich Ihnen nun die Frau Rubin und den Herrn Fuchs entführen, die Presse ist hungrig nach unserem Erfolg. Ah, und den Herrn …«, er zog geübt einen kleinen Zettel aus dem Sakko, »David Urban ersuche ich, uns zu begleiten, damit wir seine Leistungen hervorheben können.«

Normalerweise hätte Ana sich geärgert. Es war inakzeptabel, einen einzelnen Mitarbeiter derartig hervorzuheben, wenn das gesamte Team eine Spitzenleistung erbracht hatte. Doch an diesem Tag war die Bemerkung ein

Geschenk. David hatte keine Wahl, er nahm an der Pressekonferenz teil.

Ein bitterböser Blick traf Ana. Tim fühlte sich ungerecht behandelt.

Unter Gejohle verließen sie die Kommandozentrale und stiegen zum Repräsentationsraum empor. Der Rahmen der Veranstaltung war klein, aber exklusiv. Der Saal war festlich beleuchtet und mit Blumenarrangements geschmückt. Die Journalisten hatten Platz genommen, auf der Seite surrten und blinkten Kamerawagen. Diesmal war der österreichische Rundfunk prominent vertreten. Für einen Augenblick vergaß Ana ihr Dilemma und genoss das Ambiente.

Vor die Fenster waren Stühle gerückt, auf jedem lag ein weißer Zettel mit einem Namen. Die Buchstaben »Luc Bertrand« sprangen sie an. Hoffentlich tauchte er auf.

Pat plauderte mit dem Ministerialrat. Mit ihrem knallroten Kostüm und den hochhackigen Schuhen zog sie die Aufmerksamkeit auf sich. Neben der CEO posierte Benji und warf Ana ein hämisches Grinsen zu.

Eine Wolke »Flora by Gucci« hüllte Ana ein, als Pat ihr lächelnd die Hand reichte und ein Küsschen auf die Wange drückte. Der blumige Duft des edlen Parfums raubte ihr den Atem und die Angst vor der Zukunft schoss ihr mit voller Gewalt ein.

Wie in Trance begrüßte Ana Bekannte, beantwortete Small-Talk-Fragen und durfte sich endlich auf ihrem Platz niederlassen. Das Fenster zog sie magisch an. Keine Scheibe war kaputt. Jemand hatte den Schaden am Samstag entdeckt und repariert. Als sie schnell wegschaute, traf sie der Blick des Bürgermeisters. Ein Zucken lief über seine Stirn.

Würdevoll trat er in die Mitte seines Saals und streckte eine goldene Taschenuhr in die Höhe. »Noch drei Minuten, dann legen wir los.«

»Wo ist Luc Bertrand?«, zischte eine Stimme. Der Parfumgeruch bedrängte Ana.

»Er war entsetzlich müde, komplett überarbeitet und ist heimgefahren. Ich fürchte, wir müssen ihn entschuldigen.« Auch wenn sie den Franzosen gegenüber der CEO in Schutz nahm, war Ana gekränkt. Sie hatte Luc ihr Vertrauen geschenkt und er ließ sie hängen.

»Die Pressekonferenz hätte er als Chefarchitekt noch durchstehen müssen. Das ist unprofessionelles Verhalten.« Pat strahlte sie wohlwollend an, während sie erbost knurrte.

»Irgendwann wird es jedem zu viel.« Ana hob bedauernd die Schultern.

Pat wechselte einige Sätze mit einem Mann, den Ana nicht kannte, woraufhin der den leeren Stuhl entfernte.

»Liebe Freunde von der Presse, geschätzte Ehrengäste! Es ist so weit.« Das Stadtoberhaupt drehte sich theatralisch zu Ana. »Werte Frau Rubin, darf ich verkünden, dass der Test gelungen ist?«

Ana verzog ihren Mund zu einem hoffentlich strahlenden Lächeln und nickte bestätigend.

Es folgte eine Lobrede des Bürgermeisters. Danach wandte sich der Ministerialrat wortreich an die Journalisten. Pat und Ana bekamen je einen riesigen Strauß aus roten Rosen überreicht. Die CEO bedankte sich und nutzte die

Gelegenheit, um die Werbetrommel für ihr Unternehmen zu rühren.

Wieder ergriff der Bürgermeister das Wort. Mithilfe von Pats Marketingchefin hatte er eine Zusammenfassung der technischen Highlights vorbereitet und vertiefte sich darin.

Ana fühlte ihre Nerven vibrieren. Sie brauchte ihre äußerste Beherrschung, um ruhig auf dem Sessel zu verharren. Ein Seitenblick auf David bestätigte, dass er überaus stolz auf sich war. Als ihn der Bürgermeister namentlich erwähnte, blies er seine Brust auf und nickte in alle Richtungen. Zum Abschluss lud das Stadtoberhaupt auf Sekt und Brötchen ein.

Kaum bot sich die Gelegenheit, weil Gäste aufstanden, blinzelte Ana unauffällig auf ihr Handy. Nichts. Sie schickte ein Fragezeichen an Wolfram. Binnen Sekunden erschien die Antwort: »Keine Reaktion«. Wie abscheulich von ihm. Wieso tat ihr Luc das an?

Hektisch sah sich Ana um, sie musste sofort weg. Sie nahm dankend ein Glas Sekt entgegen und näherte sich Karsten. Ganz nah rückte sie ihr Gesicht an seine Schulter und flüsterte: »Ich fahr zu Luc. Halt David hier so lange fest.« Ohne auf seine Erwiderung zu warten, schlenderte sie mit der Sektflöte in der Hand gemächlich zum Ausgang.

Die Stiegen bewältigte sie trotz der hohen Absätze im Eilschritt. Im Testraum ertönten Gelächter und laute Stimmen. Sie nickte den überraschten Kollegen zu, schlüpfte in die Jacke, schnappte ihre Tasche und verschwand nach draußen.

In der Sekunde prallte sie gegen jemanden. »Entschuldigung, ich habe Sie übersehen!«, rief sie automatisch.

»Wo wollen Sie hin?« Ein fremdes Männergesicht glühte rot vor Wut. »Du verdrückst dich sicher nicht!« Er packte sie am Kragen. Seine Augen waren Zentimeter vor ihr und sie spürte seinen heißen Atem.

»Nicht! Sie tun mir weh!« Ana stemmte sich vergeblich weg.

»So viel zu Ehrlichkeit und Wort halten. Versucht sich das Gfrast heimlich aus dem Staub zu machen. So nicht, gute Frau.«

»Wer sind Sie?«, schrie ihn Ana an, während sie verzweifelt an ihrer Jacke riss. Er hielt sie mit eiserner Faust fest.

»Ich bin Jörg und mit Klaus und dir zum Fotoshooting verabredet. Vergessen? Fällt's wieder ein?«

Ana glotzte ihn sprachlos an. Das war der Kameramann, den Klaus Krutzler angekündigt hatte. Wusste er nicht, dass der Journalist tot war?

»Wo zum Teufel steckt Klaus? Ich bin extra früher aus dem Urlaub abgereist, weil das angeblich eine große Sache wird.«

»Er ist nicht da.«

»Blödsinn. Klaus ist noch nie weggeblieben, wenn es was zu holen gibt.«

»Bitte, das ist ein Notfall. Schenken Sie mir ein wenig Zeit, nachher gebe ich Ihnen das Interview. Ich schwöre, ich komme so rasch wie möglich zurück«, flehte ihn Ana an.

»Jetzt. Wir machen das Interview jetzt gleich, danach kannst du deine wichtigen Angelegenheiten erledigen. Ich rufe Klaus an. Gehen wir hinauf, oder unterhalten wir uns da drinnen?« Er deutete in Richtung Testraum.

Ana ließ sich schlapp zusammensinken. Dadurch war der Mann gezwungen, ihr gesamtes Körpergewicht am Kragen zu stemmen, um nicht mit ihr umzukippen.

»Was soll der Schwachsinn? Steh ordentlich!«, fuhr er sie an. Auf seiner Stirn bildeten sich dicke Schweißtropfen.

Ana schloss die Augen und hing an seiner Hand. Sie spürte, wie sein Griff zu zittern anfing.

»Ich lasse dich hinknallen, du blöde Kuh!«

Da kamen Schritte die Stiegen herab. Der Fotograf lockerte die Umklammerung und bevor er reagieren konnte, riss sich Ana los und flüchtete aus dem Rathaus. So schnell war sie noch nie mit High Heels gerannt. Zwischendurch schlitterte sie über übrig gebliebene Schneeflecken. Doch sie schaffte es ohne Sturz bis zum Cabrio. Ohne sich umzublicken, startete sie und legte den Gang ein.

Eine Faust polterte auf die Windschutzscheibe. Ana schlug das Lenkrad ein und drückte aufs Gas. Sie hörte die Türschnalle klicken, als das Auto aus der Parklücke bog. Die Tür sprang einen Spalt auf und klappte zurück ins Schloss, als sie in die Gasse schoss. Vor Angst jammernd befürchtete sie, den Mann umgefahren zu haben. Sie wagte einen Blick in den Rückspiegel. Der Fotograf saß auf dem Boden und drohte ihr mit geballter Faust. Ein Passant lief auf ihn zu. Er kam ihr bekannt vor.

Erleichtert seufzte sie. Sie hatte den Fotografen nicht verletzt. Zu keinem Zeitpunkt hatte sie gesehen, wo er stand. Ana stellte das Handy auf stumm. Niemand sollte sie abhalten. Entschlossen beschleunigte sie das Auto.

KAPITEL 38

Der aggressive Kameramann beschäftigte Ana, während sie durch die Dunkelheit fuhr. Hoffentlich flippte er nicht aus und machte im Rathaus eine Szene. Womöglich suchte er sich Pat dafür aus.

Sie beruhigte sich. Mit der Polizei wollte er bestimmt nichts zu tun haben. Er war verärgert, weil er sich von ihnen versetzt fühlte. Klaus Krutzler. Ana wurde übel beim Gedanken an das Messer in seinem Bauch.

Im ersten Stock von Lucs Haus brannte hinter beiden Fenstern Licht. Wenn der Kollege sich mit seiner Freundin vergnügte, während sie verzweifelt auf ihn wartete, konnte er was erleben.

Auf ihr intensives Klingeln am Zaun meldete sich niemand. Sie nahm ihr Handy. Die Ladung des Akkus war schwach. Ans Telefon ging Luc ebenfalls nicht. Sie entdeckte, dass Wolfram eine SMS geschickt hatte. Vielleicht hatte er den Franzosen erreicht.

»Achtung! Eventuell hat wer die KI kopiert.«

Es kam immer noch katastrophaler. Sie hatte den Cyberangriff als abgewehrt verdrängt, doch wenn Wolfram richtig lag, hatte jemand die Software gestohlen. Das war der Super-GAU. Aber Wolfram war unsicher. Sie durfte sich nicht hineinsteigern. Als Erstes brauchte sie den Computer von David.

Nochmals klingelte Ana mit Dauerton. Dabei beobachtete sie die Umgebung. Es gab keinen Verkehr auf der Straße, einige Autos waren am Fahrbahnrand abgestellt. Es waren keine Passanten unterwegs, nicht einmal Hundebesitzer. Fein, sie konnte keine Zeugen für ihren Plan gebrauchen.

Zurück beim Cabrio öffnete sie den Kofferraum. Entschlossen zog sie den schweren Wagenheber und den handlichen Monteurhammer heraus. Schwierig zu entscheiden, welches Werkzeug nützlicher war. Also streifte sie ihre Lederhandschuhe über, schob den Hammer unter der Jacke in den Hosenbund und erreichte mit dem Wagenheber in der Faust die Gartentür. Zu blöd, dass sie Stöckelschuhe trug. Ein letzter Blick in die verlassene Straße und sie schwang sich über den Zaun.

Das Rütteln an der Haustüre war vergeblich. Ana spähte in das unbeleuchtete Fenster daneben und erkannte eine Küche. Sicherheitshalber trippelte sie um die Hausecke. Die Kälte drang durch das dünne Leder und die Schneekristalle stachen durch die Nylonstrümpfe.

Hinter dem Gebäude war es kohlrabenschwarz. Ana knipste die Handylampe an. Sie kämpfte sich durch tiefen Schnee, hier schob ihn niemand weg. Auf der Rückseite entdeckte sie ein weiteres Fenster.

Sie leuchtete mit ihrem Handy hinein. Der Strahl spiegelte sich an der Scheibe eines Fernsehapparates, davor nahm sie einen Couchtisch wahr. Sollte sie wirklich? Die Alternative war, unverrichteter Dinge zurückzufahren und die Konsequenzen zu tragen. Einen teuren Anwalt engagieren und hoffen, dass sich alles in Wohlgefallen auflöste.

Das klang unrealistisch wie ein Märchen und sie entschied, auf die Chance zu vertrauen, den Laptop zu finden. Sie würde Luc die Reparatur der Fensterscheibe bezahlen. Bevor die Angst sie überwältigte, schlug sie mit dem Wagenheber kräftig zu.

Der Krach des Splitterns klang für sie wie eine Bombe. Vor Schreck kauerte sie sich an die Hausmauer und wagte keine Bewegung. Sie hörte keine Sirene losheulen, aber womöglich hatte sie einen stillen Alarm ausgelöst. Die Minuten vergingen. Die Füße waren steif vor Kälte, ihre Zehen fühlten sich an wie Eisklumpen.

Aus dem Innenbereich war kein Geräusch zu vernehmen. Vielleicht waren die Zimmer beleuchtet, obwohl der Bewohner ausgeflogen war.

Mit dem Werkzeug klopfte sie die noch herausragenden Glasscherben aus dem Fensterrahmen. Im Film sah das einfach aus. Bei ihr dauerte es eine schiere Ewigkeit. Schließlich war es so weit. Den Wagenheber warf sie in den Schnee und sie stemmte sich aufs Fensterbrett. Gut, dass sie trainiert war. Sie ließ sich ohne Schwierigkeiten geräuschlos auf den Parkettboden hinunter.

Da stand sie nun in ihren Stöckelschuhen in dem finsteren, fremden Haus. Ein Hauch von Fleischgeruch lag in der Luft. Luc hatte mittags gekocht. Oder seine Freundin. Wut kroch in Ana empor. So ein rücksichtsloser Verräter.

Vorsichtig tappte sie zwei Schritte von den Scherben weg und schlüpfte aus den Schuhen. Um ein Haar schrie sie auf, als die eiskalten Zehen den harten Boden berührten.

Sie richtete den Lichtstrahl auf die Wand. Langsam glitt er über Möbel, Bilder und den Fernsehapparat. Im Wohnzimmer lag kein Laptop. Sollte sie die Kästen durchsuchen? Sie beschloss, sich zuerst im Gebäude umzusehen.

Ana holte tief Luft und schlich los. Im Vorzimmer stand ein riesiger Holzschrank. Den würde sie erst öffnen, wenn sie sich davon überzeugt hatte, dass sie allein im Haus war. Seine Scharniere quietschten bestimmt ohrenbetäubend. Daneben reihten sich auf einer niedrigen Ablage Winterschuhe und Laufschuhe nebeneinander. Auch ein Paar Damenstiefeletten mit spitzen Absätzen. Anscheinend wohnte Luc nicht allein. Verwundert erkannte sie auf der Garderobe Boxhandschuhe. Es gab vieles an Luc, wovon sie keine Kenntnis hatte.

Die Küche war aufgeräumt, der Fleischgeruch war intensiver. Ana hielt es für unwahrscheinlich, dass der Computer bei Lebensmitteln verstaut war. In der angrenzenden Speisekammer brummte ein Kühlschrank. Mehr Räume umfasste das Erdgeschoss nicht. Kellertür entdeckte sie keine. Vermutlich existierte kein Untergeschoss. Das Gebäude befand sich unmittelbar neben dem ehemaligen Donauarm, da hatte man früher keine tiefen Erdlöcher gegraben.

Blieben das Obergeschoss und die Hoffnung, dass dort ein Büro eingerichtet war, in dem Luc die Maschine abgelegt hatte. Vor der alten Holztreppe graute Ana. In Zeitlupe setzte sie den Fuß auf die unterste Stufe und zog den Körper sachte nach. Aufmerksam wiederholte sie ihr Vorgehen. Ein winziges Quietschen erschreckte sie zutiefst. Ihr Herz klopfte so laut, dass es in ihren Ohren dröhnte.

Tritt für Tritt kämpfte sie sich nach oben. In ihrer dicken Winterjacke schwitzte sie vor Aufregung und der Hammer drückte auf ihren Bauch. Endlich erreichte sie den Flur. Die Türen waren verschlossen, nur durch die Schlüssellöcher drangen Lichtstrahlen. Konzentriert orientierte sie sich und ging behutsam zum ersten Zimmer, dessen Fenster auf die Straße zeigte.

Ana schob die Tür zentimeterweise auf. Sie horchte und schlich auf Zehenspitzen hinein. Sie sah ein zerwühltes Bett und eine Couch mit einem Tisch, auf dem Gläser standen. Auf dem Boden lagen Kleidungsstücke. Mit den Fingerspitzen hob Ana eine Hose auf. Die gehörte eindeutig einem Mann. Das Hemd daneben ebenfalls. Sie legte die Kleidung nieder und tapste zum anderen Zimmer auf der Straßenseite.

Wieder lauschte Ana, es war kein Laut auszunehmen. Die Klinke in der Hand schob sie die Tür millimeterweise auf. Ihr Blick erfasste einen Schreibtisch mit zwei geöffneten Laptops. Da war der Computer! Erleichtert machte sie einen großen Schritt auf ihn zu.

Im nächsten Moment entschlüpfte ihr ein gurgelnder Ton. Sie biss sich auf die Lippen und hielt den Atem an, bis ihr die Lunge zu zerreißen drohte.

KAPITEL 39

Ana stand wie festgeklebt. Ein widerlicher Geschmack füllte ihren Mund. Eisen. Ein Ruck ging durch ihren Körper und sie schüttelte sich. Mit der Zunge leckte sie das Blut von der aufgebissenen Lippe.

Ihre Augen fixierten den nackten Mann vor ihr. Er lag auf der Seite, das Gesicht zu ihr gewandt. Aus dem Bauch ragte kein Messergriff. Es war überhaupt kein Blut zu sehen.

Lucs Arme waren nach hinten gedreht. Seine Beine waren mit einem braunen Ledergürtel zusammengebunden. Mit einem unterdrückten Keuchen kniete sie sich neben ihn.

Seine Lider waren geschlossen und seine Gesichtsfarbe war weiß wie eine Wand. Über seinem Mund klebte ein schwarzes Isolierband. Ana legte ihre Fingerspitzen auf die Wange und fühlte kalten Schweiß. Sie überwand ihre Scheu und tastete am Hals nach dem Puls. Da! Sie spürte das Pochen.

Sie beugte sich über seinen Körper. Die Handgelenke waren hinter dem Rücken mit einer Schnur verknotet. Sie brauchte eine Schere, um die Fessel zu lösen. Ana nestelte an der Gürtelschnalle, um die Beine loszukriegen. Sie scheiterte daran, sie zu lockern.

Zuerst die Atmung freimachen, befahl sie sich. Sie zerrte an dem Klebeband. Lucs Lider flatterten und Ana entwischte der Plastikstreifen.

»Luc!« Ana flüsterte in sein Ohr. »Hörst du mich?«

Er lag regungslos da und ihre Finger packten erneut den Klebestreifen. Mit einem heftigen Ruck befreite sie seinen Mund. Für einen Augenblick wimmerte er und seine Lider hoben sich. Sie sah riesengroße schwarze Pupillen.

In diesem Moment zuckte ein Stechen durch ihren Hinterkopf und sie stöhnte. Sie sah Lucs Gesicht auf sich zurasen und prallte auf. Ein helles Schrillen jagte durch ihre Ohren. Mit letzter Anstrengung hob sie den Kopf und erkannte eine Gestalt, die davonhuschte. Sie erfasste lange dunkle Haare und einen Laptop, dann wurde es um sie finster.

Als sie die Augen aufschlug, lag sie auf dem Bauch und versuchte zu begreifen, wo sie war. Da ächzte es in ihr Ohr. Sie war so müde, sie wollte schlafen. Wieder störte sie ein Stöhnen. Langsam wurde ihr Denken klarer.

Sie kauerte auf Luc! Etwas drückte ihr in den Bauch und hinderte sie am Atmen. Der Hammer in ihrem Hosenbund! Entsetzt schreckte sie in die Höhe und schrie auf, weil ihr Hinterkopf vor Schmerz dröhnte. Luc schaute mit aufgerissenen Augen, doch sie hatte nicht den Eindruck, dass er sie sah. Seine Pupillen waren riesig. Er bewegte die Lippen, doch es kam kein Wort heraus.

»Nicht anstrengen, ich hole Hilfe.« Ihr Handy lag neben ihr am Boden. Sie wählte den Notruf. »Schnell. Da ist ein verletzter Mann.« Eine Frau fragte nach ihrem Namen. Die Adresse stammelte sie hoffentlich richtig.

»Sie beeilen sich. Ich besorge Wasser und ein Messer für die Fessel.«

Luc starrte noch immer ins Nirgendwo. Sie stemmte sich hoch und taumelte auf den Gang. Ihr Schädel brummte und sie hatte Schwierigkeiten, sich zu orientieren. Die Küche war unten. Auf der Stiege rutschte sie mit ihren Strümpfen und konnte sich gerade noch ans Geländer klammern.

Gleißendes Licht flammte auf. Geblendet blinzelte Ana. Kehrte die Frau zurück? Womit konnte sie sich verteidigen? Am Fuße der Treppe lehnte der Fotograf mit offenem Mund, in der Hand hielt er eine Kamera. Der Arm hob sich. Ungläubig schaute sie in die Linse. Dieser Idiot filmte sie.

Ana kreischte: »Oben liegt ein Verletzter, helfen Sie ihm! Er ist gefesselt und braucht Wasser.«

Die Kamera senkte sich und der Mann trampelte an ihr vorbei die Stufen hinauf. Sie schob sich weiter nach unten und erblickte die geöffnete Haustür. Die kalte Luft tat gut und Erinnerung setzte ein. Die Frau mit den langen Haaren hatte einen Laptop weggetragen. Die hatte sie niedergeschlagen und war dann getürmt. Deshalb hatte der Fotograf hereinkommen können. Wo war der bloß so schnell hergekommen?

Ana fasste sich an den Hinterkopf und ächzte. Diese Irre hatte ihr eine Beule verpasst. Der Laptop! Er gehörte bestimmt David, sie musste ihn zurückholen. Ihr Blick fiel auf die Ablage mit Winterschuhen, die Damenstiefeletten waren weg.

Ana fuhr mit einem Fuß in einen Bergschuh. Er fühlte sich kalt und groß an. Egal, sie schlüpfte in den zweiten. Hektisch verknotete sie die Schnürriemen und sprang ins

Freie. Sie rüttelte an der Gartentür, die war versperrt. Sie schaute links und rechts, konnte aber keinen Menschen entdecken. Hinter ihrem Auto hatte sich ein Lieferwagen eingeparkt. Der Hinterausgang!

Sie hastete durch den Garten. Als sie um die Ecke bog, erfasste sie ein Lichtkegel und sie prallte gegen einen Körper. Eine männliche Stimme stieß ein Knurren aus. Der Lichtstrahl blendete sie.

»Ana! Geht es dir gut? Wo ist Luc?«

»Karsten! Gott sei Dank! Luc liegt bewusstlos oben und hat so komische Pupillen. Kümmere dich um ihn. Da war eine Frau, ich versuche, sie zu schnappen.«

Schon preschte sie davon. Karsten schrie ihr nach, aber sie war bereits zu weit weg. Am Zaun stoppte Ana nochmals und schaltete die Taschenlampe ihres Handys ein. Hoffentlich hielt der Akku. Die Tür in der Hecke stand offen. Die Fußabdrücke waren tief und führten die Böschung hinunter zu dem Parkplatz, auf dem sie am Vortag hängen geblieben war.

Bei jedem Schritt rutschte sie im Inneren der Schuhe und sie rollte die Zehen ein, damit sie nicht umkippte. Ihr Knöchel stach beim Auftreten und ihr Kopf pochte. Ana verringerte das Tempo. Sie konnte umkehren und auf die Rettung warten. Keiner zwang sie, über den Schnee zu laufen.

Diese Frau war doch die Freundin von Luc. Weshalb griff sie Ana an? Hatte sie Luc überwältigt? Steckte sie hinter den Anschlägen? Was hatte Luc damit zu tun? Diese zierliche Gestalt passte nicht zu dem Messerangriff auf

Krutzler. Während ihr tausend Fragen durch den Kopf schwirrten, eilte Ana wieder in voller Geschwindigkeit über das Gelände.

Wo führte die Spur hin? Über die Liegewiese zum Strand. Oh nein, die Frau eilte auf die Alte Donau hinaus. Der See war mit einer Eisschicht bedeckt, darüber lag Schnee. Hatte es heuer schon lange genug gefroren, dass die Eisdecke trug?

Am Rand der Alten Donau stoppte Ana. In ihr stieg Zweifel hoch. Sie wollte nicht einbrechen. Zu ertrinken war eine entsetzliche Vorstellung. Aber wenn ihr die Frau entkam, war sie womöglich nie mehr in der Lage, ihre Unschuld zu beweisen.

»Scheiße!«, flüsterte Ana. »Jetzt brauche ich einen Schutzengel.«

Sie erkannte den Beginn des Gewässers am Glitzern. Der Schnee verhüllte das Eis nur lückenhaft, weite Flächen funkelten dunkel. Mondlicht erhellte die Schneelandschaft. Sie bildete sich ein, auf dem See eine Gestalt auszunehmen.

Zaghaft setzte sie ihren Fuß auf die Eisfläche und zog den zweiten nach. Das Eis trug sie. Vorsichtig stapfte sie los. Wo der Schnee lag, hafteten die Bergschuhe gut. An den schneefreien Stellen schleuderte es Ana. Der Knöchel rächte sich mit Stechen und sie presste die Zähne zusammen.

Die Alte Donau war mehrere Hundert Meter breit. Über das glatte Eis würde die Überquerung eine Zeit lang dauern. Mit Schaudern fiel ihr ein, dass die Wassertiefe bis zu sieben Metern betrug. Warum lief die Frau nicht am Land entlang und nutzte die Brücke beim Angelibad?

Weil sie sich nicht auskannte. Das Gelände war ihr fremd. Das war Anas Chance.

Schlitternd kehrte sie zur Liegewiese zurück. Sie stapfte durch unberührten Schnee. Als sie den geschaufelten Gehweg erreichte, stürmte sie los. Sie gewöhnte sich an den pochenden Knöchel und ihre Gedanken wurden in der Kälte klar. Den Blick fest auf die Gestalt am See gerichtet, rannte sie am Gebäude des Freibades vorbei und auf den kleinen Steg, der die Ufer miteinander verband. Mühlschüttelsteg. Wie oft verfluchte sie ihr schlechtes Namensgedächtnis. Jetzt erinnerte sie sich an den Namen einer Fußgängerbrücke.

Ana kniff die Augen zusammen. Die Frau bewegte sich auf die Brücke zu. Hatte sie die Orientierung verloren? Neben dem Steg hatte der Wind den Schnee verblasen und die Oberfläche glänzte im Mondlicht.

Die Brücke war keine gute Idee. Ihre Mutter hatte ihr damals eingebläut, sich beim Eislaufen fernzuhalten, weil dort das Wasser als Letztes in die Tiefe fror. Ana fielen die Damenstiefeletten vom Vorraum ein. Die Absätze waren für das Wandern auf Glatteis ungeeignet und raubten der Frau die Kräfte.

Unentschlossen verharrte Ana. Sie wollte die Frau einfangen, nicht bei ihrem Ertrinken zusehen. Wenn Ana sie warnte, entkam sie ihr.

Die Gestalt stürzte, rappelte sich wieder auf und schlitterte weiter. Nach wenigen Schritten rutschte sie erneut und landete mit spitzem Aufschrei auf dem Gesäß. Das klang nahe.

Ana kauerte hinter dem Geländer und spähte durch die Streben. Die Frau änderte den Kurs und kämpfte sich parallel zum Steg in Richtung Ufer vor.

Tief gebückt schlich Ana vorwärts. Sie hatte festen Tritt, während die Frau ständig ausrutschte. Vor ihr beschien eine Straßenlaterne den Gehweg. Wenn sie in den Lichtschein geriet, konnte die Frau sie entdecken. Am Ende des Übergangs, direkt am Uferbeginn strahlte die nächste Lampe.

Eine Bewegung lenkte ihre Aufmerksamkeit auf die Eisfläche. Bildete sie sich das ein, oder hetzte da noch jemand dahin? Unsicher schaute sie zwischen der Frau und dem Schatten hin und her. Die einzigen Menschen, die sie getroffen hatte, waren Karsten und der Fotograf. Hatten die sich ebenfalls aufs Wasser gewagt? Sie sollten lieber Luc helfen.

Die Frau bewegte sich auf das Ufer zu. Ana musste riskieren, entdeckt zu werden, sonst erreichte sie die Böschung vor ihr und verlor sich in den Gassen. Sie rannte los.

Ihre Muskeln schmerzten, weil sie sich in den übergroßen Schuhen verkrampfte. Endlich passierte sie die zweite Laterne. Im gleichen Augenblick fuhr ihr ein greller Schrei durch Mark und Bein.

KAPITEL 40

Links, rechts, näher beim Ufer oder doch unter dem Steg? Ana drehte und bückte sich, die Frau war weg. Vor einem Augenblick war sie noch da, jetzt war die Silhouette verschwunden.

Ana zwängte sich unter dem Geländer durch und stolperte den Hang nach unten. Die Füße glitten weg und sie landete in einer Schneewechte. Den Rest des Hanges rutschte sie am Hosenboden hinunter.

»Hilfe!«

Ana rappelte sich auf. Wenige Meter vor ihr erkannte sie einen Kopf. Ein Arm schwang durch die Luft. »Hilfe!«

Ana sprang vor. Ihre Beine schlitterten auf dem Eis auseinander und sie prallte hart auf. Ein Knacksen auf der Eisfläche ließ ihr das Blut gerinnen. »Halten Sie durch, ich helfe Ihnen.«

Das Handy umklammerte sie verkrampft, sie hatte es beim Sturz gerettet.

Die Frau schlug wild mit den Armen um sich und schrie vor sich hin. Das Wasser gurgelte bedrohlich. Ana drückte die Tasten. Noch einmal. Das Display blieb schwarz. Was um alles in der Welt, das war unfassbar. Ana schüttelte das Telefon. Nichts.

Die Finger der Frau kratzten über das Eis. Immer wieder rutschten sie ab und klatschten aufs Wasser. Lange würde sie das nicht durchhalten.

Ana hörte ein Knirschen. Es wurde lauter und mit einem Krachen brach das Eis ab, an dem sich die Frau festgekrallt hatte. Von ihr fehlte jede Spur.

Sekundenlang breitete sich tödliche Stille aus. Ana saß wie festgefroren auf dem Eis. Da schossen Hände aus dem Wasser und suchten verzweifelt einen rettenden Anker.

Ana musste es riskieren. Sie legte sich auf den Bauch und robbte knapper zu dem Wasserloch. Das Eis unter ihr knackte beängstigend. Sie sah einen Riss vor sich zur Einbruchsstelle laufen. Das Knirschen und Knacken nahm zu. Die Frau erschien ihr unendlich weit entfernt. Ein Herausziehen war aussichtslos.

Wenn Ana sich näher heranwagte, brach sie ebenfalls ein. Wenn sie nichts unternahm, schaute sie der Frau beim Ertrinken zu.

Der Horizont blinkte blau. Das war die Rettung bei Luc. So greifbar und doch völlig unerreichbar.

Mit einem gurgelnden Geräusch ging die Frau unter. Einen Augenblick dachte Ana, dass es vorbei war. Da tauchte sie um sich schlagend wieder auf und kreischte in Todesangst.

Im Film würde eine Stange herumliegen. Ana wälzte sich herum, ihre Augen suchten die Umgebung ab. Angestrahlt von der Laterne erkannte sie die Böschung. Außer Pflanzen war da nichts.

»Sonja!« Ein Aufschrei gellte durch die Nacht. »Sonja! Sonja!« Die Stimme kam ihr bekannt vor.

Eine Gestalt zeichnete sich auf der Eisfläche ab. Sie kniete nieder und schlitterte auf das Wasserloch zu.

Die stöhnende Frau krallte sich am Eis fest, rutschte ab, griff nach, platschte ins Wasser. »Ich kann nicht mehr!«

»Halt durch, ich hole dich.« Der Mann streckte die Hand aus und glitt auf den Knien vor. Der Abstand war zu groß. Ana fühlte das Knacken von Eis. Er schob sich näher. Im Schein der Laterne erkannte sie ihren Kollegen.

»David! Was kann ich machen?« Ana schluchzte verzweifelt auf.

Einen Moment wandte er ihr sein Gesicht zu. Blankes Entsetzen. »Ana.« Dann schaute er zu der Frau. »Sonja, Liebes. Nicht loslassen! Ana, lauf um Hilfe. Wir bekommen sie allein nicht heraus.«

Ana zögerte keine Sekunde. Sie kletterte die Böschung hinauf. Zweimal rutschte sie aus und schlitterte am Bauch wieder nach unten. Beim dritten Mal schaffte sie es zum Brückengeländer und drückte sich darunter durch.

Hektisch überlegte sie, in welche Richtung sie rennen sollte. Auf dieser Seite der Alten Donau lag ein Gasthaus. Aber sie entdeckte kein Licht, also war es geschlossen.

Sie stolperte über den Steg. »Hilfe, so helft uns doch!« Keuchend stieß sie die Laute aus, während sie den Weg zurückjagte. Da blitzten Lichter vor ihr auf. »Hilfe, hierher!«

»Rubin! Ana!«

Entkräftet blieb sie stehen. Der Schein einer Taschenlampe blendete sie. Einen Augenblick später erkannte Ana den Kameramann und dahinter Karsten. »Schnell! Sie ist eingebrochen. Sie ertrinkt!« Sie kehrte um und taumelte zurück in der Hoffnung, dass die Männer ihr folgten.

Nach wenigen Schritten hatte Karsten sie eingeholt. »Wo?«

»Am Ende der Brücke rechts«, stammelte Ana.

»Ruf die Feuerwehr«, brüllte er dem anderen Mann zu.

Da hallte ein grauenhafter Schrei. Karsten stürmte vor, Ana hinter ihm her. Ein Blick über das Geländer zeigte das Desaster. Ein Mensch schlug im Wasser wild um sich. Das war David. Die Frau war spurlos verschwunden.

Ana kollerte den Hang hinunter. Es ruckte und sie spürte die Jacke reißen. Vor ihr streckten sich Beine auf der Erde. Karsten lag auf dem Bauch und glitt aufs Eis.

»Ich fixiere deine Beine!« Ana ahmte seine Stellung nach und robbte aufs Eis. Sie umklammerte sein Schienbein. »Ich habe dich.«

Karsten zog sie mit sich.

Ana hörte einen unmenschlichen Laut vor sich. David kämpfte ums Überleben. Für einen Augenblick glaubte sie, sich übergeben zu müssen. Sie biss die Zähne zusammen und krallte sich an Karsten.

»Ein Stück noch«, keuchte es vor ihr.

Ana spürte, wie ihr Fuß von der Böschung aufs Eis rutschte. »Aus, ich kann uns nicht mehr halten!« Trotz der Kälte brannte ihr Körper vor Hitze. Wie war sie hierhergeraten? Denken ausschalten und anklammern!

»Nimm meine Hand«, ächzte Karsten.

»Sie ist unter dem Eis!«, kreischte David.

»Du musst dich an mir festhalten, ich schaffe das sonst nicht!«

Ana vernahm Stöhnen. Unter Einsatz der letzten Reserven verkrallte sie sich in Karstens Schuh.

»Zurück, Ana. Nicht auslassen!«

Wie sollte das funktionieren? Ana strampelte. So kam sie keinen Millimeter zurück. Sie rutschte am selben Platz hilflos hin und her.

»Zurück, habe ich gesagt. Lange halte ich ihn nicht mehr!«

Ana fühlte die Panik hochkriechen. Sie würden es nicht schaffen. David würde unter das Eis rutschen. Sie musste verhindern, dass er Karsten mitzog. Aus Leibeskräften zappelte sie mit den Beinen und ruderte mit dem freien Arm. Bewegten sie sich zum Ufer?

Etwas krallte sich in ihre Waden. Entsetzen packte sie.

»Ich habe euch! Ich ziehe an. Festhalten!« Die Männerstimme klang verheißungsvoll.

Die Jacke ratterte unter ihr. Mit dem Kinn schleifte sie über das raue Eis, aber ihre Finger umklammerten Karstens Schuh.

Augenblicke später endete der Druck auf ihre Waden und das Rattern war vorbei. »Ich habe ihn, ihr könnt aufhören.«

Ana wälzte sich auf die Seite. Vor ihr kauerte Karsten und keuchte. Ein breiter Rücken beugte sich über einen liegenden Körper. »Lebt er?«, flüsterte sie.

»Haben Sie die Rettung gerufen?« Karsten presste die Frage zwischen lautem Schnaufen heraus.

»Die Feuerwehr.«

»Lebt er?« Anas Schrei schrillte durch die Luft.

»Er ist bei Bewusstsein.«

»Sonja!«, stöhnte eine dumpfe Stimme.

Da brach die Realität über Ana herein. Die Frau war ertrunken. Sie hatte bis zuletzt gekämpft, aber das kalte Nass hatte ihr die Kraft geraubt. Irgendwo unter der Eisdecke lag sie verborgen. Tränen rannen Ana über die Wangen. Karsten nahm ihre Hand. Er weinte ebenfalls.

»Ich decke ihn mit meinem Anorak zu, der erfriert sonst.« Der Fotograf schlüpfte aus seiner Schijacke. Er zog etwas aus der Tasche und breitete den Anorak über David aus.

Ana beobachtete, wie er den Gegenstand sorgfältig drehte und zufrieden grunzte. Im nächsten Augenblick schoss er Fotos. Ungläubig verfolgte Ana, wie der Mann herumstapfte und sie ablichtete. Hin und wieder blitzte der Apparat hell auf. Sie war zu erschöpft, um zu protestieren.

»Sonja!« David heulte.

Ana kletterte in die Höhe und hockte sich bei ihm nieder. Sie legte ihre Hand auf seine Brust, als ob sie ihn damit wärmen konnte.

David war leichenblass und seine Zähne klapperten. Er hatte seine Augen geöffnet und starrte ins Nichts. Über seine Wangen liefen Tränen. Als er sich ihrer Anwesenheit bewusst wurde, verhärteten sich seine Gesichtszüge. »Du bist schuld. An allem.« Purer Hass fuhr ihr entgegen.

KAPITEL 41

Ana schreckte zurück. »Aber David! Ich wollte doch nicht, dass sie stirbt!«

»Du hast Sonja aufs Eis gejagt. Du bist schuld! Ich hasse dich!«

»Ich bin ihr nachgelaufen, weil sie den Laptop gestohlen hat! Sie hat mich niedergeschlagen! Ich schätze, sie hat auch Luc überfallen!« Ana war außer sich.

»Recht geschieht euch! Der Teufel soll euch holen!«

Was war mit David los? »Aber David! Wieso …?«

Auf einmal wurde es in Ana still. Sie hatte all die Jahre gern mit David gearbeitet und auf seine Loyalität vertraut. Ihr Schock schlug in Wut um.

»Warst du das alles?« Anas Stimme zitterte.

David schauderte. Er musste am Erfrieren sein. Ana fühlte, dass Karsten hinter sie trat. Seine Nähe vermittelte ihr Sicherheit.

»Hast du den Hoch vor den Lkw gestoßen?«

David verzog angewidert die Miene und zuckte die Schultern. Sein Blick glitt an ihr vorbei.

»Oder war es die Frau?« Sie brauchte Antworten, Gründe für das Unfassbare, nicht dieses eisige Schweigen.

»Sonja ist tot und du bist schuld. Du hast sie umgebracht.« Eiseskälte drang aus seiner Stimme und er ballte die Hände zu Fäusten. Obwohl ihn Schüttelfrost beutelte, strahlte er mit jeder Faser seines Körpers Hass aus. Mit verzerrtem Gesicht schlenkerte er mit Armen und Beinen, um sich aufzuwärmen. »Sonja war meine große Liebe.«

»Sie war doch Lucs Freundin.«

»Das hat der Trottel geglaubt. Sie war meine Lebensgefährtin.«

Anas Gedanken wirbelten herum. Lucs Freundin war Davids Lebensgefährtin. Was bedeutete das?

»War sie deine Komplizin?«

David schnaubte verächtlich. »Wie sich das anhört. Sonja ist eine atemberaubende Frau. Zehnmal schöner und gescheiter als du. Sie ist … war … meine Zukunft.«

Ana fühlte Karstens Hand auf ihrer Schulter. »Sie hat dem Hoch den Aktenkoffer weggerissen, stimmt's?« Da kam Ana ein weiterer Gedanke. »Und du hast mich angezeigt, um von ihr abzulenken.«

David schloss die Augen und ignorierte sie. Er wollte ihr keine Erklärungen geben. Konzentriert bewegte er seine Gliedmaßen.

»Warum habt ihr das getan? Du warst unser netter Kollege, wir haben viel zusammen gelacht. Und du hast dich für das Projekt eingesetzt! Wieso wolltest du die KI am Schluss zerstören?«

»Lass mich in Ruhe.«

»Hast du Klaus Krutzler erstochen?«

»Erstochen? Wer ist Klaus Krutzler?« Karstens Stimme klang panisch.

»Was? Der da hat Klaus niedergestochen?«, brüllte der Fotograf. »Wenn ich das geahnt hätte, wäre er im Wasser verreckt.«

David kreiste mit den Armen und würdigte sie keines Blickes.

»Warum zum Teufel hast du das alles gemacht?« Anas Hände zitterten vor Zorn und Ohnmacht. Am liebsten hätte sie auf ihn eingeschlagen.

Karsten zog sie sanft in die Höhe. Mit einem Schnauben gab Ana auf und stellte sich auf die Seite. Sie hatte rasende Kopfschmerzen. Hoffentlich tauchten bald die Rettungsfahrzeuge auf.

Der Fotograf kletterte auf die Brücke und schoss von dort Fotos.

Leise sagte sie zu Karsten: »David ist ein Mörder. Er hat mehrere Menschen auf dem Gewissen.«

Karstens Miene drückte Verwirrung, Abscheu und Verzweiflung aus. »Ich glaube das nicht. Das ist unvorstellbar. Mir fehlen die Worte«, stammelte er.

Nach einer Ewigkeit ertönten Stimmen. Gestalten in orangefarbenen Anzügen stiegen die Böschung herunter. Zwei kümmerten sich sofort um David. Eine Frau riss einen Beutel auf und breitete eine goldene Folie aus. Die Sanitäter wickelten sie um David. Schweigend verfolgte Ana ihren Wortwechsel. Eine Trage wurde heruntergereicht und David daraufgeschnallt.

»Ist bei Ihnen alles in Ordnung?« Die Frau inspizierte sie. »Sie bluten am Kinn.«

Automatisch griff Ana zur Wunde.

»Nicht.« Die Sanitäterin zog ihr die Hand weg. »Das haben wir gleich.« Sie bückte sich zu einem Rucksack und holte ein verpacktes Tuch heraus. Mit diesem tupfte sie Ana vorsichtig die Haut ab. Das brannte. »Sind oberflächliche Kratzer, es genügt ein Pflaster.« Bevor Ana ablehnen konnte, klebte sie es auf ihr Kinn.

»Nennen Sie mir Ihren Namen.«

Ana blickte die Frau nachdenklich an. Wozu wollte die ihren Namen wissen?

»Ich glaube, sie steht unter Schock.« Das war Karsten.

»Begleitet die Leute zur Ambulanz«, hörte sie einen Befehl.

Sie fühlte, wie ihr eine Decke umgelegt wurde und ein kräftiger Griff sie an der Taille packte.

»Wir gehen gemeinsam die Böschung hinauf.« Schon marschierte der Mann los und schleppte sie mit.

Ana zuckte unter einem grellen Blitz zusammen.

»Gehts noch? Schleich dich, Oida!« Der Sanitäter keuchte wütend. »So ein Gfrastsackl. Wo ist der so schnell hergekommen?«

Der Fotograf wich aus, stolperte und landete fluchend im Gebüsch.

Schadenfroh lachend führte der Rettungshelfer sie den Weg entlang. Polizisten in Uniform stapften ihnen entgegen. Blaues Blinken verfärbte den Nachthimmel. Die Szene wirkte gespenstisch. Der Sanitäter half ihr in einen Krankenwagen.

Ana setzte sich auf den gepolsterten Stuhl und schaute sich unschlüssig um. Sie wollte nicht ins Spital, sie war doch absolut okay. Dieses blöde Pflaster störte sie. Sie begann zu zupfen. Das Kopfweh war erträglich. Aber ehrlicherweise war es im Inneren des Autos nicht übel. Es war angenehm warm und sie konnte sich anlehnen und die Augen schließen.

»Neben Ihnen steht eine Wasserflasche. Trinken Sie, die Flüssigkeit hilft Ihrem Kreislauf. Bitte schnallen Sie sich an.« Danach klappte die Autotür zu.

Von draußen war Brüllen zu hören. Aufgeregte Stimmen riefen durcheinander. Angestrengt horchte Ana, konnte aber den Sinn nicht verstehen. Sie war grenzenlos müde. Die Geräusche wurden leiser und verschwammen in der Ferne.

»Nehmen Sie auf dem anderen Sessel Platz.«

Erschreckt schnellte Ana hoch. An ihr vorbei drängte der Kameramann und ließ sich stöhnend auf den Sitz fallen. Sein rechter Arm war bandagiert und an seinen Körper gebunden.

»Arbeitsunfall«, grinste er sie an.

»Ein wenig dauert es noch, bis Sie abfahren. Ich mache zu, damit Ihnen warm bleibt.« Der Sanitäter schloss die Tür von außen.

»Da wir offenbar eine Fahrgemeinschaft bilden, halte ich es für angebracht, mich vorzustellen. Unsere Bekanntschaft hat mangelhaft gestartet, das verbessern wir. Mein Name ist Jörg Nemetz und ich verdiene meinen Lebensunterhalt als freier Fotograf.«

Mit dem Schlafen war es vorbei. Ana betrachtete den Mann und fand ihn nach wie vor unsympathisch. Sein amikales Gehabe stieß sie ab.

»Sie sind der Kompagnon von Klaus Krutzler«, äußerte sie.

Ein Schatten fiel über sein Gesicht. »Klaus. Stimmt. Wir arbeiten gelegentlich miteinander. Er fotografiert oft selbst, aber wenn es ihm wichtig ist, holt er mich dazu.«

Ana schnürte es den Hals zu, doch sie musste es hinter sich bringen. »Er ist tot.«

»Ist er nicht. Klaus überlebt den Messerstich.«

»Ist das wahr? Woher wollen Sie das wissen?« Ana starrte ihn misstrauisch an.

»Weil mir das ein Chefinspektor Müller mitgeteilt hat.«

»Heinz Müller? Sie kennen ihn?« Die Ereignisse hatten ihre Auffassungsgabe beeinträchtigt. Was hatte Heinz mit diesem Fotografen zu tun?

Dem Mann gefiel seine Rolle. Er lächelte sie gönnerhaft an. Oder war das ein verlegenes Grinsen? »Sie haben mich in Korneuburg um ein Haar über den Haufen gefahren. Da hatte ich das Recht, ganz sanft auf ihr Auto zu klopfen, Sie stimmen mir doch zu?«

Ana schwieg.

»Das hat mir ein Augenzeuge krummgenommen und mich gemaßregelt. Blöderweise ist er Polizist. Er hat mich gleich an Ort und Stelle verhört, was ich von Ihnen will. Als ich das Fernbleiben von Klaus erwähnt habe, wurde er wissbegierig und hat mich ausgequetscht. Unfreundlich war er, ich dachte schon, er verhaftet mich. Jedenfalls hat er mir die Information gegeben, dass Klaus im künstlichen Koma im Lorenz-Böhler-Spital liegt und überlebt.«

Ana stieß einen schnaufenden Laut aus. Erleichterung erfasste sie. Sie hatte kein Mordopfer gefunden, sondern einen Verletzten.

»Woher weiß Heinz Müller von dem Überfall auf Krutzler?«

»Scherzen Sie? Das bindet er doch nicht ausgerechnet mir auf die Nase. Einem Polizisten fällt es leicht, an solche Auskünfte zu kommen.« Der Fotograf räusperte sich. »Er ist jedenfalls kein Fan von Klaus. Hat irgendwas von Lügen gefaselt, die Klaus Ihnen erzählt hat. Einem Reporter darf man nicht jede Flunkerei böse nehmen.«

»Ist Heinz mit Ihnen zu Luc gefahren?«

»Oh, Sie sind mit dem Chefinspektor vertraut, das klingt gefährlich.«

»Hören Sie mit dem Theater auf und geben Sie mir eine vernünftige Antwort«, schimpfte Ana.

»Okay, okay. Keine Ahnung, wo der Kommissar ist. Ich bin ins Rathaus zurück und habe einen hilfreichen Kollegen von Ihnen getroffen. Dem haben Sie Ihr Ziel verraten und er war schrecklich besorgt. Deshalb sind wir gemeinsam los. Zum Artikel hat er wenig beigetragen, er hat ständig von Ihnen geredet.«

»Wie geht es Luc?« Ana spannte sich an. So sehr hoffte sie, dass er heil war. Wie riesig seine schwarzen Pupillen gewesen waren.

»Luc? Ist das der nackte Bursche am Boden? Für den habe ich die Rettung verständigt und ihn losgebunden. Ihr Kollege hat versucht, ihm Wasser einzuflößen, das war allerdings unmöglich. Bis die Einsatzkräfte gekommen sind, war er halbwegs ansprechbar. Ob er verletzt war, weiß ich nicht. Der ist eher unter Drogen gestanden. Ihr Kollege und ich haben keine Diagnose abgewartet, sondern sind Ihnen nach. Jetzt sind Sie an der Reihe.«

Ana entspannte sich, gab aber keinen Ton von sich. Sie war zu sehr damit beschäftigt, seine Informationen zu verarbeiten.

»Na hallo! Ich plaudere so bereitwillig, da müssen Sie eine Gegenleistung erbringen. Wie wäre es beispielsweise mit der Erklärung, was für eine Superstory Sie sind?«

Ana staunte ihn an. »Ich?«

»Klaus hat mich kontaktiert, weil er an was Großem dran ist. Das Interview mit Ihnen war ihm als Höhepunkt der Story so wichtig, dass er mich aus dem Urlaub geholt hat. Also spucken Sie endlich aus, was es ist. So eine maulfaule Frau hat Seltenheitswert.«

»Lassen Sie mich gefälligst in Ruhe!«, zischte Ana und drehte den Kopf weg.

»So kommen Sie mir nicht davon! Wobei …«

Die Pause brachte Ana dazu, in seine Richtung zu schauen. Da blitzte es auf. Sie stieß einen Wutschrei aus.

»Wenn Sie schon nicht reden, habe ich immerhin einen Berg wertvoller Fotos. Die Zeitungen werden sich darum reißen. Exklusivbericht.«

KAPITEL 42

In Gedanken verloren streckte sich Ana behaglich in dem Sessel des Krankenwagens aus. Sie hatte beschlossen, mit dem aufdringlichen Kerl kein Sterbenswörtchen mehr zu wechseln. Erfreut stellte sie fest, dass der Transporter startete und losfuhr. Somit war sie den Schwätzer bald los.

Zufrieden schloss sie die Augen und hing ihren Überlegungen nach. Sie hatte den Mörder entlarvt. Sie war nicht glücklich, weil es David war. Das war eine böse Überraschung und würde ihr noch lange nachhängen. Aber sie bekam ihr altes Leben zurück. Es hatte zwar Dellen abbekommen, aber mit gutem Willen ließen sie sich vielleicht reparieren.

»Wo zum Teufel bringen uns die hin?«

Erschreckt von dem Ausruf zuckte Ana in die Höhe und wurde vom Sicherheitsgurt zurückgerissen.

Der Fotograf lehnte sich gegen die Tür und spähte durch die kleine Luke. »Wir sind in Spillern von der Autobahn abgefahren und kurven durch die Au.«

»Spillern? Das ergibt keinen Sinn.« Ana schnallte sich ab und stellte sich zu ihm. Verkrampft suchte sie Halt, um den Mann nicht zu berühren. Draußen war es finster. Der Krankentransporter polterte über Unebenheiten. »Ich glaube, wir rollen auf einer unbefestigten Straße, wo führt uns der hin?«

Der Fotograf drehte sich abrupt um und durchquerte den Innenraum. Er klopfte an die Zwischenwand zur Fahrerkabine. Als er keine Reaktion hörte, schlug er mit der Faust dagegen. Ohne Erfolg.

Der Wagen rumpelte und Ana klammerte sich an einer Stange fest, um das Gleichgewicht zu halten. Die Stöße wurden heftiger.

»Was zum Teufel treiben die? Fahren wir querfeldein oder was?« Der Fotograf kämpfte darum, auf den Beinen zu bleiben.

Anas Finger krallten sich an die Stange. Sie fühlte Angst in sich hochkriechen. Sie spürte, wie ihr der Schweiß aus allen Poren brach.

Ein Ruck und der Krankenwagen stoppte. Er schwang leicht nach hinten und dann nach vorne. Der Fahrer parkte ein. Die Kabine vibrierte, als eine Tür zuschlug.

»Der braucht wohl eine Bierpause«, schimpfte der Fotograf und marschierte zur Ladeklappe. Vor sich hin knurrend klopfte er gegen die Scheibe. Wahllos zog er an Hebeln.

Ana umklammerte noch immer die Stange und mit jedem Atemzug erschien ihr das Fahrzeug enger. Sie waren eingesperrt, irgendwo in der freien Natur. Die Wände schienen näher zu rücken. Sie musste hinaus, bevor sie erdrückt wurde. Aber was war draußen?

Die Tür schwang mit einem Ruck auf und der Fotograf verlor das Gleichgewicht und kippte zur Seite. Die Ambulanzliege bremste ihn und er ruderte am Rücken liegend mit den Armen.

Licht flammte auf und eine Gestalt sprang ins Wageninnere. Bevor Ana begriff, was vor sich ging, schlug ein Mann auf den wehrlosen Fotografen ein. Der brüllte auf und sackte regungslos auf der Liege zusammen.

Der Strahl traf Ana mitten ins Gesicht. »Und du setz dich auf den Stuhl und schnall dich an.«

Ana fuhr zusammen. David. Sie waren allein mit ihm. Wie hatte das geschehen können? Er war doch auf die Tragbahre geschnallt gewesen und Polizisten waren herumgelaufen. Sie wollte schreien und weglaufen, aber ihre Gliedmaßen gehorchten nicht.

»Schau nur belämmert, das kannst du perfekt«, höhnte er. »Setz dich hin.«

Folgsam glitt Ana auf den Sessel und schloss den Gurt. Hilflos beobachtete sie, wie David die Bänder des Traggestells um den bewegungslosen Fotografen festzurrte. Dann baute er sich vor ihr auf.

»Fang schon an, um Gnade zu winseln. Viel Zeit bleibt dir nicht mehr.« Es war Davids Stimme, doch sie klang verändert. Hart und zynisch, fast gewalttätig. Geblendet von der Taschenlampe sah sie sein Gesicht nicht. Sie erinnerte sich an den Hass in seinen Augen.

»Wirst du mich umbringen? Wieso bist du nicht einfach abgehauen?« Ana sprach so ruhig, wie sie vermochte. Ein leichtes Vibrieren verriet ihre Furcht.

»Das hätte dir so gepasst! Ich löse mich in Luft auf und du erntest die Lorbeeren für mein Projekt.«

»Das ist unser Projekt. Viele Leute haben ihr Herzblut investiert, nicht nur du.« Sie biss sich auf die Lippen. Es war unklug, mit David zu streiten.

»Ihr kriegt den Ruhm und tolle Prämien, ich soll mich mit dem Gehalt eines Freelancers begnügen.«

»Geht es dir ums Geld? Es war deine Entscheidung zu kündigen, wir wollten dich nicht gehen lassen. Ich habe dich dreimal gebeten, in der Firma zu bleiben.« Obwohl sie sich vor ihm fürchtete, spürte sie Wut in sich hochsteigen.

»Eure Versuche waren halbherzig. Ein bisschen Bauchpinseln und eine lächerliche Gehaltserhöhung. Zum Kotzen!«

»Brauchst du Geld? Hast du uns für Lösegeld entführt?«

»Biete mir kein Geld an!«, brüllte er sie an. »Du hättest besser vor einem halben Jahr nachgedacht!«

»Was hätte ich tun sollen?«

»Das fragst du? Du bist simpel zu blöd. Du setzt mir den hirnrissigen Franzosen vor und wunderst dich, dass ich nicht mitspiele?«

»Du wolltest die KI zerstören, um dich wegen Luc zu rächen?«

»Zerstören? Was für ein saudummer Gedanke. Ich hätte diese Prachtsoftware nie im Leben vernichtet. Kopieren wollte ich sie und für meine Firma verwenden. Das hätte niemandem geschadet.«

»Bist du dafür als Freelancer zurückgekommen?«

»Hast du geglaubt, weil ich dich lieb habe?«

Er hatte von Anfang an geplant, sich die KI zu krallen. Sie hatte ihm die Möglichkeit geboten, den Fortschritt zu beobachten und im geeigneten Moment zuzuschlagen. Ihre unerwarteten Sicherheitsmaßnahmen hatten ihm einen Strich durch die Rechnung gemacht.

Der Fotograf stöhnte auf der Tragbahre und zuckte. Vielleicht erlangte er das Bewusstsein und war in der Lage, etwas zu unternehmen.

»Wir beenden die Fragestunde und gehen zum wichtigen Teil des Abends über. Was haben wir auf der Agenda? Ach ja, wie könnte ich das vergessen! Deine Hinrichtung steht auf dem Programm.«

Ana wurde eiskalt. David meinte es ernst.

Er schob die Taschenlampe in die linke Hand. Ana erkannte, wie er ein Messer aus der Tasche zog und die Klinge aufsprang. Die Schneide tanzte näher, die Spitze durchbohrte den Ärmel und stach in ihren Oberarm. Ana schrie. Sie war über den plötzlichen Angriff so fassungslos, dass sie wimmerte und sich krümmte.

»Bist du aber wehleidig. Dabei habe ich noch gar nicht begonnen.«

Diesmal schnitt das Messer durch den anderen Ärmel. Ana stöhnte. »Bitte hör auf!« David war nicht nur auf Rache aus. Es bereitete ihm sichtlich Freude, sie in Todesangst zu versetzen und ihr Schmerzen zuzufügen. War ihr langjähriger Kollege ein grausamer Sadist?

»Na gut, liebe Ana. Weil du so schön jammerst, lasse ich dich genießen und erzähl dir noch ein wenig. Was willst du wissen?«

Er gab ihr die Chance, Zeit herauszuschlagen. »Warum tust du das alles? Weil ein anderer Chefarchitekt geworden ist? Ich verstehe dich nicht.«

»Ihr habt mich nie geschätzt. Ich bin ein technisches Genie und ihr habt mich für Lächerlichkeiten eingesetzt.

Das war doch alles Kinderkram für mich. Wie kann ich mir damit einen Namen machen? Das hat nicht einmal im Konzern gereicht.«

»Dir geht es um Berühmtheit?«

»Das klingt so falsch, wie du es sagst. Ich wollte Ansehen, Status und Geld, Berge von Geld! Das steht mir zu! Du findest keinen besseren Informatiker am Markt.«

Wie brachte sie ihn zur Vernunft? War er noch erreichbar? Sie flüsterte: »Was wolltest du mit der KI tun?«

»Um wie Bill Gates zu starten, bin ich zu alt. Ich brauchte rasch eine Basis für meine Firma. Die Idee hatte Sonja. Von null weg eine KI zu schreiben dauert zu lange. Wir hätten die Software so weiterentwickelt, dass keiner ihren Ursprung beweisen kann. Dann hätten wir Gold damit gescheffelt. Bis auf die Titelseite vom Businessmagazin ›Forbes‹ hätte ich es geschafft. Es wimmelt von Interessenten da draußen.«

Der Lichtschein bewegte sich zu seinem Messer. Sein Daumen spielte mit der Klinge, als ob er die Schärfe testen würde. Die Schneide wanderte ihr entgegen und spiegelte im Licht. Jetzt würde er sie erstechen. Hoffentlich ging es schnell.

KAPITEL 43

Ana starrte wie hypnotisiert auf die Messerspitze und rechnete mit dem tödlichen Stoß. Die Vorstellung war so grauenvoll, dass sie sich wünschte, es wäre vorbei.

Doch das Messer glitt über ihre Stoffhose und aus dem Loch quoll Flüssigkeit heraus. Ana gurgelte vor Entsetzen. Sie öffnete ihren Mund, um Luft zu holen, stattdessen kam ein ersticktes Keuchen aus ihrer Brust.

»Das fängt an, Spaß zu bereiten. Die nächste Frage. Schau nicht so, ich meine es ernst. Leistung gegen Bezahlung, so ist das Leben.«

Er stach sie langsam ab. Bei jeder neuen Frage würde er ihr eine weitere Wunde zufügen. Wenn sie aufhörte, würde er sein tödliches Spiel beenden und sie umbringen. Ana wollte um ihr Leben kämpfen. Zeit schinden, damit ihr jemand half. Was war mit dem Fotografen? Sie waren doch zu zweit mit dem Verrückten.

»Hast du das Interesse bereits verloren? Soll ich dein Todesurteil vollstrecken?«

»Warte! Hast du etwas mit Frau Maiers Tod zu tun?«

»Schon besser, du lernst. Frau Maier ist die Wurzel der Geschichte, das Zentrum der Entwicklung, der Anfang des Wahnsinns.«

Der rationale IT-Techniker war völlig durchgedreht. Ihre einzige Chance war, nach seinen Regeln zu spielen.

»Warum?«, stieß sie aus. Der Lichtstrahl huschte über ihre Beine zum Oberkörper und ins Gesicht. Suchte er die nächste Stelle?

»Bemüh mal deine Fantasie. Du sitzt am Sonntag spätabends in der Firma. Du machst sicherheitshalber einen Rundgang. Es ist alles finster und still. Dann setzt du dich zum Server und steigst ein. Du bist hundertprozentig sicher, dass du mit einem Fingerschnippen deine Existenz von null auf hundert bringst.« David pausierte.

»Auf einmal klopft es und herein spaziert die Doktorin im Wintermantel. Zieht ein grimmiges Gesicht und geht ohne Gruß. Was hat sich die bloß gedacht? Hat sie angenommen, dass ich etwas Verwerfliches tue? Wieso denn? Ich hätte doch dringende Wartungsarbeiten erledigen können.«

»Was ist dann passiert?« Sie musste ihn am Reden halten. Das Licht blendete sie. Sie spürte ein Brennen in ihrer Schulter, er hatte sie wieder geschnitten. Sie presste die Lippen fest aufeinander.

»Ich musste die Situation klären, damit sie nicht auf dumme Ideen kommt und bin ihr nach. Sie ist mit dem Lift nach unten abgehaut und durch ihren Lieblingsausgang verschwunden.«

Ana fiel ein, dass Frau Maier nie am Portier vorbei zur Drehtüre gegangen war, sondern immer über den Hof zum Seiteneingang.

»Bei der Brücke habe ich sie eingeholt. Ich wollte nur mit ihr reden. Ich beabsichtigte, ihr eine plausible Erklärung für meine Anwesenheit zu geben, die sie weitererzählen konnte. Das war alles. Die blöde Kuh ist hysterisch geworden. Die hat gedacht, ich verfolge sie, um ihr etwas anzutun. Als ob ich so eine Schiachperchte angreife. Die ist davongestürzt und die Stiege zum Donaukanal hinunter. Die wollte sich wohl im Dunklen verstecken. Sie ist gesprungen wie eine Bergziege und hat sich ständig zu mir umgedreht. Da ist sie gestolpert und … ups … platsch … weg war sie. Die ist untergegangen wie ein Stein. Hat nicht geschrien, nicht geplanscht, sie war von einer Sekunde auf die andere fort. So simpel. Damit war das Problem erledigt.«

Ana fühlte, wie David heftig die Luft einsog und ausstieß. Er war schuld am Tod von Frau Maier und auch wenn er ohne Gefühle schilderte, war es ihm nicht egal. Er hatte das nicht geplant. Der Sturz ins Wasser hatte sein Leben mit einem Schlag verändert und ihn zum Mörder gemacht. Mit jedem weiteren Schritt war er mehr in diese schreckliche Rolle geschlüpft und mit ihr verschmolzen.

Was konnte sie ihn noch fragen, ihre Gedanken rasten. »Warst du das auch mit Krutzler?«

»Wer? Ah so, du sprichst von Klaus, Klaus Krutzler.«

»Hast du ihn … besucht?«

»Du hast mich ja zu ihm geschickt!«

»Ich habe …?« Sie hatte nie mit ihm über Krutzler gesprochen. Da kam ihr in den Sinn, wie sie Karsten von dem Bild des Journalisten erzählt hatte. David war daneben gesessen. »Mein Gott«, flüsterte sie fassungslos.

»Der hilft dir jetzt auch nicht. Es reicht. Wenden wir uns wichtigeren Dingen zu.«

»Nein!« Ana wollte nicht sterben. »Du musst mir noch verraten, was du jetzt vorhast.«

Sie brüllte auf, als sie der Schmerz am Oberschenkel durchzuckte.

»Ich muss gar nichts, kapiert? Aber wenn du lieb bittest, klär ich dich auf. Ich entsorge dich und deinen komischen Freund. Danach verreise ich und starte mit einer neuen Identität.«

»So einfach geht das nicht!«

Seine Antwort war nur höhnisches Gelächter. »Es ist sinnlos, wenn ich sage ›Du wirst es schon erleben ‹. Nichts wirst du mitkriegen, weil du in wenigen Augenblicken dasselbe Schicksal erleidest wie die Sonja. Du hast sie mir weggenommen, dafür verurteile ich dich zum Tod. Simple Gerechtigkeit.«

David kicherte. Er war völlig irre.

»Wieso war Sonja bei Luc?« Ana unternahm den verzweifelten Versuch, ihn noch einmal abzulenken.

»Du bist begriffsstutzig, dir muss man echt alles erklären. Dabei ist das leicht zu kapieren. Weil ich mehrfach daran gescheitert bin, die KI zu kopieren, ist Sonja die Geduld ausgegangen. Sie hat sich an Luc herangemacht und eine Gelegenheit gesucht, sich mit seinem Zugangscode die KI zu krallen.«

»Sie hat mit ihm geschlafen, um die Software zu stehlen?«

»Tu nicht so prüde. Das geht dich nichts an! Es zählt ausschließlich, dass sie erfolgreich war. Der Wolfram ist so ahnungslos, der hat das gar nicht kapiert. Ich habe ihm im System gezeigt, dass nichts zerstört wurde, und er war zufrieden. Jeder sieht nur, was er sehen möchte.«

Ana stimmte ihm in Gedanken zu und dachte: »Ich hatte bei dir meinen blinden Fleck. Ich wollte die Wahrheit nicht erkennen.«

David stieß ein Kichern aus, das Ana die Nackenhaare aufstellte. »Dümmer als Wolfram sind nur mehr Pat und du. Ihr zwei Dussel holt ausgerechnet mich zum Suchen der Mails auf ihrem Computer. Ich wollte nicht, dass Pat die Polizei involviert, bevor ich die Kopie gezogen habe. Also habe ich die Mails so vernichtet, dass sie keiner mehr findet. Und Pat hat mich noch getröstet!« Wieder stieß er dieses unmenschliche Kichern aus.

Das grelle Licht blendete in den Augen. Ana drückte die Lider zu. Ihre rechte Hand schob sich zentimeterweise unter ihre Jacke. Der Druck auf den Bauch bestätigte ihr, dass der Monteurhammer noch immer in ihrem Hosenbund steckte.

Sie hatte eine einzige Chance. Sie spürte Hitze durch ihren Körper schießen, als sich ihre Finger um den Griff schlossen.

»Jetzt bist du sprachlos. Als Höhepunkt unseres Spiels schenke ich dir die letzte Information als persönlichen Bonus. Sonja war nicht nur die schönste Frau, sie war auch die klügste. Sie war meine Mitarbeiterin und die beste IT-Spezialistin, die ich kenne. Du hast bloß eines mit ihr gemeinsam: den sicheren Tod.«

Ana riss den Hammer unter ihrer Jacke hervor und schlug zu. Sie fühlte den Aufprall und es knackte grauenhaft. Ein Schmerzensschrei gellte durch den Wagen. Die Lampe klirrte, als sie aufprallte und den Boden beleuchtete.

Ana hörte ein Poltern und die Ladeklappe flog krachend ins Schloss.

»Mach mich frei!«, kreischte der Fotograf. Ana zerrte ihren Sitzgurt auf. Alles an ihr schmerzte, als sie die Taschenlampe aufhob. Der Lichtstrahl bestätigte, dass sie allein waren. Die Gurte der Tragbahre öffneten sich mit Klicken.

Da ruckte der Rettungswagen los, er rollte. Es gab kein Motorgeräusch, dennoch rumpelten sie voran und auf einmal glitt das Auto gleichmäßig dahin. Ein merkwürdiges Ächzen war in der Luft. Ein Knacken ertönte und das Fahrzeug schwankte.

»Was ist das?« Der Fotograf kletterte von der Liege und wankte zum Fenster. »Ich erkenne nichts. Doch! Wir sind auf einem Feld. Nein, das ist … ein See?«

Wieder knirschte es unheimlich.

»Er hat uns auf einen Ziegelteich geschoben. Wir werden einbrechen und ertrinken. So wie Sonja.« Wie gefasst ihre Stimme klang. Ana wunderte sich, dass sie nicht vor Panik schrie.

KAPITEL 44

»Wir müssen hier sofort raus.« Der Mann riss an den Hebeln, aber es tat sich nichts.

»Sinken wir? Sind wir noch über Wasser?« Es war, als ob eine andere Frau die Fragen stellte und Ana zuschaute.

»Ich hoffe es, aber mit Sicherheit kann ich es nicht sagen. Siehst du einen anderen Ausgang?«

Ana schwenkte die Taschenlampe. An den Wänden standen Schränke, die Luke zur Fahrerkabine war winzig. Der Lichtschein wanderte zur Decke. »Da ist eine Dachluke mit Notausstieg gekennzeichnet.«

»Leuchte an die Wand, rechts von dir. Nein, die andere Seite.« Mit einem Sprung war der Mann neben ihr und zerrte eine Platte aus einer Aufhängung. Der Wagen ruckte und erneut drang das unbeschreibliche Ächzen unter die Haut.

»Nicht bewegen! Wir gehen unter!« Da war sie wieder, die Angst. Ana wollte diese Nacht überleben.

Der Fotograf werkelte hartnäckig an der Platte. Mit einem Klicken rastete ein Standbein ein. Das war ein Arbeitstisch. Er kletterte auf die Fläche und tastete nach dem Notausstieg. Ana zwang sich, ihm zu leuchten. Ihre Arme wurden unerträglich schwer. Mit einem Pfeifen sprang die Dachluke auf.

»Da muss wo eine Leiter sein.«

»Wir haben nicht genug Zeit. Komm auf den Tisch, ich hebe dich hinauf.«

Ana steckte die Taschenlampe ein und klammerte sich an den Medikamentenschrank. Was bei dem Mann so mühelos gewirkt hatte, war für sie unmöglich. Ihr Körper schmerzte und sie spürte ihre Kraft schwinden. Sie wollte sich ausruhen.

»Gib mir deine Hand.«

Er zog sie problemlos auf Tischhöhe. Anas Zehen fassten Halt. Ein Stich durchzuckte ihren Knöchel. Sie presste die Lippen aufeinander, spannte die Muskeln an und stand neben ihm.

»Räuberleiter und rauf. Rutsch oben auf die Seite, ich schaffe das ohne Hilfe.«

Ana platzierte den Fuß in seine gefalteten Hände und er drückte sie hinauf. Sie erreichte den Rand der Luke, fühlte einen Stoß und saß im Freien. Zentimeterweise rückte sie auf dem Dach zur Seite. Ein kräftiger Windstoß raubte ihr den Atem. Ein Ächzen ertönte und der Fotograf stemmte sich neben ihr an die Luft.

Unter ihnen knackte und klirrte es, der Wagen vibrierte. Ana nestelte die Taschenlampe heraus und strahlte in die Nacht. Rund um sie war Schnee, der Transporter stand auf einer Eisfläche, etliche Meter von der Uferböschung entfernt. Tiefe Spuren zeigten, wo sie heruntergerollt waren. David war nicht zu sehen.

»Wie lange trägt uns das Eis? Bleibt uns die Zeit, auf Hilfe zu warten? Die haben sicher gleich gemerkt, dass ein Rettungswagen fehlt.« Ana drehte sich zum Fotografen und erstarrte.

Er hatte die Kamera vor dem Gesicht und die Linse auf sie gerichtet. Schon klackerten Aufnahmen. Kurze Pause. Ein Klick und der Blitz erhellte die Dachfläche.

»Spinnen Sie total?«, flüsterte Ana fassungslos. Sie konnten jederzeit im Eiswasser versinken und der hatte nichts anderes im Sinn als seine Bilder.

»Reg dich ab. Wenn wir überleben, brauche ich die Fotos. Wenn nicht, ist alles egal. Wer weiß, wie lange wir noch über Wasser bleiben. Aber ehrlich, ich will es nicht ausprobieren, lass uns abhauen.«

»Wie denn? Wenn wir springen, reißen wir ein Loch.«

Ana dachte angestrengt nach, ob es eine Lösung gab. Sie bemerkte, dass der Mann schon Ausschau hielt, wie er nach unten gelangte. Sie stieß einen Seufzer aus. »Okay. Ich will auch runter. Wie schaffen wir das, ohne einzubrechen?«

Ein fernes Grollen erregte ihre Aufmerksamkeit. Konzentriert starrte sie auf den Himmel, der sternenklar war. Das Grollen verstärkte sich und wurde zum Dröhnen eines Helikopters. Sein Suchscheinwerfer erfasste das Rettungsauto und er sank tiefer.

»Die landen hoffentlich nicht auf dem Eis«, kommentierte der Fotograf. Beide ruderten mit ihren Armen.

»Wir sehen Sie. Verhalten Sie sich ruhig. Wir holen Sie.« Die Worte aus dem Lautsprecher hallten in ihren Ohren nach, sie waren voller Zuversicht. Der Hubschrauber drehte ab.

»Kommst du mit, oder bleibst du hocken?« Der Fotograf war weiterhin entschlossen, sich über den Teich zu wagen.

»Die haben doch gesagt, wir sollen ruhig bleiben.« Ob das wirklich die richtige Lösung war? Ana zweifelte, sie sehnte sich nach festem Untergrund. Hoffnungsvoll schaute sie nach dem Hubschrauber, der in einiger Entfernung zur Landung ansetzte. Der Lärm wurde leiser und erstarb. Der Helikopter parkte hell beleuchtet.

»Warten Sie. Es steigt einer aus.« Ana kniff die Augen vor Anstrengung zusammen. Zwei Männer sprangen aus dem Hubschrauber und stürmten in ihre Richtung.

»Ana! Geht es dir gut?« Heinz Müller schrie, während er ihr entgegenlief.

»Es geht ihr prächtig. Wie oft hat man schon das Vergnügen, auf dem Dach einer Rettung zu ertrinken?«

Der Fotograf hatte einen seltsamen Humor. Dennoch verzog sich Anas Mund zu einem Lächeln. »Ich bin okay. Aber ich will sofort hier weg. Das Eis kracht ständig, wir gehen gleich unter.«

»In ein paar Minuten kommt ein Militärhubschrauber. Der holt euch aus der Luft. Bleibt bis dahin bewegungslos sitzen.«

»Nach oben?« Ana schaute unwillkürlich in den Himmel. Fliegen war nun wirklich nicht ihres. »Geht das nicht anders?«

Hinter Heinz tauchten Strahler auf und Motorengeräusche näherten sich. Personen sprangen aus den Autos, die Scheinwerfer ließen sie brennen. Lichtstrahlen wurden auf Ana gerichtet und sie registrierte Stimmen. Es war taghell.

»Seid ihr noch bei Trost? Geht sofort auf Abstand und macht Platz für den Einsatz!« Der Mann, der hinter Heinz angelangt war, trat zu den Fahrzeugen und wedelte wild mit den Armen.

»Ana, freundlich schauen, du bist live im Fernsehen.« Unwillkürlich musste Ana lachen. Das war Heinz pur. Sein trockener Humor war unübertrefflich. Sie schluckte, um nicht in Tränen auszubrechen.

Da spürte sie ein Ziehen in der Magengrube und die Muskeln verspannten sich. Der Druck wurde stärker. Plötzlich krachte es im Eis und der Rettungswagen neigte sich nach unten. Die Frontseite hing tiefer und Ana rutschte. Ein Raunen ging durch die Leute. Ihre Finger krallten sich in die Einfassung der Dachluke. Sie hörte den Fotografen fluchen, wagte aber nicht hinzusehen.

Das Auto stand jetzt ruhig und Ana drehte sich zentimeterweise in eine angenehmere Haltung. Angewidert bemerkte sie ausgefranste Löcher und nasse Flecken auf ihrer Hose. War das Blut? Viel Blut. Komisch, dass sie keine Schmerzen spürte.

»Wie stark bist du verletzt, Ana?« Die dunklen Flecken waren auch Heinz nicht verborgen geblieben.

»Ich habe Schnittwunden. Aber es tut nicht weh.«

»Mir reichts, ich steige runter. Wir gehen demnächst baden.« Der Fotograf drückte sich in die Höhe, das Rettungsauto rüttelte.

KAPITEL 45

»Nicht bewegen! Bleiben Sie, wo Sie sind! Wenn einer springt, wirft er den anderen ins Wasser!« Heinz klang schwer besorgt.

»Sie können mir gar nichts anschaffen!« Der Fotograf beugte sich zur Motorhaube, daraufhin schwankte das Rettungsauto bedrohlich.

»Hören Sie auf! Wir brechen beide ein!« Ana beschwor den Mann. Wenn sie ins Eiswasser rutschte, war es vorbei. »Das überleben wir keine fünf Minuten.«

Mittlerweile blinkte ein Meer von Blaulichtern auf der Böschung. In diesem Moment näherten sich Feuerwehrautos mit Blaulicht und Folgetonhorn über die schneebedeckten Felder.

Der Fotograf sank auf das Dach zurück. Ein bedrohliches Knirschen jagte Ana ein Schaudern über den Rücken.

»Ich will mit einer Leiter gerettet werden statt fliegen!«, brüllte sie Heinz zu. »Die Feuerwehr kann das doch!« Ihre Befreiung war greifbar nahe, genauso dicht bei ihr wie das tiefe Wasser. Sie hatten eine Chance.

»Sie hat Sonderwünsche, die gnädige Frau. Wir werden unser Bestes geben.«

Sie beobachtete, wie der Kommissar und sein Begleiter mit einem Feuerwehrmann diskutierten. Selbst die kleinste Handbewegung war zu erkennen, weil das Scheinwerferlicht sie wie auf einer Bühne ausleuchtete. Ana versuchte, von den Lippen zu lesen, was ihr nicht gelang. Jede Ablenkung war willkommen, um nicht an das Eis unter ihr zu denken.

Durch ein ohrenbetäubendes Quietschen schreckte sie auf. Eine Lautsprecherstimme brüllte: »Wir bergen Sie mit dem Wagen. Die Frau zuerst. Wir reichen Ihnen einen Hosenträgergurt, in den schlüpfen Sie, dann hieven wir Sie auf den Korb. Danach die gleiche Aktion mit dem Mann. Keine unnötige Bewegung. Wir sagen Ihnen genau, was Sie tun müssen.«

»Ständig werden die Frauen bevorzugt«, murrte der Fotograf.

Eine Kiste tauchte vor Ana auf, zwei Feuerwehrleute drinnen. Sie schoben ihr Gurte mit einem kleinen Topf zu, der an einem Seil baumelte. Sie fasste das harte Leder und stellte einen Fuß hinein. Ihr Körper zitterte bei der Belastung und sie drohte jeden Moment abzurutschen.

Ana blendete das Knirschen aus und quetschte das andere Bein in die Öffnung. Wie eine Hose zog sie das Gestell hinauf und zerrte an dem Gurt. Vor Anstrengung wurde ihr schwindlig. Benommen hing sie in der Vorrichtung.

Ihr Magen bäumte sich auf, als sie weggerissen wurde. Einen Atemzug lang schwebte sie. Zeit und Raum verschwanden, die Kälte ebenso. Vielleicht hatte sie doch alles nur geträumt und flog jetzt durch die Nacht.

Da packten sie kräftige Hände und schoben sie in die Kabine. Kurz danach polterte der Fotograf neben ihr auf den Boden. Entkräftet kauerte sich Ana zusammen. Alles um sie schwankte und ihr war übel. Da klappte die Wand vor ihr weg und sie wurde hinausgehoben.

Atemzüge später hing sie in den Armen von Heinz Müller, der beruhigend auf sie einsprach. Ein Sanitäter versuchte, sie auf eine Tragbahre zu drängen.

»Nein! Ich steige in keinen Krankenwagen.« Panisch klammerte sie sich an Heinz.

»Ich begleite dich. Polizeiautos eskortieren uns zusätzlich. Du bist absolut sicher.« Heinz redete leise auf sie ein.

Ana streckte den Kopf in die Höhe. »Wo ist David? Habt ihr ihn?«

»Es wird nach ihm gefahndet. Den ergreifen wir bald. Bis wir ihn haben, stehst du unter Polizeischutz.«

»Er muss verletzt sein, sie hat ihn mit dem Hammer erwischt«, meldete sich der Fotograf.

Die Schmerzen überfielen Ana überraschend. Ihr Körper brannte und stach, ihr wurde schwarz vor Augen.

»Frau Rubin, hierbleiben! Schauen Sie mich an, Sie dürfen nicht einschlafen!«

»Ana, bitte bleib wach!«

Es kostete Kraft, die Lider zu heben. Sie lag auf der Tragbahre und das Gesicht von Heinz war Zentimeter entfernt. Über ihren Körper waren Decken ausgebreitet.

»So ist es brav. Du bist ein tapferes Mädchen. Kämpf gegen die Müdigkeit. Soll ich dir einen Polizeiwitz erzählen?«

Er sah sie so bettelnd an, dass Ana ihre Lippen zu einem Lachen verzog. Der Laut aus ihrem Mund hörte sich allerdings wie Schluchzen an. Heinz verlangte, dass sie wach blieb. Dabei war sie so müde, warum ließ er sie nicht ausruhen?

»Sie hat viel Blut verloren. Wir haben die Wunden notdürftig versorgt.«

Warum sprach jemand über sie, wenn sie anwesend war?

»Einen Blondinenwitz«, flüsterte sie.

Die Türen flogen auf und die Enge des Krankenwagens wich grellem Licht. Das Bett rollte durch helle Gänge und fremde Menschen liefen daneben her. Jemand hatte ihr einen Tropf angelegt, sie hatte es nicht bemerkt. Verwundert schaute sie den Schlauch aus ihrem Arm an. Wenigstens hatten die Schmerzen nachgelassen. Stimmen riefen durcheinander, sie war zu müde, um deren Sinn verstehen zu wollen.

Als sie das nächste Mal die Augen aufschlug, war es still. Heinz saß vorgebeugt auf einem Stuhl und starrte sie an. Er sprang auf. »Ana!«

Eine angenehme Männerstimme sagte: »Da ist sie ja. Guten Morgen, Frau Rubin. Die Welt hat Sie zurück.«

Mühsam drehte sie den Kopf zu dem Sprecher. Ein Mann im Arztkittel lächelte sie an. »Es ist alles in Ordnung. Sie haben eine Menge Blut verloren, aber wir haben Sie mit Konserven aufgefüllt. Die Schnittwunden sind versorgt, außer kleinen Narben bleiben Ihnen keine Andenken. Die Kopfschmerzen sind von einer leichten Gehirnerschütterung und deshalb behalten wir Sie hier.«

Zufrieden seufzte Ana und schloss die Augen. Sie wollte weiterschlafen.

»Frau Rubin? Sind Sie wach?«

Anas Blick irrte herum. Wo war sie? Im Krankenhaus, fiel ihr ein. David hatte sie in einem Ziegelteich zu ertränken versucht. Die Ereignisse des Vortages schienen weit weg wie ein Traum.

Die Pflegerin lachte sie freundlich an. »Guten Morgen. Ihre Schwester ist da. Fühlen Sie sich fit für eine kurze Begegnung?«

Regina war hier? Ihre Schwester besuchte sie, das war schön! Sie hatte sie seit Monaten nicht gesehen und sie fehlte ihr so sehr. Aus Kanada? Das war unmöglich.

Bevor sie sich wehren konnte, sagte die Krankenschwester: »Dann werde ich sie einmal hereinlassen, die wartet bereits die halbe Nacht ungeduldig. Nur für ein paar Minuten, Sie brauchen Ruhe.« Schon war sie aus dem Zimmer.

Ana bekam schlagartig zu wenig Luft, ihr Hals war wie zugeschnürt und auf der Haut bildeten sich Schweißtröpfchen. Wer gab sich als ihre Schwester aus? Versuchte David als Frau verkleidet zu ihr vorzudringen?

»Ich …« stieß Ana aus, doch die Krankenschwester war längst verschwunden.

Hektisch suchte Ana eine Waffe. An ihrem linken Arm hing eine Infusion. Auf dem Nachtkästchen stand ein Schnabelbecher aus Plastik. Ihre Handtasche und ihr Handy waren nirgends zu entdecken. Sie war wehrlos.

KAPITEL 46

Die Tür sprang auf und Marion spazierte herein. Ana ließ sich mit einem Stöhnen zurückfallen.

»Du klingst nicht erfreut, mich zu sehen.« Ihre Freundin trat von einem Bein aufs andere. »Ich möchte mich entschuldigen.«

»Ach, Marion. Ich bin überglücklich, dass du da bist. Ich entschuldige mich ebenfalls. Wir haben uns beide blöd benommen.«

Marion strahlte und umarmte Ana, die quietschte. »Tut mir leid, ich habe dich zu fest gedrückt. Ist es schlimm? Der Arzt sagt, dass die Wunden schmerzen, aber dass alles gut wird. Sie behalten dich ein paar Tage hier. Ich habe dich im Fernsehen erkannt. Du warst live in den lokalen Nachrichten. Du bist auf dem Dach einer Rettung gesessen. Zuerst habe ich angenommen, ich fantasiere, weil ich ein schlechtes Gewissen habe. Aber Ronald war sich todsicher, dass du das bist.«

Der Redeschwall ihrer Freundin ergoss sich über Ana, sie lächelte glücklich. Ihre Welt war wieder in Ordnung.

»Wie hast du mich so schnell gefunden?«

»Wir haben die Spitäler abtelefoniert. Ronald weiß, wie er jemanden aufspürt. Schöne Grüße von ihm und baldige Besserung.« Marion stoppte. Wurde sie rot? »Ich habe ihm alles über die Aktivisten gebeichtet. Er war … sauer.«

»Habt ihr gestritten?«

»Mhm. Sagen wir, wir haben uns ausgesprochen. Keine Sorge, wir haben uns wieder lieb.«

Erleichtert versuchte Ana das Kissen zurechtzurücken und zog eine Grimasse, weil ihr die winzigste Bewegung Schmerzen bereitete. Sofort sprang Marion herbei und half ihr.

»Im Fernsehen haben sie berichtet, der Rettungswagen ist entführt worden. Wieso warst du in dem Auto? Und wer hat dich entführt?«

Ana blies erschöpft die Luft aus. Ihre Freundin überschüttete sie mit Fragen, erwartete aber keine Antworten.

»Wieso steht ein Polizist vor deinem Zimmer?« Marion schaute sie besorgt an.

»Weil der Entführer geflüchtet ist. Die Polizei fürchtet, dass er versucht einzudringen, sobald ihm klar wird, dass ich überlebt habe.« Anas Stimme zitterte.

»Alle wissen, dass du lebst. Die verkünden im Radio, dass alle Opfer ins Spital gebracht wurden. Ich glaube, die anderen sind ebenfalls in diesem Haus. Reicht der eine Wachmann? Der ist mickrig.«

»Heinz hat versprochen, ich habe Polizeischutz.«

»Soll dich Ronald bewachen? Für dich übernimmt er das bestimmt eine Zeit lang.«

»Ich rede mit Heinz und melde mich bei euch. Vielleicht nehme ich dein Angebot an. Ich habe Angst. Der will sich rächen, weil seine Freundin ertrunken ist. Er gibt mir die Schuld daran.«

Marion schaute sich im Zimmer um. Anscheinend wurde ihr unheimlich. »Kann ich etwas für dich tun? Was auch immer es ist, sag es mir.«

»Wenn ich unverschämt sein darf, habe ich zwei Bitten. Meine Haustüre wurde aufgebrochen, sie ist nur angelehnt. Lässt du mir ein Sicherheitsschloss einbauen?«

»Ja, klar. Ronald hilft mir bei der Auswahl. Erledige ich morgen in der Früh. Was ist die andere Bitte?«

»Ich weiß nicht, wo meine Sachen hingekommen sind. Ich brauche ein Handy mit Internetzugang. Ich überstehe nicht, dass ich komplett abgeschnitten bin. Ronald hat doch für seine Einsätze immer vorinstallierte auf Lager. Wäre es möglich …?«

Ana hatte noch nicht ausgesprochen, als Marion bereits am Telefon über Anas Zustand berichtete. Sie strahlte Ana an und schaltete auf Lautsprecher.

»Hallo Ana, ich bin überglücklich, dass es dir gut geht. Du hast uns einen gehörigen Schrecken eingejagt, indem du während des Abendessens auf dem Bildschirm erschienen bist.«

Ana kicherte. »So ein Pech, dass ich euch den Appetit verdorben habe.«

»Ich düse sofort los und übergebe das Handy Marion beim Empfang. Mich werden sie nicht zu dir vorlassen, außer ich behaupte, ich bin dein Bruder. Das Telefon ist komplett vorinstalliert, du kannst alle Apps nutzen. Um das Sicherheitsschloss kümmere ich mich danach. Ich kenne wen, der das auch am Sonntag für mich erledigt.«

Sie gewannen die Diskussion mit der Krankenschwester, die Marion hinauswerfen wollte. Sie durfte »das Geschenk« vom Eingang abholen. Die Pflegerin wachte mit Argusaugen darüber, dass sie sich anschließend verabschiedeten.

Diesmal umarmten sie sich vorsichtig. Kurz darauf befand sich Ana allein in dem kargen Krankenzimmer. Sie hatte Ronald und Marion zurück. Ihre Freundschaft hatte diesen Albtraum überstanden. Alles wäre gut, wenn nur …

Ohne Ablenkung wurde Ana im Spitalzimmer unruhig. David war flüchtig und er machte bestimmt ausfindig, in welchem Krankenhaus sie lag. Nahm er das Risiko auf sich, sie hier heimzusuchen? Der Polizist am Gang gab ihr wenig Sicherheit. In Krimis wurden Wachleute regelmäßig ausgetrickst.

Sie öffnete das Päckchen von Ronald. Er hatte ihr ein paar nette Zeilen geschrieben und zwei Handys eingepackt. Sie ging online und wurde bei den aktuellen Nachrichten sofort fündig. Fahrig überflog sie einen Artikel über den Polizeieinsatz und die Rettungsaktion. Ein großes Foto zeigte ein Feuerwehrauto mit ausgefahrener Leiter und einem Korb. Darunter sprang ihr die Mitteilung ins Auge, dass alle Opfer gerettet und ins Lorenz-Böhler-Unfallspital gebracht worden waren. Entsetzt schleuderte sie das Handy auf die Bettdecke.

Als die Tür aufsprang, stieß Ana einen spitzen Schrei aus.

»Was ist denn? Habe ich Sie erschreckt? Es sind Blumen abgegeben worden, die stelle ich her. Grußkarte ist keine dabei.« Der Pfleger ging zu ihrem Nachttisch.

Für einen Moment streckte ein Polizist den Kopf herein, befand alles für unauffällig und verschwand wieder.

»Ich besorge Ihnen demnächst etwas zu essen und der Herr Doktor macht bald Visite.«

Ana schaltete den Fernsehapparat ein und surfte ziellos durch die Kanäle. Nichts weckte ihr Interesse oder bot Ablenkung.

Endlich näherten sich Stimmen. Sie freute sich über die Visite. Sie erkannte das Gesicht, es war derselbe Arzt wie in der Früh. Er untersuchte sie und bestätigte, dass sie ein paar Tage zur Überwachung bei ihnen bleiben musste.

Ana graute beim Gedanken, tagelang in diesem Zimmer eingesperrt zu sein. Ausruhen und regenerieren konnte sie sich genauso gut zu Hause. Aber der Arzt zeigte sich unerbittlich.

Am Essen knabberte sie ohne Appetit. Der Reis war ein weicher Brei und geschmacklos. Das geschnetzelte Fleisch war trocken und schmeckte nach uraltem Huhn. Ana schob nach wenigen Bissen den Teller auf die Seite.

Da klopfte es und herein stapfte ein Strauß aus rosa Rosen. »Grüß dich, Ana.« Heinz legte die Blumen auf den Nachttisch und setzte sich zu ihr auf den Bettrand. »Das ist das zweite Mal, dass ich dich in einem Krankenhaus besuchen muss. Ich hoffe, das wird keine Gewohnheit.«

»Heinz. Ich wollte nicht grauslich zu dir sein. Bist du mir noch böse?« Ana sah in seinen Augen, dass sie keine Sorge haben musste.

»Falls du je wieder in eine schlimme Situation gerätst, vertrau mir einfach. Du kannst dich auf mich verlassen.«

Sie plauderten eine Weile, bis Ana den Eindruck hatte, dass Heinz etwas auf der Zunge brannte.

»Bist du ausschließlich privat da oder auch dienstlich?«, platzte sie heraus.

»Wir haben ihn noch nicht. Hast du eine Idee, wo er stecken könnte?« Heinz sah sie beschwörend an.

Ana schüttelte den Kopf. »David wird herkommen und falls er es nicht bis zu mir schafft, wird er mir daheim, auf dem Arbeitsweg oder beim Sport auflauern. Er redet sich ein, dass ich daran schuld bin, dass er sein Leben versaut hat.«

»Kann es sein, dass er bereits weit weg auf der Flucht ist? Wir überwachen den Flughafen und die Bahnhöfe, doch er könnte mit einem Auto abgehauen sein.«

»Nein. Er will zuerst Rache nehmen und dann ein neues Leben beginnen.«

»In seiner Wohnung war er bisher nicht.«

»Ihm ist klar, dass ihr seine Wohnung beschattet. David ist trotz des Irrsinns ein hochintelligenter Mann. Er hat bestimmt die Möglichkeit, anders an Geld zu gelangen.«

»Du brauchst dir keine Sorgen machen. Eine Zeit lang kann ich den Polizeischutz aufrechterhalten. Danach finden wir eine andere Lösung.«

»Diese Ungewissheit treibt mich in den Wahnsinn. Können wir ihm eine Falle stellen?«

»Du meinst, wir legen eine Puppe oder einen Polizisten statt dir ins Bett? Das funktioniert nur in Filmen.«

»Dann überleg dir bitte etwas Besseres!«

Schweigend grübelten sie.

»Ich habe dir ein Handy mitgebracht. Ein Tastendruck von dir und die Kavallerie rückt an. Zögere nicht eine Sekunde, es zu benutzen. Lieber ein Fehlalarm zu viel als ein Einsatz zu wenig.«

Ana verzichtete darauf, ihm von den Geräten im Nachtschrank zu erzählen.

»Weißt du, wie es Luc Bertrand geht?«

»Dem geht es halbwegs gut. Er hat chemische Drogen in seinem Blut, streitet aber ab, welche eingenommen zu haben. Er verlässt morgen wahrscheinlich das Spital.«

»Schützt ihr ihn? Und Manuela? Karsten auch? Und Marion unbedingt!«

»Ana, wir können unmöglich alle Menschen, die mit dir in Beziehung stehen, unter Polizeischutz stellen. Du fürchtest doch selbst, dass du das Ziel bist und nicht einer deiner Bekannten.«

Unwillig nickte Ana. Heinz hatte ja recht. Manuela und Karsten hatten sich immer gut mit David verstanden und Marion kannte er überhaupt nicht.

»Ist es wahr, dass Klaus Krutzler lebt?«

»Stimmt. Mit ein paar Telefonaten habe ich geklärt, wer der angeblich tote Reporter ist, den du gefunden hast. Und noch einiges mehr.« Heinz musterte sie mit hochgezogenen Brauen. »Ich wollte dir sofort erzählen, dass er gerettet wurde, damit du dich besser fühlst. Deshalb bin ich nach Korneuburg gekommen. Dort habe ich beobachtet, wie dir ein rabiater Typ aufs Auto geboxt hat, und habe ihn mir geschnappt.« Amüsiert grinste Heinz bei der Erinnerung.

»Krutzler hat dich angelogen, um dich zu manipulieren. Die Polizei hatte nie die Absicht, dich kurzfristig festzunehmen. Die Zeugenaussage war nur ein anonymer Hinweis. Die Kollegen wollen nochmals mit dir ausführlich sprechen, da sie dich für eine glaubwürdige Zeugin halten.«

Ana wusste nicht, ob sie lachen oder weinen sollte. Sie war eindeutig zu vertrauensselig und hatte sich von Krutzler hereinlegen lassen. Aber auch wenn er ein Widerling war, freute sie sich, dass er überlebt hatte.

»Was anderes, ich soll dich überzeugen, mit einem Psychologen zu reden.«

»Wofür?« Sie wollte David loswerden und keine Vergangenheitsbewältigung starten.

»Du hast hässliche Dinge in den letzten Tagen erlebt. Vor allem aber, damit du dir keine Schuld am Ertrinken der Frau gibst. Schau mich nicht so böse an, das ist der Vorschlag deines behandelnden Arztes.«

»Ich denke darüber nach. Wichtiger ist mir, mein stinknormales Leben zurückzubekommen. Ich kann nirgends hin, ohne Angst zu haben. Jeder, der mit mir zusammenkommt, ist womöglich gefährdet. So will ich auf Dauer nicht mein Dasein fristen. Bitte überleg dir eine Falle. Ich bin zu jeder Aktion bereit, damit das ein Ende nimmt.«

Heinz erhob sich vom Bett. »Wir werden ihn bald fangen. Du sei brav und mach keinen Blödsinn. Wir rufen uns alle paar Stunden an und am Abend besuche ich dich. Denk daran: Ein Tastendruck und wir sind bei dir.«

Ana nickte folgsam. Im Moment blieb ihr nichts anderes übrig, als zu hoffen.

KAPITEL 47

Heinz kam nochmals zurück. »Ich hätte es beinahe vergessen. Deine Chefin ist über den Ausgang froh und wünscht dir baldige Besserung.«

»Das sagt sie dir?«

»Das Spital hat sie abgewimmelt und die Nummer von dem Handy habe ich ihr nicht gegeben. Du arbeitest sowieso zu viel, da soll sie dich wenigstens jetzt in Ruhe lassen.«

»Sonst hat Pat nichts gesagt?«

»Doch, aber das habe ich nicht verstanden. Irgendwas mit ›sie hat die Mitteilung vergessen und du kannst dasselbe tun‹. Ich schlage vor, du klärst demnächst selbst mit ihr, was sie gemeint hat.« Mit einem Zwinkern war er endgültig weg.

Anas Freude währte nur kurz. Das Gespräch mit Heinz brachte ihre Gedanken noch mehr zum Kreisen. Sobald sie das Spital verließ, machte David Jagd auf sie. Vielleicht sollte sie eine Fernreise buchen, sie war ohnehin urlaubsreif.

Als sie jede Nachricht zu den Ereignissen im Internet mehrmals gelesen hatte, schlug sie die Zeit mit einer Dokumentation über Australien tot. Außer einigen netten Bildern drang nichts zu ihr durch.

Erneut klopfte es. Herein trat Luc im Schlafmantel und blieb verlegen stehen.

»Schön, dich zu sehen, Luc!«

»Gleichfalls, Ana. Ich höre, dir geht es besser.« Er nahm auf dem Besucherstuhl Platz.

Luc starrte gedankenverloren auf den Boden. »Wo sind wir da hineingeraten? Ich habe Sonja vertraut. Ich war gerade dabei, mich richtig in sie zu verlieben. Die hat mir das alles vorgespielt.«

»Und ich habe mich auf David verlassen. Beide haben uns manipuliert. Sie haben uns angelogen und ausgenutzt und das alles nur für Geld.«

»Die zwei haben vor nichts zurückgeschreckt. Draufgängerisch und skrupellos. Da haben sich die passenden Charaktere gefunden und gegenseitig hochgeschaukelt.«

Es tat Ana weh, was für einen traurigen Eindruck Luc erweckte. Mit hängenden Schultern und ohne Glanz in den Augen wirkte er verloren.

»Mir fällt es ohnehin schwer, jemandem Vertrauen zu schenken. In Zukunft versuche ich es nicht mehr. Mir reicht es.« Er sprach schleppend, ohne Elan und Lebensfreude.

»Du hast in der Vergangenheit irgendetwas Schlimmes erlebt und dich abgekapselt. Deshalb habe ich dich vergeblich im Internet gesucht.«

Überrascht sah Luc sie an. »Du hast mich überprüft?« Jetzt wurde seine Stimme scharf.

»Du warst so verschlossen und du hast so viel Geld. Ich dachte … ich wollte …« Ana schämte sich. Sie hätte Luc direkt ansprechen können, statt Mutmaßungen anzustellen.

Seine dunklen Augen musterten sie intensiv. Es fühlte sich an, als las er ihre Gedanken.

»Es war ein Unfall. Er hat mein Leben von Grund auf verändert. Ich spreche nicht darüber. Meinen Namen habe ich geändert, weil ich einen Neuanfang gebraucht habe.«

Ana griff nach seiner Hand. »Ich habe mir Blödsinn zusammengereimt. Ich war total vernagelt auf der Suche nach Hochs Mörder. Bitte pass auf dich auf. David ist irgendwo da draußen und sinnt auf Rache. Willst du ein Handy?«

»Was?«

»Ein Handy. Gib zu, dir ist ebenfalls langweilig hier herinnen. Ich habe heute schon drei Telefone geschenkt bekommen. Magst du eines? Zumindest solange du im Spital bist?«

»Fein, danke! Das nehme ich gerne an. Zuerst haben sie versprochen, ich darf morgen heim. Mittlerweile haben sie es auf Mittwoch verschoben, meine Blutwerte spinnen total. Sonja hat mir irgendein Teufelszeug verabreicht. Ich muss froh sein, dass ich noch lebe, hoffentlich bleibt nichts zurück.«

»Mach dich nicht verrückt. Wo liegst du? Sobald ich mich einigermaßen bewegen kann, besuche ich dich.«

»Im obersten Stock. Zimmer 414. Schau jederzeit vorbei. Bevor ich entlassen werde, komme ich mich verabschieden.« Luc räusperte sich. »Ich reise so rasch wie möglich ab. Mich hält nichts in Österreich. Ich bin für ein KI-Projekt hergeschickt worden, alles andere wollte ich nicht. Ich wünschte, ich hätte es dabei belassen.«

Als Ana allein war, kuschelte sie sich in die Polster und schlief ein. Immer wieder schreckte sie in die Höhe. Ihr war bewusst, dass sie schlecht träumte, konnte sich aber nicht an die Träume erinnern.

Als sie endlich erwachte, war es vor den Fenstern dunkel. Ihr Blick fiel auf die Rosen von Heinz, die auf dem Tisch zu verwelken begannen. Sie klingelte der Krankenschwester für eine Vase.

»Ich war ohnehin auf dem Weg zu Ihnen, es ist soeben noch ein Geschenk für Sie abgegeben worden.« Die Schwester legte ihr ein Päckchen in rotem Seidenpapier auf die Decke und verließ sie.

Hoffentlich hatte ihr jemand zur Abwechslung Pralinen geschickt. Sie wünschte sich Konfekt mit Likör und Marzipan gefüllt. Erwartungsvoll lief ihr das Wasser im Mund zusammen. Mit einem Ruck riss sie das Geschenkpapier ab.

Fassungslos starrte sie auf das Handy und lachte hysterisch auf. Noch ein Telefon, jetzt hatte sie bereits vier. Gut, dass sie eines Luc gegeben hatte. Eine Tafel Schokolade hätte ihr mehr Freude bereitet.

Auf einem Geschenkanhänger stand »Schalt mich sofort an«, was Ana umgehend machte. Das Handy sprang an und zeigte eine ungelesene SMS. Das war eine nette Idee, sie öffnete die Nachricht.

»Keine Polizei. Ich habe Luc. Wenn er leben soll, dreh ein Video und gestehe, dass du Sonja absichtlich ertrinken lassen hast. Du hast bis fünf, es an die Adressen unten zu senden. Sonst stirbt er und ich hol mir den nächsten. Du wirst mich nicht los.«

Ana sah auf die Uhr. Es war neunundzwanzig Minuten vor fünf.

Ana riss sich die Kanüle aus dem Arm, den Blutstropfen wischte sie ins Leintuch. Im Kleiderschrank hingen ein Schlafmantel und Pantoffeln. Jede Bewegung schmerzte, doch sie fühlte sich auf den Beinen stabil.

Beim ersten Klingeln hob Heinz ab. »Er ist da. Er hat Luc entführt. Ich muss bis fünf ein Geständnis veröffentlichen, sonst bringt er ihn um.«

»Was für ein Geständnis?«

»Ich soll sagen, dass ich den Tod seiner Freundin absichtlich verursacht habe.«

»Ana! Tu nichts Unüberlegtes! Warte auf uns!«

»Wir haben keine Zeit zu warten, wir handeln jetzt«, empörte sich Ana. Sie stellte das Telefon stumm und steckte es in die Manteltasche.

Fieberhaft schaltete sie das verbliebene Handy von Ronald ein. Erleichtert zischte sie, sie hatte Glück. Er hatte für seine Detektivarbeit auch eine Ortungsapp installiert. Sie öffnete die App und tippte die Nummer des Handys ein, das sie Luc gegeben hatte. Die Anzeige war eindeutig. Das Gerät befand sich in der Nähe. Hoffentlich hatte es Luc bei sich. Sie steckte Ronalds Handy in die andere Tasche des Schlafmantels.

Mit zitternder Stimme sprach sie ein Geständnis mit Videoaufnahme auf das Handy von David. Sie behauptete, Sonja absichtlich zur Brücke gejagt zu haben, damit sie dort einbrach und ertrank. Ihr Körper schlotterte, als sie die Aufnahme kontrollierte. Ihre Stimme krächzte, aber sie war verständlich.

Ein Blick auf die vorgegebenen Adressaten zeigte ihr neben Pat und dem Personalchef bekannte Medien, ein Polizeikürzel und einige unbekannte Namen.

Sie nahm Davids Handy und zog die Tür auf. Dem überrascht aufblickenden Wachmann sagte sie: »Ich habe Kommissar Müller informiert, dass wir ein Problem haben. Sagen Sie der Verstärkung, dass er mit Luc vermutlich im Haus ist. Ich gehe ihn suchen.«

»Aber …«, stammelte der Polizist und sprang auf. Er reichte ihr bis zur Schulter.

»Wagen Sie nicht, mich aufzuhalten. Sie sollen mich beschützen, nicht behindern.« Ana hetzte los und stoppte nochmals abrupt. »Machen Sie keinen Schritt ohne Abstimmung. Der Täter darf nicht wissen, dass ich mit Ihnen geredet habe. Er kann hier irgendwo auf der Lauer liegen oder eine Kamera angebracht haben.«

Da ihr Zimmer am Ende eines Ganges war, blieb nur eine Richtung. Als sie beim Schwesternzimmer vorbeikam, senkte sie den Kopf und hastete vorbei. Der Aufzug brauchte ewig, bis er sich mit einem Klingeln öffnete. Zwei Stockwerke hinauf. Hinaus auf den Gang, wie war die Nummerierung?

Sie riss die Tür von Zimmer 414 auf. Leer. Er hatte sich wirklich Luc geholt. Vor dem Zimmer passte kein Wachebeamter auf, die Polizei hatte David unterschätzt. Hektisch durchsuchte sie den Kasten und den Nachttisch. Sie fand kein Handy, Luc hatte es mitgenommen. Erschöpft kauerte sie sich aufs Bett und tippte auf die SMS. »Aufnahme fertig. Gib mir einen Beweis, dass Luc okay ist.«

»Kein Beweis. Schick das Video an die Adressen.«

Ana harrte dreißig Sekunden aus. »Senden funktioniert nicht.«

»Schick endlich!«

»Geht nicht. Video zu groß?«

Das Handy klingelte. Vor Schreck ließ sie es auf die Matratze fallen. Es war ein Videoanruf. Ihre Hand zitterte so unkontrolliert, dass sie die Taste mehrmals drücken musste.

Davids Gesicht war erschreckend nahe. »Linkst du mich?«

»Nein! Es funktioniert nicht!«

»Schwenk die Kamera ganz langsam, ich will jeden verdammten Winkel sehen.«

»Mach ich.«

Ana zeigte ihm das leere Krankenzimmer.

»Die Toilette auch.«

Wieder gehorchte sie ihm ohne Widerspruch. Sie bewegte sich so bedächtig, wie ihre Nerven es zuließen. Bei jedem Schritt hinkte sie stark und stöhnte leise auf. Sie wollte Zeit gewinnen und David glauben machen, dass sie völlig hilflos war.

»In Ordnung. Lass die Kamera laufen, ich gebe dir Anweisungen, wo du hingehst.«

»Ich schaffe es nicht weit. Ich bin mit Medikamenten vollgepumpt und habe trotzdem schreckliche Schmerzen.«

»Mir kommen die Tränen. Geh los. Halt!«

Ana erstarrte.

»Wenn wir auf Polizei treffen, lass dir etwas einfallen, sonst war es das für deinen Luc.«

Sie spürte ihr Herz klopfen, als sie den Gang entlang humpelte. Auf einer Bank saßen Patienten und unterhielten sich. Mit gesenktem Kopf marschierte sie vorbei. Ihr schlenderte ein Paar entgegen. Niemand nahm von ihr Notiz.

»Du bist im vierten Stock!«, brüllte es plötzlich aus dem Lautsprecher.

»Ja, ich bin im vierten Stock. Sie haben mich vor einer Stunde verlegt. Ich schaffe es nicht weiter, ich brauche eine Pause!«

»Du bist eine Zicke! Drei Minuten ausrasten, keine Sekunde länger.«

Ana glitt auf den Fenstersims, dabei stöhnte sie hörbar ins Video.

»Die drei Minuten sind um. Bieg rechts ein, bis du ansteht und dann das Stiegenhaus hinauf.«

»Hast du hinauf gesagt?«

»Bist du taub?«

Auf einem Schild stand: »Nur für Befugte«, dahinter führten Stufen nach oben. Sie endeten an einer geschlossenen Stahltüre. Beim Gehen schleppte sie ein Bein schwerfällig nach. Sie ignorierte das böse Zischen aus dem Lautsprecher und mühte sich sichtlich ab. Als sie am Türknauf zog, blies ihr eisiger Wind entgegen. Entsetzt ließ sie aus.

KAPITEL 48

»Weitergehen!«

»Ich kann nicht auf das Dach hinaussteigen. Ich habe nur einen Schlafmantel und Schlapfen an.«

»Wirst du jetzt kindisch? Soll Luc wegen kalter Füße sterben? Geh hinaus.«

»Nein! Ich bin nicht schwindelfrei!«

»Mach dich nicht noch lächerlicher, als du ohnehin schon bist. Komm sofort heraus.«

Aufgewühlt tapste sie ins Freie. Das Spitalshemd und der dünne Mantel boten keinen Schutz. Die Kälte raubte ihr den Atem, sie fühlte sich nackt und ausgeliefert. Eiskristalle krochen in die Pantoffeln.

»Wohin denn?«, brüllte sie verzweifelt.

»Lass die Tür aus!«

Sie polterte hinter ihr ins Schloss. Ana stand im Finsteren. Die Stadt unter ihr gab einen leichten Lichtschein ab. Rund um sie schimmerte Schnee. Das Ende des Dachs war nicht erkennbar und von David fehlte jede Spur.

»Rechts die Mauer entlang, an der Kante bleib stehen«, krächzte es aus dem Telefon.

»Wo bist du? Ist Luc bei dir?«

Sie tastete sich an der Wand weiter. Am Ende verharrte sie. Gut möglich, dass hier das Dach aufhörte. Außer ihren kurzen Atemstößen konnte sie kein Geräusch vernehmen.

»David! Ich bin da!« Sie erhielt keine Antwort.

Hatte er sie getäuscht und an einen falschen Platz geführt? Es war bitterkalt, ihr Körper zitterte unkontrolliert.

»David! Bitte! Ich habe alles getan, was du verlangt hast. Lass Luc laufen!«

In der Ferne hörte sie eine Rettungssirene. Der Alltag nahm seinen gewohnten Lauf, während sie auf dem Dach eines Spitals erfror.

Als es im Telefon krachte, stolperte sie zur Seite und verlor einen Schlapfen.

»So. Jetzt schickst du das Video ab. Sag nicht, dass es nicht funktioniert, sonst stirbt Luc. Gib Bescheid, wenn du fertig bist.«

»Fertig!«

»Du hast es wirklich weggeschickt?«

»Ja, da heroben funktioniert es. Aber es arbeitet noch. Ist eine große Datei.«

»Du täuschst mich nicht? Du weißt, was auf dem Spiel steht?«

»Ich habe es gesendet.«

»Gut. Weil, eine der Adressen gehört mir. Ich merke, falls du gelogen hast.«

»Ich habe alles befolgt, jetzt lass Luc frei.«

»Gleich. Du verstehst, dass ich deine Aussage kontrollieren muss. Einer Managerin ist nicht zu trauen. Zeig mir, dass du nichts in der Hand hältst außer dem Telefon und danach streck das Gerät weit vor dich. Die andere Hand bleibt bewegungslos in der Luft.«

Er fürchtete anscheinend, dass sie einen Pfefferspray oder

einen Taser bei sich trug. Das wäre hilfreich gewesen, aber leider nicht der Fall.

Sie hielt das Handy nach vorne.

»Und jetzt geh fünf Schritte weiter. Ich nehme dir dann das Telefon ab und kontrollier es. Wenn du die Wahrheit gesagt hast, darfst du mit Luc weggehen.«

Fünf Schritte weiter? Es gab keine Mauer mehr zum Anhalten. War da wirklich noch das Dach, oder wollte er sie stürzen sehen? Stehen bleiben war auch keine Lösung, sie musste es riskieren. Von Luc fehlte jede Spur.

Sie fühlte den Schatten mehr, als sie ihn sah. Etwas schlug ihr ins Gesicht und sie ließ das Handy fallen. Jemand hielt ihr den Mund zu und umklammerte ihren Bauch. Ana trat, so fest sie konnte, mit ihrem Fuß nach hinten und erwischte etwas. Sie hörte ein Aufstöhnen und wurde in diesem Moment auf die Seite geworfen. Ihr Angreifer und sie schlugen gemeinsam im Schnee auf.

Auf einmal donnerte es. Gleißendes Licht stach in ihre Augen und ein schriller Ton schnitt durch ihre Ohren. Sie drückte die Hände vors Gesicht.

»Keine Bewegung!«

Ana röchelte. Sie hatte vor Aufregung zu atmen vergessen. Hatte sie etwas getroffen? Sie spürte noch immer die Umklammerung. Da packte etwas ihren Oberarm und riss sie nach hinten. Ihre Füße verloren den Boden. Bevor sie einen Ton herausbrachte, knallte sie hart auf dem Rücken auf und alles wurde schwarz.

Geräusche drangen zu ihr durch und sie erkannte Bewegungen. Redete da jemand mit ihr?

Allmählich dröhnte es weniger heftig. Da waren Stimmen.

»Alles in Ordnung. Polizei. Wir haben Sie.«

Hatte er Polizei gesagt? Was hämmerte so lautstark?

»Luc.« Sie war sich sicher, dass sie gesprochen hatte, aber da war nichts. Nochmals brüllte sie »Luc!«. Warum hörte sie ihre eigene Stimme nicht? War sie auf einmal taub? Das Trommeln überdeckte alles.

Das war gewiss ein böser Traum, aus dem sie im Handumdrehen erwachen würde. Sie sah verschleiert und hörte nur Tosen. Es fühlte sich an, als ob sie jemand trug. Schwammen da Menschen an ihr vorbei? Wieder verlor sie den Halt. Hob sie jemand? Diesmal landete sie weich. Ihre Finger ertasteten Armlehnen. Noch immer flogen Schatten an ihr vorbei. Rollte sie?

Sie saß auf einem Rollstuhl und wollte endlich aufwachen. Das Getöse wurde leiser. Die Umrisse flossen ineinander und bildeten Formen. Jemand drückte ihre Hand.

»Es wird gleich besser. Sie sind in Sicherheit«, flüsterte es.

»Ich sehe nichts! Bin ich blind?« Ihre Stimme ertönte von weit weg. »Und ich hör fast nichts!«

»Keine Sorge, in ein paar Minuten ist alles wieder normal. Die Cobraleute haben eine Blendgranate gezündet und Sie waren verdammt nahe dran.«

Das Bild wurde schärfer und sie erkannte ein Gesicht. Es war der Arzt, den sie schon zweimal getroffen hatte. Daneben stand ein kleiner Mann in Uniform. Ihr Wachmann.

»Luc? Haben Sie ihn gefunden?«

»Ich bin neben dir, Ana.«

Es kostete Anstrengung, den Kopf zu drehen. Luc saß auf einem Rollstuhl neben ihr. Er hatte über einem Schlafmantel eine Decke umgelegt. Seine dunklen Locken sprangen noch wirrer als üblich. Sein blasses Gesicht verzog sich in ein breites Grinsen, als er sah, dass ihn Ana erkannte.

Sie wollte ihre Hand heben, aber das ging nicht. Erschreckt sah sie an sich hinunter. Sie war in Decken eingewickelt. Sofort begann sie gegen die Einengung anzukämpfen, bis sie ihre Hände befreit hatte.

Die Sicht war nur noch leicht getrübt. Das Tosen in ihren Ohren hatte sich in ein leises Sausen verwandelt. Erleichtert stieß sie aus: »Ist es vorbei?« Ihre Stimme klang fast normal.

»Ich weiß es nicht, ich habe ihn nicht gesehen«, antwortete Luc.

Der Arzt war verschwunden, der Polizist stand regungslos und beobachtete sie. Als er ruckartig den Kopf drehte, sah sie Heinz Müller auf sich zueilen.

»Das hätte schiefgehen können, du bist verrückt, Ana.«

»Danke, dir auch einen schönen Tag, Heinz. Mach mir keine Vorwürfe, ich hatte keine Zeit, einen Arbeitskreis einzuberufen. Ich habe einfach losgelegt.«

»Dein Reflex ist, einem Psychopathen nachzujagen? Echt, Ana?«

»Ich war ganz sicher, dass du rechtzeitig kommst.«

»Lassen Sie sie in Ruhe, Herr Kommissar. David hätte mich erfrieren lassen oder vom Dach gestoßen, wenn Ana nicht mitgespielt hätte.«

»Luc, wie hat er dich überwältigt? Mit seinem Messer?«

»Mit einer Spritze. Er hat behauptet, diesmal ist die Dosis tödlich. Ich habe gehofft, eine Gelegenheit zu finden, um ihn zu überwältigen. Er hat mich an eine Dachrinne gebunden und ich konnte lange Zeit nichts dagegen unternehmen. Woher hast du gewusst, dass ich oben bin, Ana?«

»Habe ich nicht. Im Zimmer warst du nicht und die Tracking-App hat verraten, dass du im Haus bist. Um den exakten Standort herauszufinden, hätte ich herumprobieren müssen, so treffsicher ist die nicht. Es hat sich erübrigt, weil mich David selbst hinaufgeführt hat.«

»Du hast nicht wissen können, ob die Einsatzgruppe rechtzeitig eingreift. Ich hätte um ein Haar mitgehört, wie der Typ dich umbringt.« Heinz blitzte sie zornig an und warf etwas auf ihren Schoß. Es war sein Handy und es lief noch.

Ana fasste unter dem Deckenberg in die Tasche ihres Schlafmantels und fischte das Telefon heraus. Es lief ebenfalls. Behutsam legte sie es zum anderen auf die Decke und lächelte Heinz entschuldigend an. »Sag nie mehr, dass ich dir nicht vertraue«, flüsterte sie.

»Die Polizei hätte optimaler agieren können«, ätzte Luc.

»Wieso bist du so kritisch, sie hat uns doch beide gerettet.«

Luc schnaubte verächtlich und schüttelte den Kopf.

»Das war er! Er hat dich von der Dachkante weggezogen. Der Einsatzleiter hatte Angst, dass du hinunterstürzt, deshalb hat er zugewartet. Aus meiner Sicht fast zu lange.« Heinz nickte ernst.

»Du hast mich gerettet, Luc? Ich dachte, David greift mich an.«

»Zum Dank hast du mich getreten. Du hast ganz schön viel Kraft.«

»Dafür geh ich trainieren. Tut mir leid.«

»Wenn ich mich nicht von der Dachrinne befreit hätte, wäre es für dich eng geworden.«

Die beiden Männer funkelten sich missbilligend an. Bevor sie aneinandergerieten, fragte Ana: »Was ist mit David?«

»Er wurde am Bein getroffen und wird derzeit ärztlich versorgt.«

»Sperren Sie ihn gut ein. Im tiefsten Winkel eines Bunkers und dann werfen Sie den Schlüssel weg.« Luc war die Abscheu deutlich anzuhören.

»Ob der je im Gefängnis landet, steht in den Sternen.«

»Warum?«, schrien Ana und Luc gleichzeitig.

»Ich bin kein Mediziner und es steht mir nicht zu, über die Haftfähigkeit eines Gefangenen zu urteilen. Aber in den wenigen Augenblicken, in denen ich ihn vernehmen durfte, hat er nur wirres Zeug gequasselt. Ich denke, dass der in der Klapsmühle endet. Pardon, in einer therapeutischen Einrichtung, wollte ich sagen.«

»Im günstigsten Fall ist er geistig verwirrt, aber ich bezweifle das. Ich halte ihn für einen hochmanipulativen Psychopathen, der bewusst krank spielt, um sich das Gefängnis zu ersparen.«

Ana atmete tief durch. In ihr breitete sich ein ungewohntes Gefühl der Entspannung aus. »Wisst ihr was: Es ist mir egal, in welcher Einrichtung er eingesperrt wird. Hauptsache, er kann nichts mehr anstellen und wir sehen ihn nie wieder.«

Sie schloss die Augen und dachte an Frau Doktor Maier. Die nette Beamtin war ahnungslos in Davids Machenschaften gestolpert und hatte mit ihrem Leben bezahlt. Und sie selbst? Hatte Ana etwas gelernt oder war sie einfach nur froh, wie bisher weiterleben zu können? Sie hatte so viele Wünsche an die Zukunft gehabt. Lebte sie noch ihre Träume oder war eine Kurskorrektur fällig?

Sie nahm sich vor, endlich den überfälligen Urlaub anzutreten, ihn am besten gleich zu einer Auszeit zu verlängern und über ihre Pläne für die Zukunft nachzudenken.

DANKSAGUNG

»Wir schätzen die Menschen, die frisch und offen ihre Meinung sagen - vorausgesetzt, sie meinen dasselbe wie wir.«
(Mark Twain)

Es existieren so viele Sichten auf die Dinge, wie es Menschen gibt. Ich möchte allen danken, die sich die Zeit nehmen, mir ihre Gedanken näherzubringen.

Ich bedanke mich bei allen lieben Menschen, die mir während des Schreibens eine Hilfe gewesen sind. Für die offenen Ohren und die motivierenden Worte, für die neugierigen Fragen und die kritischen Anmerkungen. Vielen Dank an euch alle – ich weiß das sehr zu schätzen.

Natürlich geht nichts ohne die Profis. Herzlichen Dank für das Lektorat, das Korrektorat, die Fotografie, den Buchsatz und das Cover. Danke für eure großartige Unterstützung, die Geduld und die unterhaltsame Zusammenarbeit.

Ein besonderes Dankeschön gilt meinen LeserInnen.
Danke, dass Sie Interesse an meinem Buch zeigen
und es bis hierhin gelesen haben. Ihre Wertschätzung
ist das Sahnehäubchen meiner Schreiberei
und inspiriert zu neuen Werken.

Hat Ihnen mein Buch gefallen?
Ich würde mich sehr über eine Bewertung oder kurze
Rezension bei Amazon oder Ihrem Händler freuen.

DANKE, und ich hoffe, dass Sie auch
in Zukunft meine Romane lesen werden.

Sie erreichen mich unter:
www.mariaheinrich.com
facebook.com/MariaHeinrichThrillerAutorin
instagram.com/mariaheinrich_thriller_autorin
linkedin.com/in/maria-heinrich-autorin

DIE THRILLER-REIHE KEIN NORMALER ARBEITSTAG:

TÖDLICHER EHRGEIZ (BAND 1)

»Am Ende zählen Freundschaft und Ehrlichkeit mehr als Karriere.«
»Wieso sagst du das? Freundschaft und Karriere schließen sich doch nicht aus!«

Gestern war ihre Welt noch in Ordnung. Die Wiener Informatikerin Ana Rubin arbeitet hart für ihre Karriere in einem internationalen Unternehmen und der nächste Erfolg ist zum Greifen nahe.

Da verschwindet ein Mitglied ihres Teams spurlos und die Polizei nimmt keine ernsthaften Ermittlungen auf. Hin- und hergerissen zwischen Sorge und beruflichen Interessen, startet Ana eine gefährliche Suche.

Unterstützt von Mitarbeitern und einem befreundeten Privatdetektiv stochert sie in Geheimnissen und lässt sich von Drohungen nicht abschrecken. Bis eine Leiche im Wiener Prater gefunden wird. Der letzte Anruf des Opfers galt Ana. Bald steht nicht nur Anas Karriere, sondern auch ihr Leben auf dem Spiel.

Wer verfolgt einen teuflischen Plan? Welchen Preis muss Ana für ihr Engagement zahlen?

Ein packender Roman mit Wiener Flair über beängstigende Ereignisse im Leben einer starken Frau. Einblicke in berufliche Höhen und Tiefen sowie Firmenintrigen sind inbegriffen.

https://t1p.de/Toedlicher-Ehrgeiz-Kein-Normaler-Arbeitstag

TÖDLICHER TRIUMPH (BAND 2)

»Weggeschaut? Weil sie sich fürchten?«

»Weil es bequem ist.«

Am Ende eines feuchtfröhlichen Abends mit dem Managementteam entdeckt die Wiener Informatikerin Ana Rubin eine Leiche. Entsetzt erkennt sie den Mann, der ihren ersehnten Karriereschritt genehmigen sollte.

Die Trauer der Kollegen ist erstaunlich verhalten. Anas Fragen werden abgeblockt, sie soll sich um ihr Projekt kümmern. Weshalb unterstützen sie die Ermittler nur halbherzig?

Da verschwindet ein Kollege. Hat er sich abgesetzt oder ist ihm etwas zugestoßen?

Als der Verdacht auf einen Freund fällt, beginnt Ana auf eigene Faust nachzuforschen. Trotz einer Mauer des Schweigens stößt sie auf Schattenseiten des Unternehmens. Das Mordopfer hat die ethischen Richtlinien des Konzerns ignoriert. Warum hat niemand eingegriffen?

Ein Wettkampf um die Wahrheit und Anas Leben setzt sich in Bewegung. Bis sie um Haaresbreite einem Attentat entgeht.

Wem hat Ana in der Dunkelheit ihren Namen genannt?

https://t1p.de/ToedlicherTriumph_ThrillerEbook

Printed in Poland
by Amazon Fulfillment
Poland Sp. z o.o., Wrocław

43554717R00201